월인 新무협 판타지 소설

두령
頭領

두령 2
월인 新무협 판타지 소설

초판 1쇄 찍은 날 § 2002년 3월 13일
초판 1쇄 펴낸 날 § 2002년 3월 25일

지은이 § 월인
펴낸이 § 서경석

편집장 § 문혜영
편집책임 § 장상수
편집 § 박영주 · 김희정 · 권민정
마케팅 § 정필 · 강양원 · 김규진

펴낸곳 § 도서출판 청어람
등록번호 § 제1081-1-89호
등록일자 § 1999. 5. 31
어람번호 § 제2-0066호

주소 § 경기도 부천시 원미구 심곡1동 350-1 남성B/D 3F (우) 420-011
전화 § 032-656-4452   팩스 § 032-656-4453
http://www.chungeoram.com
E-mail § eoram99@chollian.net

ⓒ 월인, 2002

값 7,500원

ISBN 89-5505-299-5 (SET)
ISBN 89-5505-301-0 04810

※ 파본은 본사나 구입하신 서점에서 교환하여 드립니다.
※ 저자와 협의하여 인지를 붙이지 않습니다.

2
인연의 끈

월인 新무협 판타지 소설

두령
頭領

도서출판
청어람

□목차

제16장 재회(再會) Ⅱ / 7
제17장 혈영(血令)의 정체 / 52
제18장 인연(因緣)의 끈 / 79
제19장 살수무정(殺手無情) / 116
제20장 은의소소(銀依素素) / 163
제21장 혈영의 준동 / 199
제22장 잠입(潛入) / 211
제23장 파천대란(破天大亂) / 255

제16장
재회(再會) II

"누이는 그동안 어떻게 지냈소?"

정사청이 아직도 눈물을 펑펑 쏟아내며 말을 제대로 잇지 못하는 조화영을 묵묵히 바라보며 질문을 던졌다.

아직 저녁 시간이 되지 않은지라 손님이 몇 앉아 있지 않은 주루에서 정사청과 조화영, 그리고 진소혜가 마주 앉아 있었다.

그러고도 한참을 더 울며 눈물을 닦던 조화영이 이젠 눈물이 말랐는지 퉁퉁 부은 눈으로 정사청을 바라보았다.

"이젠 영준한 청년이 다 되었네."

조화영이 물기 어린 눈으로 웃음을 지으며 정사청을 요모조모 뜯어보았다.

"겨우 두 살 많으면서 어머니처럼 그러는 거요?"

"후후, 아무리 어른이 됐어도 흙탕물에 빠져서 옷을 버린 널 발가벗겨 씻기고 옷을 말려 네 어머니에게 혼나지 않게 해준 기억이 있는 한 어쩔 수 없을걸."

정사청의 허공 같은 무심한 얼굴에 드물게 웃음기가 번졌다. 그리고 그 웃음의 끝에는 핏빛보다 더 진한 한이 묻어 나왔고, 그 한은 고독으로 피어 올랐다가 다시 무심함 속에 녹아 들어갔다.

진소혜는 '세상에는 이렇게 웃는 사람도 있구나' 하며 정사청의 얼굴을 다시 한 번 쳐다보았다.

단 한 번도 웃는 모습을 본 적이 없었지만 천호 오라버니도 웃는다면 저런 웃음을 띠겠지 생각하며 창밖으로 시선을 던졌다.

"지산 선사(至山禪師)께서는 잘 계시는지요?"

서로의 눈 속에서 지난 모든 세월을 읽는 듯 한참을 서로를 응시한 채 말이 없던 두 사람은 다시 대화를 이어갔다.

"그 노인네는 워낙 괴팍스러워서 곤륜의 청강십육검(淸江十六劍)만 전해주고는 온다 간다 말 한마디 없이 사라졌어."

정사청의 질문에 조화영이 답하며 피식 웃었다.

"정말 고약하기 짝이 없는 노인네야. 별것도 아닌 검술 하나 전해주면서 온갖 잔소리에다 고함은 또 왜 그리 큰지. 사청, 네가 인연을 맺어준 사람이었기에 끝까지 참고 배워준 거야. 안 그랬으면 어림도 없어! 내가 누군데 그런 곰팡내 나는 영감에게 뭘 배운단 말이야?"

조금 안정이 되자 조화영은 본성을 드러내며 말이 빨라지고 있었다.

"그러고 보니 그 일도 까마득한 옛날 일이네. 사청은 지금 어떻게 지내는 거야? 무당의 대제자가 되었다는 소식을 마지막으로 들은 것 같은데?"

정사청의 얼굴에 작은 그림자 하나가 드리워졌다.

"무슨 일이 있는 거야?"

정사청은 대답 대신 진소혜를 한번 바라보고는 다시 조화영에게 눈길을 돌렸다.

"어머, 내 정신 좀 봐! 너무 반갑고 정신없어서 소개도 빼먹었네! 여기 이 예쁜 아가씨는 진소혜라고 해. 내게 많은 도움을 주는 고마운 분의 따님이야."

정사청이 묵묵히 진소혜에게 고개를 끄덕였다.

"그리고 여기는 내 고향 마을 옆집에 살던 동생이야. 이름은 정사청이라 하고."

진소혜도 가만히 정사청을 향해 고개를 숙였다.

잠시 두 사람을 소개시킨 조화영이 다시 정사청을 향해 질문을 퍼부었다. 폭포수같이 흘러나오는 질문에 정사청이 설레설레 머리를 흔들며 조화영을 쳐다보았다.

"누이는 여전하구려."

"응? 뭐가 말이야?"

"어린 시절 거칠던 사내 녀석들을 젖히고 골목대장을 맡았던 그 성격 말이오."

"그래? 그랬어? 넌 기억력도 좋다."

조화영의 눈이 다시 과거를 떠올리며 아련해졌다.

"그래, 넌 언제나 그랬지. 기억하지 말아도 좋을 것을 항상 가슴 한 곳에 꼭꼭 새겨두고 그 무게 때문에 숨이 가빠 한 번도 제대로 웃지도 못하고 헉헉거리며 살아가는 아이였지."

앞에 있는 찻잔을 들어 들이킨 조화영이 말을 이었다.

"언젠가 나눠준 주먹밥 한 덩이의 빚을 갚기 위해서 무당의 제자가 된 뒤에도 생사를 넘나드는 먼 길을 달려와 내게 곤륜의 지산 선사와 인연을 맺게 해주었지."

"그 주먹밥은 돌림병으로 부모님들이 다 돌아가시고 불탄 마을에서 쫓겨난 뒤 사흘 만에 처음 대하는 음식이었소. 그리고 나눈 두 덩이 중에서 누이가 나에게 준 쪽은 더 큰 덩이였소."

"정말 못 말리겠다! 어떻게 그런 것까지 정확히 기억하고 있는 거니? 나 같으면 음식 먹느라 두 덩이인지 세 덩이인지 신경도 안 썼을 텐데……."

조화영은 혀를 내둘렀다.

"은혜를 꼭 갚는 사람은 복수심도 강해서 원한도 기필코 갚고야 말지. 누군가 너에게 원한을 산 사람이 있다면 그 사람은 지옥에 가서도 편치 못할 거야."

그 후로도 한참 동안 조화영과 정사청은 이런저런 얘기를 나누다 어느덧 저녁 시간이 되었기에 한 병 술과 함께 저녁을 먹었다.

"그래, 여긴 어쩐 일이야?"

비로소 먼 과거의 대화에서 현실로 돌아왔다.

"사제를 찾고 있는 중이오."

"사제라면?"

"이 년 전 가을쯤, 무림성회가 끝난 뒤 구파일방과 사대세가의 후기지수들이 모두 사라져 버렸소. 그중 무당의 대표로 무림성회에 참가한 이가송이라는 녀석이오."

진소혜와 조화영의 눈이 빛나며 마주쳤다.

"어쩜 공교롭게도 우리와 똑같아! 우리도 이 년 전 가을쯤부터 소식이 사라진 사람을 찾고 있어."

"그런가요?"

정사청도 관심이 간다는 듯 조화영을 바라보았다.

"그래. 그럼, 여기 낙양에서 사제의 흔적이라도 찾은 거야?"

"확실하다고는 할 수 없지만 은하전장에서부터 이상한 소문이 돌고 있소. 그곳에 가서 좀 더 알아보아야 할 것 같소. 그럼 뭔가 실마리가 잡힐지도……."

"정말 잘됐다. 우리도 정처없이 돌아다니며 찾는 중인데 같이 행동하며 찾으면 되겠어. 괜찮겠지?"

정사청의 난감해하는 얼굴에 조화영이 쐐기라도 박듯이 한마디 덧붙였다.

"여자 둘이서 이곳저곳 돌아다니려니 여간 무서운 게 아니었는데 무당의 대제자와 함께라면 공동묘지인들 무서울 게 있겠어?"

"누이가 여자이긴 한 거요?"

꼼짝없이 혹을 달게 된 정사청이 뚱한 소리를 내뱉었다.

저녁을 다 먹을 때까지 세 사람은 이런저런 얘기를 쉴 새 없이 나누었다. 엄밀히 말한다면 한 사람이 주로 말했고 한 사람은 마지못해 이것저것 답하는 식이었다. 그리고 나머지 한 사람은 두 사람의 대화를 옆에서 들으며 눈동자만 굴리고 있었다.

"못다 한 얘기는 차차 하기로 하고 그만 일어나서 오늘 묵을 곳을 정하자."

할 말은 무궁무진하게 많이 남았지만 숙소를 정해야 했기에 아쉽다는 표정으로 조화영이 자리에서 일어났다.

"어디 정해둔 곳이라도 있소?"

정사청이 해방된 표정으로 주루를 벗어나며 물었다.

"어디가 좋을까?"

잠시 생각에 잠기던 조화영이 흘낏 진소혜를 쳐다보았다. 그동안 진소혜와 동행하면서 조화영이 가장 신경 쓴 부분이 잠자리 문제였다.

자신이야 비바람만 막아줄 수 있다면 산속 관제묘 같은 곳이라도 아무 문제 없었다. 그러나 온실 속에서 자란 화초 같은 진소혜는 사정이 전혀 달랐다.

처음에 아무 생각 없이 허름한 객잔에 여정을 풀었다가 새벽녘에 잠시 깨어보니 진소혜가 귀를 막고 앉은 채 뜬눈으로 밤을 지새는 것을 볼 수 있었다.

아마도 밤새 옆방에서 흘러나오는 투전꾼들의 육담과 몸을 파는 유녀(遊女)들의 신음 소리에 놀라 밤새 그렇게 있었던 모양이다.

그 후론 각별히 신경을 썼지만 집을 떠난 신세가 다 그렇듯 어디라도 여의치 않은 점이 있었다.

"사청, 혹시 풍림방(風林幇)이라고 들어본 적 있어?"

조화영이 생각났다는 듯 외쳤다.

"사대세가의 한곳인 그곳을 모르는 사람이 어디 있겠소? 그런데 그곳에 아는 사람이라도……?"

"지산 선사님과 풍림방이 인연있는 곳이잖아. 오래전에 들은 적이 있어. 뭐, 그런 인연이 아니더라도 풍림방은 많은 시인 묵객들과 무사들의 하룻밤 숙식 정도는 얼마든지 해결해 주는 곳이기도 하고… 그래, 그곳이 좋겠다. 우리 버들가지 아가씨에게 잘 어울리는 곳이야."

조화영이 가벼운 발걸음으로 진소혜와 정사청을 이끌었다.

"지금은 손님을 받지 않고 있소."

풍림방의 대문을 두들겼을 때, 안에서 나온 수심에 가득 찬 집사의 대답이었다.

오랜만에 만난 정사청과 저녁 식사를 함께하며 보내다가 뒤늦게 오늘 밤 잠자리를 걱정하게 된 조화영은 언젠가 지산 선사로부터 들은 적이 있는 풍림방을 떠올리고 가벼운 마음으로 찾았다. 그녀가 들은 소문에 따르면 풍림방은 진소혜에게 가장 잘 어울릴 것 같은 곳이었다. 그런데 풍림방 문전에서부터 뭔가 심상치가 않았다.

"미안하게 되었소. 가내에 우환이 있어서……."

어리둥절해하는 조화영 일행에게 집사가 짧은 설명을 덧붙였다.

"영조윤(英早允) 대협께 무슨 일이라도 생긴 건가요?"

조화영이 걱정스런 얼굴로 집사에게 질문을 던졌다.

"미안합니다. 가내의 속 사정까지는 말씀드릴 수가 없군요. 지금은 식솔들을 제외하고는 예전에 머물던 손님들마저 다 떠나 보낸 상황입니다. 그렇게 아시고 다른 곳으로 거처를 정해주셨으면 합니다."

나이 든 집사는 얼굴에 초조함을 감추지 못한 채 조화영 일행이 어서 떠나기만을 바라고 있었다.

조화영이 한발 물러나더니 풍림방의 현판을 쳐다보며 투덜거렸다.

"여기가 정말 풍림방이 맞는 거야? 지산 선사, 그 영감쟁이 말과는 영 딴판이잖아! 하여간 그 영감 제대로 가르쳐 준 게 없다니까."

문을 닫고 돌아서려던 집사가 급하게 다시 문을 열었다.

"소저! 방금 지산 선사라 하시었소?"

"네, 그래요."

조화영이 뾰로통한 얼굴로 대답했다.

"곤륜의 장로 중 한 분인 지산 선사 말씀이지요?"

"그렇다니까요!"
 귀찮다는 듯이 조화영이 내뱉었다.
 "지산 선사님과 소저께서는 어떤 관계이신가요?"
 노집사는 아예 대문밖까지 나와서 조화영의 소맷자락이라도 붙잡을 듯 다그쳐 물었다.
 "오래전 그 영감에게 몇 가지 잔재주를 물려받았을 뿐 뭐, 특별한 관계는 없어요."
 노집사의 얼굴에서는 다급함 속에서도 한 가닥 기대 섞인 표정이 엿보였다.
 "그렇지 않아도 지산 선사님을 애타게 찾고 있던 중인데 때마침 후인을 만났군요. 혹시 선사님의 행적을 알고 계신지요?"
 조화영은 '그 영감쟁이 본 지 십 년이 훨씬 넘었어요'라고 말하려다 얼른 생각을 바꾸었다.
 "괜찮다면 가주님을 뵙고 말씀드리고 싶군요."
 노집사가 아까와는 달리 조화영과 진소혜, 그리고 정사청을 끌듯이 대문 안으로 들였다.
 풍림방 안으로 안내되어 집사를 따라가면서 조화영 일행은 놀람을 금치 못했다.
 첫 번째 놀람은 풍림방 내의 전각들을 비롯한 여러 건물들의 규모였다. 풍림방은 뭇 시인 묵객들의 안식처라는 말이 실감 나게 잘 지어진 수십 채의 건물들이 정교하게 배치되어 있었고, 각각의 건물들 사이사이의 인공 호수와 손질된 정원은 그 자체만으로도 절로 시흥이 일어날 것 같았다.
 두 번째 놀람은 지금까지의 분위기와 전혀 다른 안채의 모습이었다.

다양한 크기의 연무장과 수련을 위한 여러 형태의 목상들은 보기만 해도 역동하는 힘을 느낄 수 있었다.

'과연 중원 사대세가 중 일가의 명성이 허언은 아니구나!'

조화영은 고개를 끄덕였다.

풍림방은 여러 문파와는 달리 그 이름에서도 알 수 있듯이 문과 무를 한꺼번에 수용한 가문이었다. 대대로 풍림방의 가주는 뛰어난 문장가이면서 무공의 고수여야 했다. 두 가지 중 한 가지가 아무리 뛰어나도 다른 한 가지가 모자라면 가내의 장로는 될 수 있어도 가주는 될 수 없었다.

바쁘게 걸어가는 집사를 따라가며 정사청은 풍림방 곳곳에서 엄중한 경계를 서고 있는 경비 무사들을 보고 암암리에 주위를 살폈다.

"최근의 가내 사정상 만일을 대비하고자 세워둔 경비들입니다."

정사청의 기색을 느꼈는지 집사가 풍림방의 외곽을 쳐다보며 설명을 덧붙였다.

'고수로군!'

무공을 익힌 흔적이 엿보이지 않아 평범한 노인네로 여겼는데 은연중에 흘린 한 가닥 경계의 기운을 돌아보지도 않고 감지하는 집사를 보며 정사청은 그렇게 생각했다.

여러 건물을 어지럽게 돌아 조화영 일행이 당도한 곳은 회의실 분위기를 풍기는 넓은 실내였다. 큰 탁자가 가운데 놓여져 있고 그 탁자 주위로 여러 명의 사람들이 심각한 얼굴로 무언가 의논을 하고 있었다.

"웬 손님들이오?"

실내에 있던 사람들 중 하나가 집사를 보고 미간을 찌푸리며 물었다.

"조금 전에 우리 풍림방을 찾으신 손님들인데…….."

집사의 얘기가 끝나기도 전에 노기 가득한 외침이 탁자 한곳에서 울렸다.

"집사, 제정신이오? 지금이 어떤 때인데 외부인을 들이는 거요? 더 더군다나 이곳까지!"

들어서자마자 험악해진 분위기에 조화영 일행은 머쓱해지며 멀뚱멀뚱거리게 되었고 찔끔 놀란 진소혜는 정사청의 뒤로 몸을 숨겼다.

"이분들은……."

집사의 목소리는 다시 아까의 그 성급하고 노기충천한 목소리에 가려 끝을 맺지 못했다.

"염라대왕이라도 오늘 같은 날에는 예외가 없다는 것을 알고도 남을 노회한 집사가 어찌 이러는 거요?"

노회한 집사는 다시 성급한 목소리가 터져 나오기 전에 빠르게 자신의 말을 끝마쳤다.

"지산 선사의 후인이 오셨길래……."

"웬 대답이 그리 많……."

이번에는 성급한 목소리가 그 끝을 맺지 못했다.

"지산 선사님의……."

"정말이오, 집사?"

"어느 분이 선사님의 후인이오?"

좌중이 술렁거리자 집사는 비로소 조화영 일행을 실내 중앙으로 인도했다.

조화영 일행이 자리한 뒤 약간의 대화 끝에 모두의 얼굴에는 실망의 기색이 넘쳐흘렀다.

가장 허술해 보이는 여자가 선사의 후인이었고 그나마도 선사와는 소식이 끊긴 지 오래였다.

결국 그들에게 조화영 일행은 없는 것보다 못한 존재가 되고 말았다.

"집사! 제대로 알아보기나 하고 온 거요? 내 알기로 지산 선사님께서 여제자를 두었다는 말은 금시초문이고, 그렇다 치더라도 이 소저가 선사님의 후인이라는 증거가 어디 있소?"

아까의 그 성급한 목소리가 다시 울렸다.

별로 환영받지 못하는 분위기에서 얼떨결에 지금까지 참고 있던 조화영이 마침내 본성을 드러내고 말았다.

"나참, 더러워 못살겠네! 가세가 기울어 군손님 받기 힘들다면 솔직히 그렇다고 할 것이지, 왜 멀쩡한 사람은 의심하고 그래! 뭐, 우리가 여기 아니면 하룻밤 묵을 곳 없을까 봐 이렇게 시답잖은 괄시야! 동생, 어서 나가자. 더럽다, 더러워!"

감히 상상도 하지 못할 문장을 구사하는 불청객의 불의의 일격에 모두 넋을 잃고 바라보았다.

그러는 사이 조화영은 정사청과 진소혜의 어깨를 밀고 거실 밖으로 나가고 있었다.

"말을 지독하게 안 듣던 청개구리 계집애가 많이도 컸구나."

얼이 빠져 태고의 정적이 감도는 풍림방 식솔들 사이에서 한줄기 정감 어린 목소리가 흘러나왔다.

상황에 전혀 어울리지 않는 이상한 소리에 등을 돌려 말소리가 난 곳을 쳐다보던 조화영은 턱수염을 길게 기른 한 중년인을 보고 눈이 화등잔만해지며 입이 딱 벌어졌다.

"관운장 아저씨!"

조화영이 안길 듯 긴 수염의 중년인에게로 뛰어갔다. 그리고 중년인의 팔을 잡고 깡충깡충 뛰었다.

"도대체 아저씨가 여기는 어쩐 일이에요? 너무 오랜만이죠, 그죠? 나 그동안 아저씨가 얼마나 보고 싶었는지 아세요? 이야~ 그 수염은 여전히 멋있네요? 하하하, 세상 참 좁다. 그렇죠, 관운장 아저씨?"

풍림방 역사상 지금처럼 모두가 혼이 나간 적은 한 번도 없었다.

"야, 이 녀석아, 좀 떨어져라! 애가 있어도 셋은 더 있을 만한 녀석이 이게 무슨 말도 안 되는 행동거지냐?"

관운장이라 칭해진 중년인이 조화영에게 잡힌 팔을 빼내며 낯을 붉혔다. 모두의 시선이 자신에게로 모이자 헛기침을 하며 긴 수염을 한 번 쓰다듬은 현 풍림방 가주의 동생인 영조찬은 어색한 설명을 하기 시작했다.

"여기 이 소저는 오래전에 내가 지산 선사님을 찾아뵈었을 때 몇 번 본 적이 있는 소저요. 그때도 지금처럼 천방지축으로 나를 따랐는데 근 십오 년이 흐른 지금도 변함이 없구먼. 험험. 어쨌든 지산 선사님의 후인인 것은 확실하오. 이름은 기억이 안 나지만 하도 말을 안 들어 청개구리라고 불렀……."

그 말과 동시에 조화영이 도끼눈을 뜨고 영조찬을 쳐다보았기에 얼른 입을 다물어야 했다.

"아저씨가 그럼 풍림방 사람이었어요?"

"그렇다."

"왜 그럼, 그때 말해 주지 않았어요? 그럼 오늘 같은 불상사는 없었을 거 아니에요?"

"이 녀석아! 그때 네가 풍림방이 뭔지 알기나 했겠느냐? 그리고 선사님과 얘기하며 풍림방 소리를 열 번도 더 했는데 네 녀석 주의가 산만하여 못 들은 게지."

"정말 세상 좁네요. 나 정말 아저씨 많이 보고 싶었는데 여기 계신 줄 알았어야지. 그 영감한테 구박받을 때 달래준 사람은 세상천지에 아저씨뿐이었는데……."

거의 고문에 가까운 조화영의 넋두리를 더 듣다 못한 영조찬이 집사에게 눈짓을 보냈다. 웃음을 참느라 애를 쓰던 집사는 재빨리 조화영 일행이 묵을 곳으로 인도했다.

한바탕 광풍이 지나간 후의 풍림방은 다시 폭풍 전야의 고요에 휩싸였다.

다음날 아침도 풍림방은 여전히 경비를 삼엄하게 세운 가운데 방 내 곳곳에는 팽팽한 긴장감이 느껴졌다.

조화영 일행은 아침을 든 뒤 일행의 숙소를 방문한 영조찬과 찻잔을 마주하였다.

"관운장 아저씨, 도대체 풍림방에 무슨 일이 일어난 거죠?"

조화영이 득달같이 질문을 하자 영조찬이 무거운 표정으로 찻잔을 내려놓았다.

"얼마 전 우리 풍림방은 몇몇 괴한의 침입을 받았다."

"사대세가 중 한곳인 이곳을 침입하는 무리들도 있나요?"

조화영이 말도 안 된다는 듯이 반문했다.

"물론 침입이라는 표현을 썼다만 처음부터 담을 넘거나 숨어든 것은 아니었다. 그저 가주이신 형님을 뵙겠다고 하여 정중히 만난 것인데,

갑자기 소란이 일었기에 우리가 뛰어 들어가 보니 형님은 상처를 입고 쓰러져 계셨고 그들은 순식간에 사라져 버렸다."

"어떻게 이 많은 인원이 있는 풍림방에서 그들 중 한 명도 저지하지 못했나요?"

"그들은 결코 범상한 인물들이 아니었다. 형님을 제압한 솜씨도 그랬고 풍기는 기도 역시 엄청났다. 설사 정면 대결을 했더라도 우리가 그들을 막을 수 있었을지는 의문이다."

조화영과 정사청이 의문스런 얼굴로 영조찬의 말을 듣고 있는 동안 진소혜는 겁먹은 얼굴이 되어갔다.

"그들의 목적이 무엇이었나요?"

"그건 말할 수가 없구나."

"우리를 경계하는 건가요?"

조화영이 볼멘소리를 냈다.

"그런 게 아니라 그들과 대화한 사람은 형님뿐인데 웬일인지 밝히기를 꺼려하시니 나 역시 알 수가 없다."

"그렇군요. 그럼 조만간 또 올 수도 있겠네요?"

"정확한 건 형님께서 말씀을 하셔야 알 수 있을 것이나 풍림방의 손님들을 모두 내보내고 경비를 삼엄하게 하라는 것으로 봐서는 그렇게 될 것 같다."

'은하전장에서 은밀하게 흘러나오는 괴소문과 얼마 떨어지지 않은 이곳의 변고는 아무래도 관련이 있을 듯하다!'

정사청은 무표정하게 두 사람의 얘기를 들으면서도 머리 속으로는 빠르게 생각을 펼쳐 갔다.

"어쨌든 우리로서는 자네 일행을 더 이상 이곳에 머무르게 할 수 없으니 지금이라도 거처를 옮겼으면 싶구나."

정중한 축객령에 조화영이 눈을 치뜨며 소리를 질렀다.

"관운장 아저씨 눈에는 제가 의리라고는 눈곱만큼도 없는 조무래기로 보이세요? 어려움에 처한 아저씨를 두고 나만 편하자고 도망치게!"

"그런 게 아니라 우리 방의 일로 인해 너나 네 일행이 무슨 일을 당할지 몰라 그러는 것이야."

"저도 제 한 몸은 간수할 수 있어요. 그리고 여기 동생들도 마찬가지고요."

영조충이 진소혜에게 눈길을 주었다. 지산 선사의 진전을 이었다면 조화영은 그녀의 말대로 크게 신경 쓰지 않아도 될 것이다. 또 같이 온 청년은 얼핏 보기에도 쉽게 만날 수 없는 기재임이 분명했다.

하지만 다른 한 소저는 무공은 고사하고 핼쑥하니 병색마저 있어 보였다.

그런 생각을 읽은 조화영이 정사청을 가리키며 선수를 쳤다.

"걱정 마세요! 여기 동생은 일당백의 고수니까 우리 둘이 책임지면 이 동생도 염려 없어요."

영조찬이 정사청을 잠시 쳐다보았다.

"어젯밤에 자네에게 시달리느라 정신이 없어서 인사도 못 차렸군. 일행들 소개도 좀 해주지 그러나?"

조화영은 진소혜와 정사청을 고향 동생들이라고 적당히 소개하고 자세한 내력은 알려주지 않았다.

"어쨌든 오늘 내로 거처를 옮겨주기 바라네. 부탁일세."

그런다고 꺾일 조화영이 아니었다.

"좋아요, 지금 당장 나가죠! 나가서 풍림방에 흉수가 침입해 가주를 해하고 사라져서 풍림방이 일급 경계 태세에 돌입했다고 사방팔방 떠들고 다니겠어요."

소태 씹은 얼굴로 영조찬이 밖으로 나갔다.

진소혜가 조화영의 행동에 웃음을 머금으면서도 한편으로는 걱정이 되어 말을 걸었다.

"언니, 정말 여기 더 머물러도 괜찮을까? 난 겁이 나."

"괜찮아. 중원 사대세가가 말만으로 이루어진 줄 아니? 며칠만 더 묵고 별일없으면 우리 갈 길로 가. 괜찮지, 사청?"

남의 일에 끼어드는 것을 싫어하고 또 그럴 만한 여유도 없는 정사청은 당장이라도 풍림방을 떠나 노숙을 하는 것이 훨씬 더 편했다. 하지만 지친 기색이 역력한 진소혜와 또 이번 풍림방의 사태를 조금 더 파악해 보고 싶다는 생각이 없지 않아 하루 더 있을 생각을 굳혔다.

"하루만 더 묵읍시다!"

하루만 더 묵자는 말에 뭔가 할 말이 많은 듯하던 조화영이 입을 다물었다. 그녀가 세상에서 유일하게 고집 싸움에서 이긴 적이 없는 사람이 바로 정사청이었다.

정사청은 외출했다가 오후 늦게 돌아왔다. 그동안 조화영과 진소혜는 풍림방의 문인들이 묵던 거처를 돌아보며 감탄사를 내지르기에 여념이 없었다.

저녁을 마친 후, 조화영 일행은 풍림방의 부름을 받고 집사와 함께 어젯밤 처음 들른 그 거실에 들어섰다.

어제와 마찬가지로 분위기는 긴장되어 있었고 거기에 더하여 이유 모를 적의가 엿보였다.

정사청은 그것이 자신에게로 쏠리는 기운임을 느꼈다.

"자네가 무당의 대제자인가?"

어제 처음 본 자리에서 노기 띤 목소리로 집사를 책망하던 풍림방 가주의 형이자 첫째인 영조충이 정사청을 노려보고 있었다.

'애초에 이곳에 오지 말았어야 했다.'

설마 이곳에서 자신을 알아보는 사람이 있을 줄은 몰랐다. 그래도 모를 일이라 눈에 띄지 않게 조심을 했건만 누군가 자신을 알아본 모양이었다.

"그랬었습니다."

"그랬었다? 그 말은 지금은 그렇지 않다는 뜻인가?"

정사청이 말이 없자 영조충이 다시 질문을 던졌다.

"사부가 한중광이겠군?"

"그렇습니다."

영조충의 입가에 비웃음이 실렸다.

"미쳤다고 들었는데?"

거침없이 쏟아지는 말에 가주의 딸인 영숙정이 나서려 했지만 소용이 없었다.

정사청은 이들의 적의가 어디서 기인한 것인지 알고 있었다.

무당과 곤륜!

천 년 전통의 소림과 제왕성에는 한 수 접어주고 들어갔지만 서로에게는 다시 우위를 넘겨줄 수 없다는 자존심이 최근에 와서 팽팽히 맞서고 있었다. 풍림방은 곤륜과 인연이 깊고 영조찬 역시 곤륜의 속가제자나 마찬가지였다.

그런 풍림방이 무당의 대제자인 자신에게 좋은 감정일 리가 없었다.

더욱이 지금처럼 신경이 날카로운 시기에는…….

"내가 잘못 들은 것인가?"

영조춘이 재차 물었다.

"그렇습니다."

정사청이 간단히 대답하자 뭔가 화풀이할 표적을 잃은 영조충이 노기가 한층 짙어진 목소리로 다시 내뱉었다.

"장경각에 불을 질렀다던데?"

"쓸모없는 책은 버려야지요."

"오호! 그런가?"

득의에 찬 영조충이 빈정거렸다.

"무당의 장경각에는 쓸모없는 책들이 많은가 보군! 그건 몰랐네!"

"형님, 왜 이러십니까, 손님들한테."

영조찬과 영숙정이 만류했지만 어제 조화영에게 어이없이 당한 앙금이 아직 남아 있는 영조충이었다.

"손님이라? 하긴, 불청객도 객이지."

"백부님, 지금 이런 일로 시간을 낭비할 때가 아니지 않습니까?"

원망 섞인 영숙정의 말에야 비로소 영조충이 누그러들었다.

"더 이상 물으실 말씀이 없다면 이만 가보겠습니다."

담담한 눈빛의 정사청이 영조충의 눈빛을 마주했다. 단 한 점의 흔들림도 없는 심연 같은 눈빛에 영조충은 가슴이 서늘해졌다. 그러나 그것이 반작용으로 다시 나타났다.

"가보게! 무당의 대제자라 수양이 깊어 그런지 무골호인이군."

조화영의 얼굴이 붉으락푸르락 폭발 일보 직전이었다가 정사청의 얼굴을 본 후 새하얗게 식어갔다. 아무런 표정이 없는 그 얼굴에서 오히려 사람의 영혼마저도 산산이 부숴 버릴 듯한 공포를 느낀 것이다.
 영조찬과 영숙정의 안타까운 눈빛을 뒤로한 채 조화영 일행이 거실을 나섰다.
 "오늘 하루 더 여기에 머무른 게 잘못이야. 내게 너무 따뜻했던 관운장 아저씨와 조금이라도 더 있고 싶은 내 욕심이 사청에게 사나운 꼴을 당하게 만들었어. 소혜, 당장 짐 싸! 노숙이 이보다 못하겠어?"
 조화영이 분을 삭이지 못하고 씩씩거릴 때 문밖에서 인기척이 났다.
 "좀 들어가도 되나요?"
 영숙정이었다.
 "정말 미안해요. 제가 대신 사과드릴게요."
 "사람 죽여놓고 미안하다면……."
 길길이 날뛸 준비를 하던 조화영이었지만 정사청에 의해 제지당했다.
 "괜찮소. 처음부터 우환이 있는 귀 방에 억지로 밀고 들어온 우리의 잘못이오. 어쨌든 내일 아침 일찍 떠날 테니 심려치 마시오."
 물이 흐르듯 담담한 목소리에 영숙정이 무슨 말을 하려다 그의 얼굴을 보고 입술이 굳어졌다.
 '무서운 사람이야!'
 더 이상 한마디도 덧붙이지 못한 채 방을 나오며 영숙정은 가슴을 쓸었다.

 늦은 봄의 밤 내음은 꽃 향기보다 더 그윽했다. 비록 운학산 깊은 곳의 밤 내음과는 비교가 되지 않았지만 이곳 풍림방의 인공 호수와 정원에서 밀려오는 꽃 냄새 가득한 적막도 더없이 운치가 있었다.

"개도 물어가지 않을 정파의 썩어빠진 자존심!"

또 한 분의 사부인 광승 광해 대사의 말이 귓전에 울렸다. 오로지 무공에만 미친 외로운 노인네. 사제를 찾고 사부 한중광의 기행에 관한 해명을 할 수 있는 날이 오고 난 뒤엔 두 번째 사부인 광해 대사와 운학산에서 떨어진 알과 새끼 학을 돌보며 신선처럼 살고 싶었다. 그에 겐 명예도, 무공도, 강호무림도 모두가 치졸한 한 편의 가무극일 뿐이었다.

'잠을 청하자! 어서 아침이 되어 이곳 풍림방부터 벗어나야겠다!'

"누구냐!"

쨍— 쨍강—

"아악—!"

갑자기 들려오는 비명 소리와 병장기 부딪치는 소리에 정사청이 반사적으로 몸을 일으켰다.

바깥은 난리였다. 전각이 불타고 곳곳에서 싸움이 일어나고 있었다. 벌써 많은 사람들이 바닥을 뒹굴었고 쉼없이 떨구어지고 있었다.

전각 꼭대기까지 불이 휘감아 올라 사방이 훤해지자 장내가 대낮처럼 눈에 들어왔다. 복면을 한 흑의인들이 풍림방 무사들을 썩은 짚단 베듯 베어 넘기고 있었다.

"물러서라!"

성질 급한 영조충이 더 이상 참지 못하고 싸움 속으로 뛰어들었다. 무지막지한 대라도(大羅刀)가 광풍을 일으키며 침입한 흑의인들을 쓸어가자 잠시 흑의인들의 진영이 흐트러지며 공격이 주춤거렸다.

영조충이 다시 한 번 고함을 치며 도를 휘두르자 한 번 더 흑의 괴한들이 주춤하였다.

하지만 그것뿐이었다. 괴한 중 한 명이 천천히 영조충을 막아서자 다른 괴한들은 잠시 주위를 견제하며 상황을 살폈다.

영조충이 콧김을 뿜으며 막아선 흑의인을 향해 부술 듯이 도를 휘둘렀다. 흑의 괴한은 슬쩍 옆으로 피하며 순식간에 영조충의 도가 지나간 자리를 찔러갔다. 눈이 부실 듯이 현란한 검이 춤을 추었다.

"어헉—"

어깨와 목덜미에 상처를 입은 영조충이 대경실색을 하며 크게 한 발 물러났다.

영조충을 싸늘히 쳐다보던 괴한이 안중에도 없다는 듯 뒤를 돌아보며 지켜보던 무리들을 힐책했다.

"뭣들 하느냐! 반 시진 이내에 모두 끝내야 한다!"

다시 괴한들의 검이 춤을 추었고 풍림방의 무사들은 바닥을 뒹굴기 시작했다.

영조충이 놀란 가슴을 진정시키기도 전에 좀 전에 싸웠던 괴한의 검이 춤을 추었다.

"형님!"

영조충의 허리가 길게 베이며 피분수를 뿌리는 순간 영조찬과 영숙정이 바람처럼 날아들었다.

쨍강—

영조찬과 다시 맞선 괴한은 누구든 상관 없다는 듯 똑같이 어지럽게 검을 찔러왔다.

'저 검법은!'

정사청의 눈이 번쩍 하고 빛을 발했다. 눈에 익은 검이었다. 아니, 죽어도 잊을 수 없는 검이었다. 불에 탄 모옥 앞에서 제왕성의 비영단 무사에게서 펼쳐진 현란한 제왕성의 검이었다.

무당의 태을검을 가닥가닥 끊어버리고 칠선검을 그물처럼 막아버렸던 그 검법이었고, 검집을 버리고 생의 모든 것을 정리하면서 마지막을 의식하게 했던 그 검이었다.

쿠아아앙—

한줄기 광풍이 터져 나왔다.

영조찬을 단숨에 무력화시키며 칼을 영숙정의 심장으로 들이밀던 괴한은 자신을 덮쳐 오는 무지막지한 한줄기 강기를 느끼고 엉겁결에 칼을 휘둘러 대응했다.

"이, 이럴 수가!"

어느새 허리에 작은 구멍이 뚫려 있었다. 그 구멍에서 더운 피가 흘러나오고서야 상처가 내장을 관통하여 등까지 연결되어 있음을 느낄 수 있었다.

앞쪽의 허리와 뒤쪽 등 뒤의 작은 구멍에서 폭포수 같은 피가 흘러나오고 불로 지진 듯한 고통이 뒤늦게 전해져 오면서 의지와는 상관없이 휘청 무릎이 꺾인 괴한은 통나무처럼 바닥에 쓰러졌다. 그는 쓰러져 가면서도 도저히 이 상황을 이해할 수 없다는 듯이 손을 내저었다.

온 장내에 폭음을 울리며 펼쳐진 그 무공은 얼핏 보기에는 소림의 중후한 금강대력장이었다. 처음에는 분명히 그랬었는데 공간을 접하며 백보나한권으로 변했고 몸에 닿는 순간에는 탄지신공으로 바뀌더니, 그 엄청난 힘이 한 점의 지풍으로 모아져 몸을 뚫고 지나갔다.

덩치 큰 대호(大虎)의 힘으로 도약하여, 먹이를 잡아채는 매의 기세로 날아와 독이 뚝뚝 떨어지는 살모사의 이빨을 몸속 깊숙이 찔러 넣는 형국이었다.

"무슨… 이런 어처구니없는……."

혼미한 의식 속으로 빠져드는 순간에도 괴한은 믿을 수 없다는 듯 눈을 부릅떴다.

소림의 절학들이 연이어 정사청의 손에서 펼쳐졌다. 기수식을 보며 여유를 가지고 그에 대비하던 복면인들이 대경실색하며 수비식을 변형해 갔지만 이미 그들의 몸 한곳에는 소림무학의 결과만이 남았다.

가까운 곳에 있던 복면의 괴한들을 쓰러뜨린 정사청이 다시 목표를 찾아 조용히 시선을 돌렸다.

피아를 가리지 않고 장내의 모든 사람들이 귀신을 본 듯한 시선으로 정사청을 쳐다보았다.

표정없이 목표를 찾던 정사청은 바닥에 떨어진 칼을 무심히 바라보았다.

"무당의 칼은 버리거라!"

사부의 한마디를 들은 이후 그는 몸에 칼을 지니지 않았다. 허리를 가르고 가슴을 날름거린 비영단 사내의 칼을 막을 수 없다면 다시는 칼을 들지 않으리라 맹세했었다.

광승에게서 검도장오식을 익히며 철저히 버렸던 무당의 칼!

자신의 성취를 바라보면서도 기뻐하기보다는 오히려 처연히 쳐다보던 사부 한중광의 얼굴이 떠올랐다. '사형!' 하며 어리광스런 미소를 띠고 괜히 어깨를 부딪치며 옆으로 다가앉던 이가송의 모습도 떠올랐다.

'이젠 나도 이가송도 없는 무당의 한쪽 구석방에서 사부는 어떻게 지낼까? 끼니는? 빨래는?'

가슴 저 밑바닥에서부터 주체할 수 없는 살기가 피어 올랐다.

안개처럼 깊어가는 살기에 옆에 있던 영조찬과 영숙정이 자신도 모르게 두어 발 뒤로 물러섰다.

바닥에 뒹구는 주인 잃은 검을 정사청이 발끝으로 차올렸다. 칼이 떠올라 손잡이가 손 앞으로 오기도 전에 휘익 손을 뻗어 칼을 잡아챈 정사청이 섬전처럼 흑의복면인들에게로 쇄도해 갔다.

주춤거리던 한 흑의인의 칼 든 팔이 몸에서 분리되어 허공에 떠올랐다.

"아악!"

그 비명을 시작으로 처절한 지옥도가 펼쳐졌다. 상상의 궤를 완전히 벗어난 칼부림에 흑의복면인들의 눈에는 공포가 어렸다. 가슴을 찔러오는 칼을 쳐 올리는 순간 그 칼끝은 쳐 올리는 탄력을 고스란히 담아 얼굴을 비스듬히 할퀴고 지나갔다.

한쪽 눈과 얼굴 가죽이 반쯤 잘려 나간 괴한은 지독한 고통에 다른 한쪽 눈마저 뜨지 못하고 바닥을 뒹굴었다.

그런가 하면 목을 쓸어오는 칼을 상체를 젖혀 피하는 순간, 칼은 아랫배를 수직으로 가르며 내장까지 훑고 지나갔다.

찌르는 듯하여 막으면 어느새 베어오고 베어오는 칼을 피하면 그 칼은 어김없이 빈 곳을 향해 찔러들었다.

순식간에 전력의 사 할을 잃은 복면인들이 일순 흔들리다 공세에서 수세로 돌아섰다.
"팔방연환진을 펼쳐라!"
다급한 외침과 함께 괴한들이 신속하게 한곳으로 모여들어 진세가 형성되었다.
쉴 새 없이 괴한들을 베어 눕히던 정사청이 잠시 공격을 멈추고 칼을 늘어뜨리며 우두커니 섰다. 아무 표정 없는 얼굴과 깊이를 알 수 없는 눈빛이 상대에게 공포를 느끼게 하였다.
가물가물한 의식 속에서도 영조충은 정사청의 그런 모습을 눈을 부릅뜨고 지켜보았다. 어젯밤 자존심을 있는 대로 긁어놓았을 때 오히려 차분히 가라앉았던 그 모습 그대로였다.
'살성을 건드렸구나.'
그 생각을 끝으로 영조충은 의식을 잃고 말았다.

* * *

오삼기는 죽을힘을 다해 경공을 펼쳤다. 풍림방에 괴한들이 침입하는 순간 가주 영조윤은 창백한 얼굴로 한 장의 서찰을 최대한 빨리 은하전장에 전해주라는 명을 내렸다.
비풍(飛風)이라는 별호답게 순식간에 풍림방의 뒷담을 뛰어넘으며 흘깃 쳐다본 장내의 광경은 절로 오금을 저리게 만들었다.
소리없이 풍림방의 높은 담을 뛰어오른 뒤, 몸을 숙여 담장 꼭대기에 찰싹 달라붙으며 구렁이 담 넘듯 슬며시 넘어가는 그 짧은 순간에도 벌써 다섯 명의 풍림방 무사가 피를 뿌리며 쓰러졌다.

절대 발각되지 말고 최대한 빨리 풍림방을 빠져나가라는 가주의 명이 아니더라도 그들의 무서움을 자신의 눈으로 똑똑히 보았는지라 조금도 지체하고 싶은 생각이 없었다.

산 하나를 돌아 십여 리의 거리에 있는 은하전장에 도착했을 때, 오삼기는 은하전장에서도 풍림방에서와 비슷한 싸움을 목격했다.

하지만 은하전장에서 접한 싸움의 양상은 풍림방과는 정반대의 상황이 연출되고 있었다.

흑의복면인들은 벌써 반수 이상이 바닥에 널브러져 있었고 남은 반수도 세 명의 젊은이에 의해 일방적으로 몰리고 있었다.

특히 넓은 도를 휘두르는 한 젊은이의 악마적인 도법은 너무도 무지막지하여 오삼기는 일순 자신의 임무마저 잊은 채 멍하니 서 있었다.

"누구냐!"

칼을 들이대는 한 사내의 일갈을 대하고서야 정신을 차린 오삼기는 급히 봉서를 내밀었다.

"풍림방이 괴한의 침입을 받았소! 가주의 전갈이오! 어서 장주에게 전해주시오!"

봉서를 전해 받은 구레나룻 사내가 상급자인 듯한 다른 사내에게 봉서를 전달했다. 그 사내는 곧 어디론가 바쁘게 뛰어갔다. 남은 구레나룻 사내는 자신을 감시하는 듯 눈을 부라리며 서 있었다.

오삼기는 초조한 표정으로 상황을 살피며 안절부절못하고 서성거렸다.

장내의 싸움이 끝나자 한 중년인이 봉서를 들고 아직 싸움터에 서 있는 넓은 도를 든 사내에게 뭔가를 급히 말했다. 넓은 도를 든 사내는 같이 악마도를 연출하던 다른 두 사내에게 지시를 했고 둘은 고개를 끄덕이고는 날아올랐다.

한 사내가 서성이던 오삼기를 부르자 오삼기는 뛰듯이 그 사내를 따라 전각 안으로 들어갔다.

"풍림방의 상황은 어떻소?"

장천호가 오삼기를 쳐다보며 물었다.

풍림방의 노집사 오삼기는 피를 뒤집어쓴 사내의 몰골에 치를 떨며 더듬더듬 말을 이었다.

"내가 빠져나올 때 풍림방 무사들은 벌써 수십 명이 쓰러져 있었습니다. 최초의 비명이 있은 지 채 일 다경이 지나지 않은 시간이었는데도 말입니다. 지금쯤은 얼마나 더 희생되었을지… 도대체 저들은 누굽니까?"

비통한 눈물을 감추지 못한 오삼기가 사내에게 반문했다.

"좀 더 빨리 왔으면 좋았을 텐데……."

장천호의 얼굴에 일말의 아픔이 스쳐 갔다.

"읽어보시오."

장천호가 봉서를 내밀었다.

〈은하장주 귀하!

이제야 이런 서찰을 전하게 된 이 못난 인간을 용서하시오.

우리 풍림방은 얼마 전에 몇 명의 괴한들의 침입을 받았소. 그들은 단도직입적으로 얼마 후 자기네들이 은하전장을 칠 것이니 그 일에 풍림방이 일절 관여치 말 것을 요구했소.

너무 어이없는 그들의 요구에 난 웃음을 터뜨리고는 호통을 쳤소. 그리고는 그들의 본색을 드러내게 하려고 칼을 잡았소.

하지만 그들은 정말 무시무시한 자들이었소. 채 오 합도 겨루기 전에 유성검(流星劍)이라 불리던 나 영조윤이 큰 상처를 입으며 꺾이고 말았소.

그들은 신속히 사라지며 말했소. 오늘 일이 발설되거나 앞으로 풍림방이 어떤 움직임을 보이면 출가한 내 큰딸과 그 자식들을 가장 고통스럽게 죽이겠다고… 이미 그들은 이런 일에 대비하여 내 딸의 식구들에게 마수를 들이댄 듯하오.

며칠을 고민하며 홀로 몸부림치다 결론을 내렸소. 칼을 든 무인으로서, 그리고 그 가족으로서 칼로 쓰러지는 것은 어쩌면 정해진 운명.

이제 난 싸우겠소. 그들의 무서움을 몸소 겪은 바, 귀 장에 도움을 줄 수 없음을 안타깝게 생각하오. 하나 귀 장은 중원제일의 전장이니 만반의 대비를 하시면 스스로를 지킬 수 있으리라 생각하오.

무운을 비오.)

봉서를 쥔 오삼기의 손이 부르르 떨리며 눈물이 쏟아졌다.

"가주! 어찌 나를 이곳으로 보내시었소! 나만 홀로 남아 얼마나 큰 치욕 속에 살게 하려 하시오!"

오삼기가 벌떡 일어섰다.

"어서 가봐야겠소."

"가도 소용없을 것이오. 아마 이곳과 풍림방을 동시에 친 모양인데 이미 전멸했거나 그렇지 않다면 좀 전에 보낸 두 사람이 해결할 것이오."

장천호의 말에 오삼기가 머리를 쥐어뜯으며 말했다.

"하루만 빨랐어도! 하루만 빨리 봉서를 전달했어도 대협께서 풍림방을 구할 수가 있었을 텐데!"

＊　　　＊　　　＊

　팔방연환진(八方連環陳) 속에 갇힌 정사청은 쉴 새 없이 찔러오는 여덟 개의 칼에 그물에 갇힌 물고기처럼 활로를 찾지 못하며 어려움을 겪고 있었다. 풍차처럼 돌아가며 모든 방위를 점하고 찔러오는 칼에 공격의 틈을 찾지 못하는 것이다.
　'이렇게 수비만 하다가는 당하고 만다!'
　그의 눈빛이 냉정히 빛나며 한곳을 힐끔 쳐다보았다.
　'저곳이군!'
　진세의 한 부분에서 연결 고리를 찾았다. 하지만 그곳을 쳐 나가려면 몸 한곳의 상처를 감수해야 했다. 지금으로써는 어쩔 수 없는 일이었다.
　빈틈없이 찔러오는 칼을 막으며 왼손으로 한쪽 고리를 향하여 일장을 날렸다.
　펑! 하는 폭음과 함께 고리가 끊어졌고 예상대로 어깨 깊숙이 칼 하나가 박혀들었다.
　"위험해요!"
　또 다른 칼이 정사청의 왼팔을 공격하려는 순간 영숙정의 칼이 끊어진 진세 속에서 중심이 흐트러진 사내의 허리를 베었다.
　"크윽."
　비명과 함께 정사청의 팔을 쳐가던 사내가 쓰러짐으로써 정사청은 어깨에 깊숙한 상처를 입은 채 진세 속에서 빠져나올 수 있었다.
　비록 생사와는 무관했지만 상처에서는 폭포수 같은 피가 흘러내리고 있었다.

'속전속결로 끝내야 한다!'

상처를 돌볼 틈도 없이 정사청이 다시 복면인들을 쓸어가 한 명의 목을 더 날렸다.

"다시 팔방연환진을 형성하라!"

한 사내의 외침에 남은 인영들이 진세를 짜기 시작했다.

진세가 완성되기 전에 끊어야 했다. 다시 한 번 진세 속에 갇히면 끝장이었다. 냉철히 염두를 굴린 정사청이 앞으로 쏘아져 나갔다.

그러나 쩍 벌어진 어깨와 덜렁거리는 한쪽 팔이 신형을 휘청이게 하였고, 그 짧은 흔들림이 틈을 주어 다시 진세 속에 갇히고 말았다.

정사청의 무표정한 얼굴이 굳어졌다. 다시 진세 속을 빠져나오려면 큰 상처를 하나 더 남기게 되리라.

그런데 그 와중에도 저쪽 담장 위에서 두 사람의 흑의복면인이 뛰어내리고 있었다. 그들까지 가세한다면 더욱 어려워질 것이다.

'몇 놈이나 더 있을까?'

칼을 굳게 쥐고 하나의 목표에 시선을 고정시켰다.

'앞으로 슬쩍 움직이면 뒤쪽에서 칼이 날아올 것이다. 살을 내어주고 뼈를 취하자!'

등 뒤의 공격을 도외시한 채 앞을 쳐 나간다면 두 명은 더 죽일 수 있을 것이다.

슬쩍 한 발을 내디뎠다. 생각대로 등 뒤의 움직임이 느껴졌다. 곧 화끈한 등의 고통을 예상했다.

"아악!"

예상과는 달리 등 뒤에 와 닿는 것은 날카로운 비명이었다. 급히 뒤돌아보니 담을 뛰어넘어 가세했던 두 복면인이 등 뒤의 괴한을 베어

버리고는 남아 있던 다른 괴한들을 쳐 나갔다.

'누구일까?'

생각일 뿐 몸은 어느새 앞에 있는 목표를 쓸어갔다.

가슴이 쩍 갈라진 사내가 고통에 찬 눈빛으로 쓰러졌고 그 틈으로 몸을 빼낸 정사청이 한 명의 목을 더 날린 후에야 비로소 담을 넘은 두 사람을 볼 수 있었다.

자신의 검과는 또 다른 철저하게 축약된 악마의 검이 춤을 추고 있었다. 무지막지하면서도 쾌속하기 짝이 없는 검이 또 다른 두 괴한의 허리와 목을 쓸어갔고, 순식간에 목이 분리되고 허리가 끊어진 주검이 되어 눈앞에 뒹굴었다.

남은 괴한들마저 순식간에 베어 넘긴 두 흑의복면인이 잠시 장내를 확인하고는 눈길을 교환한 후 넘어왔던 담장을 뛰어넘었다.

긴장이 풀린 정사청에게 지독한 잠이 쏟아져 왔다.

'그러고 보니 어젯밤 잠도 설쳤군. 여긴 정말 잠자리가 불편한 곳이야.'

스르르 쓰러지는 정사청의 시야에 진소혜가 담장을 쳐다보며 두 손을 모아 오열하듯 외치는 모습이 마지막으로 들어왔다.

"야, 도정! 너, 방금 그 소리 들었어?"

"무슨 소리?"

"아까 우리가 담을 넘어올 때 났던 소리 말이야!"

"야, 이 자식아! 그곳에서 난 소리가 한두 개가 아닌데 뭘 들었냔 말이야?"

이들은 은하전장에서의 싸움을 마치고 급히 풍림방으로 달려와 괴한을 처치함으로써 풍림방의 위기를 구한 신도기문과 철도정이었다. 그들은 풍림방의 예상외의 작은 피해에 안도의 한숨을 쉬며 은하전장으로 돌아가던 중이었다.

"아까 막 담을 넘을 때 들리던 어떤 여자의 통곡 같은 외침 소리 말이야."

"뭐 눈엔 뭐만 보인다더니… 그 와중에도 네놈 귀엔 여자 목소리만 들리더냐?"

철도정이 평소답지 않게 근엄하게 혀를 찼다.

"자식아! 그게 아니라, 그 여자 분명히 '천호 오라버니'라고 외치지 않았어?"

"아, 그 목소리! 그런데 그게 왜?"

"분명히 천호라고 그랬지?"

신도기문이 경공을 멈춰 관도 한쪽에 내려서며 말했다.

"야, 임마! 멈추긴 왜 멈춰? 금세 관병이 몰려올 텐데."

"천호라고 했어, 안 했어?"

"그랬던 것 같아. 그런데 그게 왜?"

철도정이 불만스런 표정으로 신도기문을 쳐다보다 다시 불평 어린 말을 뱉었다.

"죽은 놈들 중에 천호라는 놈이 있었겠지. 그리고 그놈과 눈맞은 계집애가 지른 소리겠지 뭐."

청도정의 머리에 신도기문의 주먹이 날아왔다.

"에라, 이 멍청한 놈!"

"이 자식이 미쳤나! 왜 길 가다 말고 멀쩡한 사람 머리를 쥐어박는 거야? 내 머리가 뭐 동네북이냐? 보는 놈마다 쥐어박게!"

신도기문이 기가 막힌다는 표정으로 한 번 더 주먹을 들었고 이력이 난 철도정이 멀찍이 머리를 치웠다.

"야, 이 먹통아! 우리 두령 이름이 장천호잖아! 장천호!"

"뭐! 두령이 장천호야? 그러고 보니 들은 것도 같은데… 맨날 두령이라 불렀지 언제 이름을 불러봤어야지."

철도정이 머리를 긁적거렸다.

"그렇다면 아까 그 계집애, 아니, 그 여자 분이 두령을 아는 사람이란 말이야? 에이, 그럴 리가 있나? 우린 복면을 했었고 또 우린 산적 같은 두령하고는 닮은 곳이 없잖아?"

"꼭 그렇지만도 않아! 우리 칼이 누구 것이야? 두령에게 배운 칼이잖아? 그 칼을 알고 있는 사람이라면 우리를 두령으로 착각할 수도 있지 않겠어?"

그제야 철도정이 뭔가 짚인다는 듯이 고개를 끄덕였다.

"그래, 그럴 수도 있겠는데. 그러고 보니 두령은 여자가 있는 것 같았어. 그러니 능소빈, 그 여우가 그렇게 꼬리를 치는 데도 묵묵부답이지. 아야야~"

한 대 더 맞은 철도정이 머리를 감쌌다.

"이 자식이 말이면 다인 줄 알아! 뭐가 여우야? 맨날 등 뒤에서 눈물 짓고 한숨만 쉬는 여우도 있냐?"

신도기문이 도끼눈을 하다 다시 생각에 잠겼다.

"야, 돌아가자!"

"어딜 말이야?"

"어디긴 어디야, 풍림방이지."

"거긴 뭣 하러 다시 가? 예상외로 피해가 적었고 영호성, 그 자식한테 원망 듣지 않을 정도는 하고 왔잖아?"

"그게 아니라 그 여자 정말 두령의 여자라면 그곳에 둘 수 없잖아? 무슨 일이 다시 일어날지도 모르고."

"그건 그렇네."

"그리고 툭하면 두령이 '이젠 갈 길들 가보시오' 하고 우리에게서 떠나려 하는데 그게 다 그 여자 때문이 아니겠어? 이 기회에 두령 곁에 붙여두면 다시는 떠나려 안 할 거잖아."

철도정의 입이 함지박만하게 벌어졌다.

"그래! 그렇겠지? 두령 떠나면 우린 완전히 주인 잃은 강아지 신세인데 안 되지, 안 돼."

신도기문이 미처 방향도 돌리기 전에 철도정이 저만치 왔던 길로 다시 쏘아져 갔다.

'하여간 저놈은…… 하고많은 말 중에 강아지가 뭐야, 강아지가!'

즐비하게 늘린 시체들을 치우며 부상으로 쓰러진 괴한들을 살피면서 풍림방의 사람들은 혀를 내둘렀다. 그들 모두 독을 깨물고 죽어 있었던 것이다.

영조찬과 영숙정, 그리고 풍림방의 기솔들은 영조충과 정사청을 돌보는 데 온 힘을 기울이고 있었다.

둘 다 다행히 불구가 되지는 않겠지만 한동안은 요양이 필요한 상태였다.

적도들이 사라지고 부상자들의 신음 소리와 비명 소리 가득한 아비규환의 장내에 두 명의 사내가 조용히 내려섰다.

그들은 풍림방 기솔들의 분주한 움직임 속에서 은밀히 아까 그 외침

소리가 났던 곳을 살피며 두리번거렸다. 복면을 벗고 분주한 풍림방 무사들 속에 섞였기에 그들을 특별히 주시하는 사람들은 없었다.
"야! 저기 아니야?"
파리한 혈색에 눈이 퉁퉁 부을 정도로 울고 있는 진소혜와 그녀를 다독거리는 조화영을 발견한 철도정이 신도기문을 불렀다.
신도기문이 천천히 고개를 끄덕이며 조화영과 진소혜에게로 다가갔다.
자신들에게로 다가오는 두 사내를 바라보며 조화영이 흠칫 몸을 굳혔다. 그들의 기도가 남다른 때문이었다. 또 조심스럽게 다가오는 모습이 마치 지옥에서 걸어나온 얼음 인간처럼 느껴지는 것이 결코 풍림방에서 볼 수 있는 사람들이 아니었다.
조화영은 얼른 진소혜의 앞을 가로막았다.
두 사내가 걸음을 멈추고 천천히 양팔을 벌렸다. 적의가 없다는 표시였다.
"무슨 일인가요?"
여전히 긴장을 풀지 않은 조화영이 두 사내를 쏘아보며 물었다.
"아까 '천호 오라버니' 하고 고함을 치신 분이······?"
진소혜가 벼락처럼 앞으로 뛰어나왔다.
"오라버니를 아시나요?"
"그분 성함이 장천호이던가요?"
철도정의 질문에 진소혜가 연방 고개를 끄덕이면서도 그들이 사라지지나 않을까 걱정되었던지 커다란 두 눈은 그들에게 못 박혀 있었다.
"같이 갑시다!"

신도기문이 손을 내밀었다.

얼른 나선 진소혜가 신도기문의 손을 막았다.

"이봐요!"

조화영이 막아서자 신도기문이 침착히 말했다.

"우린 그분을 모시고 있는 사람들이오. 그러니 안심하시오. 그분을 만나게 해드린 다음에 며칠 후 다시 오겠소."

조화영은 다급히 진소혜를 쳐다보았다. 그녀가 원한다면 막을 수 없는 일인 것이다. 그 의도를 알았음인지 진소혜가 당장 고개를 끄덕여 보였다.

더 이상 조화영이 저지하지 않자 두 사내는 진소혜를 부축하며 천천히 담장 곁으로 다가가다가 순식간에 담장을 넘었다.

'아까 그 사람들이야!'

절체절명의 위기 속에서 정사청을 에워싼 괴한들을 눈 깜짝할 사이에 베어 넘긴 그 사람들이었다. 복면을 벗은 데다 경황 중이라 몰라봤지만 숨 막히는 기도와 표홀히 담을 넘는 그 신법은 확실히 그 사람들이 보여주던 것이었다.

"사청은?"

문득 정신을 차리고 비명처럼 외친 조화영이 한곳으로 쏘아져 갔다.

"안 되겠다. 그냥 걸어가자."

신법을 펼치던 신도기문과 철도정이 천천히 내려섰다. 진소혜가 견뎌내질 못했기 때문이다.

내려서 걷기 시작하자 새하얗게 질린 진소혜의 얼굴에 핏기가 돌아왔다.

철도정이 흘깃거리며 진소혜를 쳐다보았다. 두령의 여자가 어떤 사람인지 궁금했기 때문이다.

신도기문이 그런 철도정에게 눈총을 주면서 자기 자신도 부지불식 중에 진소혜를 훔쳐보았다.

그녀는 병색이 엿보이는 핼쑥한 얼굴에 가득 수심이 어려 마치 패랭이꽃 같은 분위기를 풍겼다.

'능소빈보다 못하잖아! 하지만 두령에겐 너무 잘 어울릴 것 같군.'

신도기문이 내심 고개를 끄덕였다.

"야, 기문. 우리가 그동안 두령에게 당한 것이 얼만데 이렇게 좋은 일을 공짜로 해주는 거야?"

철도정이 신도기문을 슬쩍 옆으로 끌며 주절거렸다.

"자식이! 하여간 그런 쪽으로는 머리가 비상하게 돌아간단 말이야."

신도기문도 말은 그렇게 했지만 속에서는 악마가 스멀스멀 기어나오고 있었다.

"그래, 어떻게 하자는 거야?"

"뭐, 산적이 여자를……."

신도기문이 얼른 철도정의 옆구리를 찌르며 눈치를 주었다. 철도정이 의아한 눈으로 신도기문을 쳐다보다 산적이라는 소리에 놀라 눈을 동그랗게 뜬 진소혜를 보고는 얼른 손으로 입을 가렸다.

* * *

"갔던 일은 어떻게 되었소?"

노심초사하는 풍림방 집사와 함께한 자리에서 장천호가 걱정스런 얼굴로 신도기문과 철도정을 쳐다보았다.

"다행히 큰 피해는 없었습니다. 우리가 갔을 때는 괴한들 중 거의 반이 죽어 있었고 나머지는 우리가 해치웠습니다."

"정말… 그게 정말이오?"

오삼기 집사가 퉁겨낸 듯이 다가와 신도기문의 팔을 붙잡았다.

가만히 고개를 끄덕이는 철도정을 보며 그들의 신위를 직접 목격한 오삼기가 더 이상 토를 달지 않았다.

"오, 천지신명이시여!"

무너진 오삼기 집사가 오열을 터뜨리다 인사도 하지 않고 바깥으로 쏘아져 나갔다.

"두령!"

복도를 걸어나오며 철도정이 장천호를 불렀다.

"두령, 혹시 여자 생각 없소?"

장천호가 멍한 얼굴로 두 사람을 쳐다보았다.

시침을 뚝 뗀 두 사람이 다시 말을 이었다.

"뭐, 그리 놀란 표정이오? 우린 산적 아닙니까? 산적이면 산적답게 행동해야지요."

신도기문이 불안한 표정의 장천호를 보며 키득거렸다.

"그래서 말인데, 복면을 하고 오다 길에서 무척 예쁜 여자를 하나 만났는데 두령 생각이 나서 잡아왔습니다."

"지금 무슨 소릴 하는 거요?"

장천호가 말도 안 된다는 표정으로 외쳤다.

"정말 예쁘다니까요. 이런 부수입도 있어야 산적질 해먹죠. 안 그럼 무슨 재미로…….”
"그럼그럼! 정말 두령 맘에 꼭 들 거라니까 그러네요."
철도정이 합세하여 건들거렸다.
장천호의 눈이 찌푸려졌다.
"저기 두령 처소에 잡아다 놨는데 한번 보시기나 하라니까요."
정말 처소 앞에 여자 신발 한 켤레가 놓여져 있었다.
"무슨 짓들을 한 것이오?"
난감한 표정의 장천호가 두 사람을 쏘아보았다.
무공만 그들의 위였지 그 외 모든 것들은 그들의 상대가 되지 않았다. 세상 경험이나 장난기나 그쪽 방면의 순발력 넘치는 두뇌 회전, 어느 것 하나 따라잡을 수가 없었다.
그들은 그것을 무기로 시도 때도 없이 혹독한 훈련의 앙갚음을 하고 있었다.
'또 무슨 꿍꿍이로 사람을 골탕먹이려나!'
불안하기 짝이 없는 얼굴로 둘을 쳐다보던 장천호가 이내 무섭게 얼굴을 굳히며 언성을 높였다.
"도로 데려다 주지 못하겠소!"
"어허, 정말 두령 맘에 든다니까 그러네요. 내기해도 좋아요."
신도기문이 빙글거리며 등을 떠다밀었다.
"난 여자 같은 건 필요없소. 그리고 맘에 들 리도 없고."
"좋아요. 그럼 내기합시다. 정말 두령 맘에 안 들면 곱게 돌려보내겠소."
장천호의 눈에 의아함이 번졌다. 이렇게 쉽게 물러날 그들이 아니었기 때문이다.

"대신 맘에 들어 데리고 있고 싶다면……."

신도기문이 뜸을 들였다.

'그럼 그렇지. 무슨 꿍꿍이가 있겠지. 하지만 어떤 조건을 내걸든 맘에 들지 않는다면 그만이다!'

장천호가 눈을 들었다.

"그래, 그렇담 어쩌겠다는 거요?"

"에… 그러니까 두령 맘에 들어 하루라도 더 같이 있고 싶다면 그 여자 앞에서 우릴 형님이라고 한 번씩만 부르는 거요."

'형님이라? 아무리 많이 쳐줘도 나보다는 서너 살씩은 어릴 텐데.'

어쨌든 질 수 없는 내기였다.

"그렇게 합시다!"

어서 처소에 있는 여자를 내보내고 이들의 마수에서 벗어나고 싶었다.

"정말 약속한 거요, 두령?"

"남아일언(男兒一言)……."

"중천금(重千金)… 그리고 일구이언(一口二言)……."

"이부지자(二父之子)."

둘은 죽이 맞아 낄낄거렸다.

"우린 여기 있을 테니 들어가 보시죠. 그리고 맘에 안 들면 바로 말해요. 그럼 우리가 번개같이 돌려보낼 테니."

서둘러 장천호의 등을 떠밀어 숙소 앞에 서게 만든 두 사람은 득의에 찬 미소를 띠고는 서로의 가슴에 주먹질을 하며 야단법석을 떨고 있었다.

'능소빈이 왔나 보군. 능 소저에게는 미안하지만 저들을 형님이라

부를 순 없지!'

장천호가 멀찍이 물러서서 손끝으로 천천히 문을 열었다.

*   *   *

진소혜는 아침 일찍 눈을 떴다. 그리고 주위를 겁먹은 눈으로 둘러보다가 안도의 한숨을 내쉬었다.

분명히 어제 그 방이었다. 화려한 침상이며 탁자며. 그렇다면 꿈이 아니었다. 만약 꿈이라면 최소한 깨지는 않은 것이다.

이틀을 이곳에서 보내면서 밤이 두려웠다. 자고 일어나면 모든 것이 꿈이 되어 날아갈 것만 같았다.

그래서 잠이 들지 않으려고 애를 썼다. 혹시 이것이 꿈이라면 제발 깨지 않기를 두 손 모아 기원했다.

모든 게 어제와 다를 게 없었다. 꿈이 아닌가 보다. 아니면 아직 깨지 않았나 보다.

급히 옷을 갈아입고 방문을 나섰다. 넓은 은하전장의 복도를 지나면, 만나는 사람마다 깊이 고개를 숙인다.

모든 것이 현실감이 없다. 그렇다면 이건 꿈인가?

"천호 오라버니."

장천호의 숙소 앞에서 가슴을 쿵쾅거리며 대답을 기다렸다.

대답이 없었다. 쿵 하고 가슴이 내려앉는다. 머리 속에 뿌옇게 안개가 끼며 시야마저 흐려진다.

'꿈이었나? 꿈이었던가?'

"어, 진 소저! 일찍 기상하셨네요?"

빙글거리며 웃음을 가득 담은 얼굴이 와락 반갑다. 꿈이 아닌 것이다.

"안녕히 주무셨나요, 신도 공자님?"

"제 얼굴을 보십시오. 이게 어디 안녕히 잔 얼굴인가. 아직도 귀청이 다 흔들거립니다."

신도기문이 오만 인상을 다 쓰며 보이지 않는 누군가에게 눈총을 보냈다.

"내 오늘부터는 기필코 각방을 쓰고 말지. 자식이 어째 초저녁부터 아침까지 한순간도 쉬지 않고 코를 고는 거야! 참 별종이다, 별종이야!"

"푸후—"

아주 사소한 농담에도 함박웃음이 쏟아져 나왔다.

"두령은 잠시 은하전장 장주님을 만나고 있습니다. 들어가 기다리십시오."

신도기문이 방문을 열어주었다.

벽에 걸린 넓은 도가 눈에 들어왔다. 저 멀리 사막에서 처음 만났을 때부터 보아왔던 그 칼이었다. 무시무시한 칼마저도 반가웠다.

그저께 저녁 늦게, 아니, 엄밀히 따진다면 어제 새벽 일찍 이곳에 와서 장천호와 재회했다.

초조하게 기다리고 있던 방문밖에서 킥킥거리는 웃음소리가 들리고 조금 후에 방문이 조심스럽게 열리며 장천호의 얼굴이 눈에 들어왔을 때, 진소혜는 심장이 멎은 듯 아무것도 할 수 없었다.

다시 만나면 거리낌없이 품속으로 뛰어들어서는 있는 힘을 다해 때려주리라, 그것으로도 원이 풀리지 않으면 팔뚝을 깨물어서라도 가슴에 엉긴 애원(愛怨)을 풀고 말리라 생각했지만 모두 다 소용없었다.
 그냥 그렇게 서 있을 수밖에 없었다.
 장천호 역시 마찬가지로 그렇게 문 앞에서 꼼짝도 못한 채 굳어 있었다.
 억장이 무너진 진소혜가 휘청 중심을 잃을 때에서야 장천호가 뛰어들어왔고 자연스럽게 그의 품에 안길 수 있었다.
 북받친 울음이 숨을 막으며 터져 나왔다. 울고 울고 또 울고 나서야 겨우 입을 열 수 있었다.
 "오라버니!"
 "소혜!"
 그것이 근 반 시진 동안 둘이 나눈 대화의 전부였다.
 진소혜가 거침없이 두 팔로 장천호의 목을 감고 다시 오열하였다. 흠칫 망설이던 장천호가 힘주어 진소혜를 끌어안았다.
 진소혜가 남아 있던 설움을 한참 더 토해내고 나서야 비로소 정상적인 대화가 이루어졌다.
 "어찌 그리 무심한가요, 오라버니."
 "미안하오. 모든 게 마음 같지 않았소."
 "정말 그 마음이란 게 어떤 것이었나요? 오라버니 가슴속에 소혜가 눈곱만큼이라도 들어 있었나요?"
 "단 하루도! 단 한시도 잊은 적이 없다오!"
 "그런데 왜 서신 한 장 없이 이 년이 넘는 세월을 보냈나요?"
 "영원히 돌아가지 못할 수도 있다오. 그러면서 어찌 무책임한 종이쪽지만 보낸단 말이오?"

"정말 바보스럽군요! 그렇게 못 돌아오면 책임질 일이 없다고 이 소혜가 다른 남자의 품으로 훨훨 날아갈 수 있으리라 생각했나요? 그래서 다시 행복해질 수 있으리라 생각했나요?"

진소혜가 다시 어깨를 들먹이며 오열했다.

"차라리… 차라리… 오라버니 마음 다 받고 짧은 순간이나마 행복에 겨워 웃다가 오라버니를 따라가는 것이 소혜의 사랑이고 소혜의 근본이랍니다. 사람의 근본이란 건 영원히 바뀔 수 없는 것이고요."

장천호가 더 힘껏 진소혜를 안았다.

"이제… 이제부터는 그렇게 하겠소."

그렇게 한참 동안 둘은 말이 없었고 밖에서 문에 귀를 대고 있던 철도정과 신도기문은 조용히 걸음을 옮겼다.

무거운 걸음으로 복도를 걸어가는 신도기문과 철도정 둘의 얼굴에는 처음의 그 장난기와 빙글거리는 웃음은 사라지고 숙연함만이 남아 있었다.

"능소빈, 이 바보 같은 계집애야. 이제 너 어떡할래?"

철도정이 나직이 탄식했다.

"저 바보 같은 두령은 오직 한 여자밖에 모를 텐데 어쩌자고 거기다 마음을 준 거냐… 야이 자식아! 왜 아무 말도 없는 거냐?"

철도정이 신도기문을 향해 고함을 질렀다.

"이 자식이 왜 나한테 고함을 지르고 야단이야!"

"네가 저 여자 데려오자고 했잖아!"

"난들 저렇게 지독한 방식으로 사랑을 하는 사람들이 있을 줄 알았어? 다 너나 나 같은 줄 알았지."

"잘났다, 이 기생오라비 같은 자식아. 마음에 들면 몇 명이고 그냥

끼고 살 놈이지, 네놈은."

"이 자식이, 정말! 계속 나한테 화풀이야! 너 역시 마찬가지 아니야? 너희 가문이나 우리 가문이나, 그리고 세상 명문가의 풍습이 다 그렇지!"

숙소로 돌아가서도 둘은 말없이 뒤척였고 그렇게 그날 밤은 깊어갔다.

"소혜, 와 있었소?"

은하전장의 장주와 만나고 온 장천호가 방문을 열고 들어오자 진소혜가 쪼르르 달려가 장천호의 목에 매달렸다.

"오라버니, 보고 싶었어요."

장천호의 눈이 둥그렇게 떠지고 두리번거리며 방 밖의 기척을 살폈다.

'이거 참! 누가 보면 어쩌려고!'

장천호를 만난 후 진소혜는 얼굴 가득 남아 있던 수심을 금세 털어버리고 예전의 그 대책없던 모습으로 돌아갔다. 적어도 장천호와 같이 있는 그 순간에는.

제17장
혈영(血令)의 정체

이틀이 지나서야 정사청은 정신이 들었다.

어깨의 상처에서 흘린 피가 너무 많은 탓에 생사의 갈림길에서 길을 잃고 헤매다 겨우 생의 길로 들어선 것이다.

"사청!"

정사청이 눈을 뜨자마자 조화영이 호들갑스레 소리를 치는 바람에 마침 상세를 살피러 왔던 영조찬과 영숙정이 다가왔다. 그리고 그가 깨어났음을 확인한 사람들은 환호성을 질렀다.

조화영이 급기야 울음을 터뜨리며 정사청의 가슴에 얼굴을 파묻고 오열했다.

"누이, 겨우 깨어난 사람을 다시 죽이려는 거요?"

조화영의 무게에 짓눌려 상처의 고통이 심해진 정사청이 얼굴을 찡그리며 기운없는 입술을 달싹거렸다.

조화영은 얼른 정사청의 가슴에 파묻었던 고개를 들고 걱정스레 쳐다보았다.

"사청, 괜찮은 거야? 난 영영 못 보는 줄 알았어. 흑흑……."

"난 아직 할 일이 많소. 죽고 싶어도 죽을 수 없고 설사 죽었다 하더라도 악령이 되어서 되돌아와야 할 입장이오."

"그래그래, 하지만 당분간은 아무 생각 말고 안정을 취해. 몸이 나아야 사제도 찾고 복수도 할 수 있을 것 아냐."

조화영이 정사청의 이마에 흐른 땀을 닦아주며 달랬다.

긴 한숨을 뱉어낸 정사청이 고개를 돌려 주위 사람들을 둘러보았다. 턱수염을 길게 기른 영조찬의 가라앉은 눈빛과 영숙정의 애잔한 눈빛이 부딪쳐 왔다.

계속해서 누군가를 찾던 정사청의 눈이 한곳에 멈췄다.

"어느 정도 지나야 다시 전처럼 움직일 수 있겠소?"

풍림방 가내 의원인 호 노인이 찔끔 놀라며 입을 열었다.

"다행히 신경을 건드리지는 않았지만 상처가 깊어 다 아물고 예전처럼 움직이려면 족히 한 달은 걸릴 것이오."

정사청이 눈을 감았다.

이렇게 대책없이 누워 있을 시간이 없었다. 한시라도 빨리 사제 가송을 찾고 사부 한중광을 뵙고 싶었다.

격앙된 감정이 온몸의 근육을 긴장시켰는지 어깨의 상처를 감싼 붕대에서 피가 스며 나왔다.

"사청!"

조화영이 놀라 비명을 질렀고 풍림방 식솔들과 의원이 급히 다가왔다.

"정 공자님, 마음을 편히 하십시오. 공자님의 은혜를 입고 저와 여기 계신 모든 분들이 생명을 건졌고 우리 풍림방은 멸문을 면했습니다. 그 은혜 죽을 때까지 잊지 않을 것이며 공자님의 완쾌에 최선을 다할 것입니다. 마침 저희 가문에 영약이 있으니 제발 여유를 가지시고 우선 상세를 회복하는 데 최선을 다하십시오."

영숙정이 애원 섞인 목소리로 정사청을 위로하며 어깨에 조심스럽게 손을 가져다 댔다.

"저리 비켜요!"

조화영이 거칠게 영숙정의 손을 뿌리쳤다.

"당신들은 당신 백부의 상처나 신경 쓰세요. 불청객은 불청객끼리 돌볼 테니까."

조화영의 가시 돋친 한마디에 영숙정이 눈을 내리깔며 물러섰다.

영조찬마저도 조화영의 표독스런 얼굴에 더 이상 아무 말도 못했다. 그저 다른 이들에게 눈짓을 하여 정사청을 치료하는 의원만 남기고 방을 빠져나갔다.

남아 있게 된 의원도 피가 배어 나온 붕대를 새것으로 갈아주고는 방을 나갔다.

"누이, 그때 그 사람들은 누구요?"

둘만 있게 되자 정사청이 조용히 입을 열었다.

"누구 말이야?"

"내 등 뒤의 괴한들을 베고 나머지도 모두 베어 넘긴 두 사람 말이오."

그제야 생각난 듯 조화영은 정사청에게 바짝 다가앉아 문밖의 기색을 살피고 나서야 비로소 속삭이듯 말했다.

"안 그래도 사청이 깨어나면 의논해 보려고 했는데 말이 난 김에 지금 다 할게."

하고픈 말을 가슴에 오래 간직하면 병이 나는 체질인 조화영이 입술에 침을 바르고는 다시 입을 열었다.

"그 두 사람은 순식간에 괴한들을 모두 베어버리고 담을 넘어 사라졌다가 조금 후 아무도 모르게 다시 돌아왔어. 그리고 소혜를 데려갔어."

정사청의 눈에 의혹이 가득했다.

"그 사람들 사라질 때 소혜가 그들을 향해 찢어질듯 이름을 불렀는데 그걸 들었나 봐."

"그럼, 그 사람들이 누이와 진 낭자가 찾던 사람들이오?"

"그렇지는 않고, 그 사람들 얘기로는 자기들은 소혜가 찾던 사람을 모시는 사람들이라고 했어. 며칠 후 연락을 줄 거라 했으니 그때 자세히 알 수 있을 거야."

정사청이 멍하니 천장을 응시했다. 짧은 순간 보았지만 그들은 악마적인 도법을 구사하는 경악스런 존재들이었다. 자신 역시 광승에게 실전적인 칼을 익혔지만 그들의 칼은 또 다른 차원에 있었다.

'인간이 휘두르는 칼은 어디까지 더 날카로워질 수 있는 것일까?'

스르르 잠 속으로 빠져드는 정사청의 뇌리에 마지막으로 남은 생각이었다.

정사청으로 인해 멸문지화를 면한 풍림방은 많은 영약과 온갖 방법으로 그의 상처를 살폈다.

처음 조화영 일행이 이곳에 왔을 때에는 조화영의 급한 성격과 거친 입으로 인해 마찰이 있었다. 그 분풀이를 정사청에게 했던 영조충도 뒤늦게나마 후회하며 자신에게로 오는 모든 영약들을 우선적으로 정사청에게로 보냈다.

정사청은 그러한 풍림방의 배려에 고마움을 표했으나 조화영이 그들을 대하는 태도는 조금도 누그러질 줄을 몰랐다.

"조 낭자, 안에 계시는지요?"

며칠 후 풍림방 집사 오삼기가 한 통의 서찰을 들고 조화영의 처소를 찾았다.

"웬일이신가요?"

조화영의 쌀쌀한 표정에 오 집사는 눈길을 외면하며 곤혹스런 표정을 지었다.

조화영이 풍림방 사람들을 대할 때면 짤막하게 자기 할 말만 하고는 더 이상 상대하기 싫다는 듯 얼굴을 돌려 버렸다. 그것은 관운장 아저씨라고 부르며 안길 듯이 따르던 영조찬에게도 마찬가지였다.

정사청에게 딱 붙어 있으면서 늘 얼음장 같은 조화영의 태도로 인해 풍림방의 식솔들은 정사청에게 감사의 뜻조차 제대로 전하지 못한 채 전전긍긍했고 꼭 필요한 때만 집사를 통해서 서로 얼굴을 마주쳤다.

"어떤 사람이 이것을 전해주라고 해서……"

집사가 조화영에게 서찰을 전해주며 말끝을 흐렸다.

"알았으니, 어서 가보세요."

집사는 쫓기듯이 밖으로 나갔다.

서찰의 내용을 읽은 조화영은 서둘러 밖으로 나갈 채비를 하였다. 진소혜에게서 온 전갈이었고 성내의 한 객점에서 만나자는 내용이었다.

신도기문과 함께 나온 진소혜의 모습을 본 조화영은 깜짝 놀라 벌어진 입을 다물지 못했다.

'어떻게 저렇게 달라질 수 있단 말인가?'

파리한 병색은 말끔히 사라졌고 수심이 가득했던 얼굴에는 화사한 햇살이 빛나고 있었다.

"언니!"

진소혜가 반갑게 달려와 조화영의 손을 잡았다.

"이분은 신도기문 공자님이셔."

아직도 멍하니 진소혜를 쳐다보는 조화영에게 신도기문이 고개를 끄덕였다.

같이 목례를 한 조화영이 신도기문을 보고 다시 한 번 놀라움을 금치 못했다. 지난번 풍림방의 혈투 때는 어두워서 자세히 보지 못했으나 환한 햇살 아래 자세히 드러난 용모는 예상외로 어려 보였다.

어떻게 저런 어린 나이에 그런 무시무시한 칼 솜씨를 지니고 있을까 하는 생각이 절로 들었으나, 칼보다 더 날카로운 예기 속에 언뜻언뜻 내비치는 귀공자의 풍모가 묘한 조화를 이루고 있었다.

"그래, 장 공자는 만났어?"

조화영의 질문에 진소혜는 해맑은 미소와 함께 고개를 끄덕였다.

"정말 잘됐다!"

조화영은 같이 웃으며 진소혜의 홍조 띤 얼굴을 바라보았다.

여행을 떠난 이후로 계속 자신을 애타게 했었던 진소혜였었다. 언제나 수심 가득한 얼굴에 엄마를 찾는 아이 같은 눈빛으로 지나가는 사람을 쳐다보기에 여념이 없었던 그 모습이 이제는 말끔히 사라지고 그

자리에는 행복감이 충만해 있었다.

'정말 잘됐어!'

가슴속에 있던 무거운 돌덩이 하나가 치워진 것같이 후련해졌다. 그리고 그 돌덩이가 치워진 후련한 빈자리 속에 한 사람의 모습이 가득 담겨왔다.

'엉터리 살수!'

한영을 생각하는 조화영의 입가에 미소가 어렸다.

그렇게 잠시 미소를 머금던 조화영이 뭔가 생각난 듯 급히 표정을 굳혔다.

"신도 공자님, 저번에 풍림방을 침입한 괴한들의 정체는 알아냈나요?"

"모두 독을 물고 자결한 탓에 알 수 없었습니다."

신도기문이 난감한 표정으로 고개를 가로저었다.

"그들 중 한 명이 얼떨결에 펼친 칼놀림이 내가 알던 어떤 사람의 칼놀림과 닮았었어요."

"어디입니까?"

신도기문이 와락 다가앉았다.

"그자의 칼놀림은 살수문의 것이었어요."

신도기문의 얼굴에 순식간에 여러 가지 생각이 나타났다 사라졌다.

"그렇군. 그들 몸 곳곳에 있는 흔적들은 살수의 것이었군."

신도기문이 생각에 잠기는 동안 대화가 끊겼으나 곧 진소혜가 조화영을 보고 기쁜 듯이 입을 열었다.

"언니, 정 공자님이 찾던 사람이 무당의 이가송이라고 그랬지?"

"으—웅? 그래, 그랬던 것 같은데… 그런데 왜?"

조화영이 눈을 반짝이며 진소혜를 쳐다봤다.
"그 사람도 찾았어. 신도 공자님과 함께 있었던 것 같아."
"정말이야? 정말인가요, 신도 공자님?"
신도기문이 씨익 웃으며 고개를 끄덕였다.

진소혜를 만나고 돌아온 조화영은 정사청을 부축해 은하전장에서 보내온 마차로 떠날 준비를 하였다.
신도기문과 진소혜의 의견대로 거처를 은하전장으로 옮기고자 함이었다.
대경한 풍림방 가주 영조윤과 부상으로 아직 거동이 불편한 영조충, 그리고 관운장 영조찬과 영숙정이 모두 몰려왔다.
"정 공자님, 왜 이러시는지요? 아직 상처가 아물지도 않았는데 이렇게 거동을 하시면 정말 크게 덧날 수 있지 않습니까?"
영숙정이 애원에 가까운 소리로 만류하며 정사청의 손을 잡았다.
"만지지 말고 저만치 떨어져서 얘기해요!"
조화영이 날카로운 목소리를 내지르자 찔끔 놀란 영숙정이 조금 물러서서 쳐다보았다.
"여기 동생은 무골호인이라 당신들 같이 뼈 있는 사람들이 만지면 부숴진단 말이에요."
비수보다도 더 날카로운 그녀의 말 한마디가 풍림방 식솔들의 가슴을 찔렀다.
영조충은 눈을 질끈 감고 회한에 잠겼다. 조화영과 함께 풍림방을 방문한 저 젊은이가 무당의 대제자임을 알아보고부터 참을 수 없는 모욕을 주지 않았던가? 특히 무인이라면 가장 참기 힘든 사부와 사문의 허물까지 들춰내며 수모를 안겨주었다.

　비록 가내의 우환으로 신경이 극도로 날카로운 데다 전날 조화영에게 당한 앙금이 남아 있었다 하더라도 부끄럽기 짝이 없는 경솔한 행동이었다. 그에 비해 저 젊은이는 얼마나 당당하고 침착했던가.

　'세상 헛살았어!'

　그들은 만류를 거듭했지만 소용없는 일이었다. 조화영의 쌀쌀함은 둘째 치더라도 조화영으로부터 이가송의 소식을 들은 정사청이 거의 발작적으로 서둘렀기 때문이었다.

　그들은 생명의 은인이자 풍림방을 멸문으로부터 지켜준 정사청의 마음과 어깨, 심신양면에 큰 상처를 입힌 채 은혜를 갚지 못한 배은망덕한 사람들이 되어 속절없이 은인을 떠나보내게 되었다.

　정사청과 조화영이 탄 마차가 은하전장에 도착하자 장천호와 진소혜, 그리고 은하전장의 장주를 비롯한 몇몇 사람들이 두 사람을 맞았다.

　"오라버니, 인사들 나누세요. 제가 말했던 화영 언니예요. 그리고 이분은 이가송 공자님의 사형이신 무당의 대제자 정사청 공자님이세요."

　정사청과 장천호가 묵묵히 인사를 나누었다.

　조화영은 몇몇 사람들과 인사를 나누면서도 시선은 한시도 장천호에게 떨어지지 않고 못 박혀 있었다.

　그동안 진소혜가 그토록 애타게 찾아 헤매던 사람이었고 진소혜나 진충으로부터 엄청난 무공을 지녔다는 말을 몇 번이나 들었다.

　그게 아니더라도 그 실력에 대해서 어느 정도 믿게 되었다. 직접 본

적은 없으나 신도기문이나 철도정의 칼을 생각하면 충분히 짐작이 갔다. 야차 같은 그들이 스스로 자신들이 모시는 사람이라고 한 인물이라면 보지 않아도 뻔한 일이었다.

그런데 첫 대면에 나타난 장천호의 모습은 도저히 그런 사실들과 어울리지 않는 모습이었다. 강호인이라기보다는 차라리 어리숙한 산골 청년이라고 믿기에 어울리는 인상이었다.

'정말 저 사람이 백사풍 오십여 명을 순식간에 베어버린 사람이 맞단 말인가?'

조화영은 자기도 모르게 고개를 갸웃거렸다.

"언니, 왜 그래?"

진소혜가 멍하니 장천호를 바라보는 조화영의 주의를 일깨웠다.

"으응? 아, 아니야! 이곳이 너무 으리으리해서 잠시……."

조화영이 얼른 은하전장의 다른 곳으로 눈길을 돌렸다.

인사를 나눈 뒤 은하전장의 한 실내에서 차를 들다가 신도기문이 조화영이 말한 괴한들의 정체에 대해서 언급했다.

"살수문이라?"

은하전장의 새 장주 관자평, 아니, 하주명은 여럿이 모인 탁자에서 의외의 사실에 놀라 외쳤다.

"장 공자님과 두 분 공자님들이 은하전장의 무리들을 순식간에 도륙하여 은하전장을 장악한 뒤부터 우리는 오로지 제왕성의 움직임에만 촉각을 곤두세웠소. 그런데 제왕성에서는 별다른 움직임을 보이지 않아 이상하게 생각했었는데 갑자기 그놈들이 쳐들어왔소. 게다가 그들이 살수문 출신 같다니… 정말 뜻밖이오."

하주명이 잠시 생각에 잠겼다.

"그렇다면 살수문이 제왕성의 또 하나의 세력이었단 말인가?"

"아직 그렇게까지 단정 지을 순 없지 않겠소?"

장천호가 하주명을 쳐다보며 반문했다.

"그렇지요. 하지만 가능성은 충분히 있습니다. 조화영 낭자, 그들에 대해서 좀 더 알고 있는 사실은 없나요?"

하주명의 질문을 받은 조화영이 조심스런 표정으로 대답을 망설였다.

한영, 그 사람은 분명히 살수문의 사람이었다. 그렇다면 그도 이번에 은하전장과 풍림방의 혈겁을 일으킨 무리들과 같은 사람일까?

아니다. 그렇지는 않을 것이다. 비록 살수의 무공을 썼지만 그에게서 대가를 받고 사람을 죽여온 모습은 찾아볼 수가 없었다. 손에 피를 묻히고 사는 자에게는 특유의 음습함이 어두움이 있기 마련이었다.

그렇다면 지금 당장 한영의 존재를 이 사람들에게 밝힐 필요는 없었다. 이젠 진소혜의 일도 마무리되었으니 조만간 그 사람을 다시 만날 수 있을 것이고 그때 좀 더 정확한 걸 수 있게 될 것이다.

"글쎄요. 더 이상은 저도 아는 게 없군요. 하지만 예전에 우연히 살수문의 무공을 목격한 적이 있었어요. 그래서 풍림방을 습격한 무리 중 한 사람이 휘두른 칼이 살수문의 것이었다는 것만은 확신할 수 있습니다."

"흠."

하주명이 잠깐 생각에 잠겼다가 결론을 내렸다.

"오늘 일은 좀 더 조사를 해보고 나서 다시 의논하기로 합시다. 조 낭자 덕에 그 무리들에 대한 단서라도 잡은 것은 큰 수확이오. 우리 쪽 사람들을 풀어 은밀히 조사해 나갈 것이니 뭔가 좀 더 밝혀지면 다시 얘기하기로 합시다. 오늘은 새로 온 손님들도 있고 하니 일찍 쉬도록 하지요."

부상당한 정사청에게 마음이 쏠려 초조해하고 있는 조화영을 의식한 하주명의 배려였다.

"철가장의 철도정이라고 합니다. 이 녀석은 신도세가의 신도기문이고……."

정사청의 숙소로 정해진 방으로 모두가 몰려든 이후, 철도정이 먼저 포권을 취하며 다시 정식으로 인사를 했다.

"가송으로부터 사형의 얘기는 귀가 따갑도록 들었습니다. 가송은 저와 형제 같은 녀석이니 저도 앞으로 사형으로 부르겠습니다."

"이렇게 누워서 인사를 받게 되니 민망스럽군요."

정사청이 희미한 미소로 철도정을 반겼다.

"아닙니다, 사형. 앞으로 항상 그렇게 누워서 인사를 받으셔도 전혀 상관없습니다. 가송, 그 녀석을 업어 키운 사형인데 제가 큰절을 올려도 모자라지요."

"어쭈. 만나기만 하면 싸우는 놈이 없는 곳에서 생색은."

신도기문이 아니꼬운 표정으로 끼어들었다.

"사형, 이 녀석은 가송과는 제일 앙숙인 놈입니다. 그러니 현혹되지 마시기 바랍니다."

"야이 자식아! 내가 네놈하고 제일 앙숙이지, 어째 가송이하고 앙숙이냐?"

한참 더 실랑이를 하는 둘을 보고 정사청의 미소가 약간 더 짙어졌다. 이젠 이력이 난 장천호와 진소혜는 아예 신경도 쓰지 않았다.

조화영만이 눈을 동그랗게 뜨고 둘을 쳐다보았다. 풍림방에서 칼을 휘두르던 모습과 지금의 모습에서 도저히 유사점을 발견할 수 없었기 때문이다.
　"그런데 가송이 녀석은 언제쯤 만날 수 있을까요?"
　정사청의 관심은 온통 이가송에게 가 있었다.
　"걱정 마십시오, 사형. 제가 흑수채로 달려가서 가송이 녀석을 당장 끌고 오겠습니다. 아니, 그놈에게 사형 얘기 한마디만 하면 물불을 가리지 않고 달려올 겁니다. 이곳 사정 봐서 조만간 떠나겠습니다."
　철도정이 다시 밖으로 나다닐 건수를 만들었다는 생각에 입이 찢어졌다.
　"두령 말은 지독하게 듣지 않고 혼자서 북 치고 장구 치고 다 하는구나, 이놈아!"
　신도기문이 철도정을 보고 눈을 흘겼다.

＊　　　＊　　　＊

　"야, 저기 객점에서 좀 쉬었다 가자."
　낙양이 가까워지는 길목에서 철도정이 지친 표정으로 이가송과 영호성을 보며 애걸했다.
　그간의 소식을 가지고 흑수채로 달려온 철도정에게서 은하전장과 풍림방의 혈사를 전해 들은 영호성은 흑수채를 떠난 뒤로 닷새 동안 거의 쉬지도 않고 낙양을 향해 달렸고, 이가송은 이가송대로 정사청의 소식을 듣고는 영호성 못지 않게 서둘렀다.
　며칠이 걸려 흑수채로 달려온 철도정은 이가송과 영호성의 성화에 못 이겨 채 반나절도 제대로 쉬지 못하고 끌려오다시피 오던 길을 되돌아 이곳까지 달려온 것이다.

"야이 자식들아! 내가 무슨 천리마인 줄 알아? 너희들은 산채에서 빈둥빈둥 놀았지만 난 온갖 궂은 일을 다 하며 피곤에 지쳤단 말이다. 영호성, 네놈 집 근처에서 보초 서랴, 두령 수발들랴, 그러다 좀 뜸한 틈을 타 먼 길을 달려 소식을 전했는데, 하루도 못 쉬게 하고 이렇게 개 끌듯 끌고 오는 거냐? 덥고 목말라 이젠 더 이상 못 가겠으니 가려면 너희들끼리 먼저 가라."

"말은 똑바로 해라, 이놈아! 두령이 오히려 네놈 뒤치다꺼리 하느라 이골이 났을 것이다!"

이가송이 피식 웃었다.

"어쨌든 난 더 못 간다!"

철도정이 막무가내로 객점으로 들어가자 이가송과 영호성은 잠시 서로를 쳐다보다가 고개를 끄덕이고는 철도정을 따라 들어갔다.

장천호는 은하전장과 풍림방에서의 혈투가 있은 후 얼마 동안은 두 곳 모두를 암암리에 경계하며 상황을 주시하다가 또 다른 도발의 낌새가 없자 잠시 틈을 내어 철도정을 산채로 보냈다. 중원(增員)의 명목으로 정사청과 이가송의 만남을 주선할 생각이었고, 풍림방의 소식을 듣고 가만히 있지 못할 영호성도 같이 데려오게 했다.

철도정이 점소이에게 간단히 마실 것과 음식을 시킨 후에도 이가송과 영호성은 초조한 표정으로 긴장을 풀지 않고 있었다.

"자식들아, 쉬러 들어왔으면 이 순간만이라도 좀 편하게 쉬어라. 네놈 사형이 어디 도망가는 것도 아니고, 네놈 집은 신도기문과 두령이 교대로 지켜주고 있으니 그야말로 철옹성이나 마찬가지 아니냐?"

그제야 둘은 조금 긴장을 풀며 몸을 의자 깊이 파묻었다.
얼마후 점소이가 차와 음식들을 들고 왔다.
"내친 김에 술도 한잔 걸쳐야 피로가 풀리겠군. 이봐, 점소이. 여기 크게 독하지 않은 술 한 병과 오리 고기 한 마리 쪄서 같이 가져오게."
철도정은 이가송과 영호성이 말릴 새도 없이 술과 안주를 시켰다.
일단 술이 들어가면 바닥을 파고야 마는 철도정의 술버릇을 아는지라 둘은 점소이에게 손을 휘저어 취소의 표시를 했다.
"괜찮아, 자식들아. 내가 항상 그렇게 술을 마시는 줄 알아? 너희들도 알다시피 우리가 두령 밑에서 훈련받을 땐 낙이라고는 술밖에 더 있었어? 그러니 몇 달에 한 번 마실 기회가 오면 죽자 살자 코를 박고 마신 거지, 맨날 그러냐? 그땐 너희들도 마찬가지였잖아. 상관 말고 시킨 대로 가져와."
"예, 분부대로 합죠."
아직 어린 티를 벗지 못한 점소이는 철도정이 쥐어주는 한 닢 동전에 허리가 꺾이듯 절을 하며 고함을 질렀다.
"계집애꺼나 홀리게 생겼군."
술과 오리 고기를 함께 들던 영호성이 문득 고개를 돌려 막 객점에 들어선 젊은 사내를 보고 중얼거렸다.
영호성의 말에 철도정과 이가송이 문 쪽에 시선을 돌려보니 자신들과 비슷한 또래의 건장한 사내가 객점에 들어서고 있었다.
관옥 같은 얼굴에 치렁한 흑발, 그을린 피부가 잘 어울려 객점 안이 온통 환하게 밝아져 올 정도로 비범한 용모의 청년이었다. 같은 남자가 봐도 한동안 눈길을 뗄 수 없을 정도로 준수했다.
자세히 보면 얼굴 부분부분에 뭔가 약간씩의 부조화가 있었지만 원체 토대가 좋다 보니 또 다른 매력이 되어주고 있었다.
"벌써 하나 홀린 모양인데, 뭘."
곧 이어 따라 들어오는 여자를 보고 이번에는 철도정이 중얼거렸다.
초롱한 눈망울과 조심스런 몸놀림이 청초한 느낌을 주는 소저였다.
"자식들아, 먹던 음식이나 마저 먹고 어서 일어나. 그저 치마만 둘렀다면 사족을 못 쓰지!"
이가송이 나직이 으르릉거리며 두 사람을 채근했다.

객점에 들어선 단리웅천과 구양영경은 창가 빈자리에 앉아 음식을 시켰다.
점소이가 주문을 받고 물러가자 곧장 얼굴을 마주하게 된 구양영경은 단리웅천을 보며 웃음을 참기 위해 애를 써야 했다.
"왜 그러시오, 경 매? 내 얼굴에 뭐라도 묻었소?"
단리웅천이 손으로 얼굴을 훑으며 궁금한 눈으로 구양영경을 바라보았다.
"푸후, 그런 게 아니라……."
구양영경이 손으로 입을 가리며 말을 이었다.
"변장을 하고 나니 더 호남이 된 것 같아요."
말을 하고 난 구양영경이 옥용을 붉히며 눈길을 탁자 아래로 내렸다.
"끄응… 그럼 원래의 내 모습은 추남이었다는 말인가요?"
"킥."
웃음을 참지 못하고 실소를 흘리는 구양영경을 쳐다보는 단리웅천의 얼굴에도 밝은 미소가 떠올랐다.

"그런데 왜 그렇게 변장을 해야 하나요?"

"음… 그러니까 그게… 중원에 있을 때 나 좋다고 따라다니던 여자들이 한둘이 아니었거든요. 다시 돌아온 걸 알면 죽자 살자 매달릴 텐데 그게 보통 일인가요."

말을 하고 난 단리웅천이 찔끔 놀라 상체를 뒤로 뺐다. 구양영경의 얼굴에 표독스런 기운이 서릿발처럼 드리워지고 있었던 것이다.

'이크! 가시 없는 장미인 줄 알았는데 독 가시를 숨기고 있었군!'

얼른 눈길을 피한 단리웅천이 딴전을 피웠다.

"이 자식은 왜 아직 음식을 안 가지고 오는 거야!"

때마침 점소이가 음식을 날라 왔고, 식사로 인해 위기를 모면한 단리웅천이 다시 너스레를 떨었다.

"경 매, 이곳 음식 맛은 어떻소? 남만의 음식과는 많이 다를 텐데 입에 맞기는 하오?"

"맛있어요. 전혀 거북하지 않고요. 그러고 보면 내 몸속에 한인의 피가 흐르는 건 확실한가 봐요."

그 말을 하고 난 구양영경의 표정이 어두워졌다. '자신의 몸속에 흐르는 마도 후예의 피'. 언뜻 그 생각이 난 것이다.

"하하, 그렇다니 다행이오. 입이 까다로운 사람들은 성격 역시 까다로운 법이고 그런 여자들은 남자를 피곤하게 할 수도 있지요. 난 까다로운 성격은 질색이거든요."

단리웅천은 구양영경의 그런 걱정을 전혀 의식하지 못하고 밝게 웃으며 주절거렸다.

그런 단리웅천을 보며 구양영경의 얼굴은 다시 밝아졌다. 모든 것을 감싸며 비바람과 폭풍우마저도 막아줄 이 사람과 함께라면 자신은 언제 어떤 순간에라도 행복할 것이다.

음식을 거의 다 들고 난 단리웅천이 자리에서 일어섰다.

"경 매, 잠시 기다리시오. 이곳 주인장에게 볼일이 좀 있소."

점소이에게 다가간 단리웅천이 이 객점 주인의 거처를 물었다.

동전 한 닢을 받아 든 점소이가 헤실거리며 이층 누각으로 단리웅천을 안내했다.

"날 보자고 한 용건이 무엇인가?"

얼굴에 기름기가 번지르르한 중년인이 단리웅천을 게슴츠레한 눈으로 쳐다보며 물었다.

"거래를 좀 할까 해서요."

"무슨 거래를 말하는가?"

단리웅천이 품속에서 묘안석(猫眼石) 한 개를 끄집어냈다.

"얼마나 쳐주시겠소?"

영롱한 빛을 발하는 묘안석을 바라보는 객점 주인의 눈이 단번에 세 배로 커졌다.

"호오ㅡ 아름답구먼! 이런 것은 구하기 쉽지 않을 텐데 가보로 물려주지 않고?"

객점 주인이 번들거리는 눈으로 단리웅천의 표정을 살폈다.

"하하, 목구멍이 포도청이라……."

단리웅천이 아쉽다는 듯 손바닥 위의 묘안석을 다시 한 번 쳐다보며 입맛을 다셨다.

"얼마나 받고 싶은가?"

"글쎄요, 은자 이천 냥은 받고 싶으나 주인 양반 이문도 생각해야 하니 천구백 냥만 주시죠."

객점 주인의 눈빛이 기광을 발했다. 세상 물정 전혀 모르고 귀하게만 살아온 것 같은 애송이가 물건의 가치는 정확히 꿰뚫고 있었다.

이 정도면 이천 냥의 가치였고 세공을 하여 장식품으로 만들면 삼천 냥은 받을 수 있었다. 지금 천구백 냥을 주고 사서 보석상에 되팔기만 해도 은자 백 냥은 그대로 자신의 수중에 떨어지는 셈이었다.

이 객점 한 달 수입이 당장 굴러 떨어지는 것이다.

"그런 물건은 얼마나 가지고 있는가?"

탐욕스런 눈빛으로 단리웅천을 바라보며 객점 주인이 물었다.

"이것밖에는… 아시다시피 워낙 귀한 물건이라……."

대답을 하며 무심히 탁자 위를 긁적이던 단리웅천의 손가락 끝에서 푸시시 하는 소리와 함께 자단목(紫檀木)으로 된 견고한 탁자 표면에 과욕필화(過慾必禍)라는 네 글자가 깊이 새겨졌다. 과욕은 반드시 화를 부른다는 뜻으로 애초에 쓸데없는 욕심은 부리지 말라는 경고였다.

혹시라도 더 가지고 있다면 살인멸구하여 모두 빼앗으려는 생각이 없지 않았던 객점 주인은 간담이 서늘하다 못해 얼어붙고 말았다.

"잠시 기다리시오, 동업자인 형과 의논해 봐야 할 것이니."

단리웅천이 가만히 고개를 끄덕였고 말투마저 존칭으로 바뀐 객점 주인이 방을 나섰다.

"야, 호성! 이럴 땐 네가 나서야 하는 게 아냐?"

절도정이 영호성에게 눈짓을 했다.

단리웅천이 객점 주인과 만나는 그 시간에 파락호 셋이 객점에 들어섰고 혼자 앉아 있던 구양영경에게 다가가 치근덕거리고 있었다.

"임마, 여긴 내 구역이라 얼굴이 팔린단 말야."

영호성이 주위를 살피며 다시 벽 쪽으로 얼굴을 돌렸다.

"야, 그럼 가송, 네가 나서라. 설마 이곳에서 무당산에만 틀어박혀 살아온 널 알아볼 사람은 없을 거잖아?"

"그렇게 안타까우면 네놈이 나서면 될 거 아냐!"

이가송이 퉁명스런 표정으로 철도정을 쏘아보았다. 아무래도 무당에서만 잔뼈가 굵은 자신으로선 시비가 일어나는 당사자의 한쪽이 여자라는 점이 마음에 걸렸던 것이다.

"내 성격 잘 알면서 왜 그래? 만약 내가 나서면 저놈들은 물론이고 이 객점마저 풍비박산을 내버릴 텐데. 그럼 은하전장에 도착하기도 전에 낙양이 시끌벅적할 것 아니냐?"

"낙양이 무슨 애들 손바닥만한 곳이냐?"

영호성이 자기가 자란 낙양을 두둔하듯 나섰다.

"어쨌든 수양 깊은 도사 나리께서 나서야 원만히 해결……."

말이 끝나기도 전에 불한당 세 명 중 한 명의 손이 구양영경의 뺨을 철썩 때렸다.

"악!"

구양영경이 비명을 지르며 의자에서 떨어져 바닥에 쓰러졌다. 이내 객점에 있던 몇 명의 손님들이 슬금슬금 밖으로 빠져나갔다.

"야! 네가 나서는 게 나을 뻔했다."

영호성이 철도정의 옆구리를 찌르며 걱정스레 속삭였다.

그러나 먼저 이가송의 눈에서 지옥혈화 같은 살기가 자욱이 피어 올랐고 강시처럼 뻣뻣이 의자에서 일어나 쓰러진 구양영경의 머리채를 잡아 일으키는 불한당의 곁으로 천천히 다가갔다.

"난리났다. 저 자식 생긴 건 계집애 같아도 화나면 지옥 야차가 따로 없잖아? 이젠 진짜 낙양이 들썩거리게 생겼다."

영호성이 안절부절못하며 철도정을 바라보자 그도 난감한 표정으로 엉덩이를 들썩거렸다.

"젠장! 깜빡했어. 저 녀석에게는 힘있는 자가 일반인에게 행패 부리는 것과 사부 이야기가 제일 민감한 부분인데……."

철도정이 답답하다는 듯 자기 머리를 쥐어박았다.

"그 손 놓고 사라져!"

이가송이 구양영경의 머리채를 잡은 건달 뒤에서 조용히 외쳤다.

"어떤 자식이 감히!"

구레나룻의 험상궂게 생긴 불한당이 어깨를 쭉 펴며 일어섰다. 먼저 자신의 덩치로 상대의 기부터 죽이려는 태도로 아주 자연스럽고 효과적인 움직임으로 인해 본래의 덩치보다 더 커 보이게 했다.

그렇게 마주 서자 이가송의 체구는 구레나룻 장한의 반밖에 되어 보이지 않았다.

"하하!"

장한이 어이가 없다는 듯, 그리고 필요 이상으로 크게 보일 것 없다는 듯 뒤로 한껏 젖힌 어깨에 힘을 뺐다.

"아가야, 어른들 노는 데 얼씬거리지 말고 엄마 젖 좀 더 먹고 오너라."

"으윽!"

'설상가상이군. 부모 얼굴도 모르고 자란 놈에게 엄마 젖 좀 더 먹고 오라니…….'

영호성의 염려대로 장한의 손이 칼에 닿기도 전에 한줄기 도광이 번쩍 하고 객점 한구석을 할퀴었다. 순간 이가송 앞에 섰던 장한은 순식간에 허리가 양단된 채 아래로 무너졌다.

그럼에도 자신의 허리 아래쪽을 바라보는 장한의 얼굴에는 아직까지 가소롭다는 미소가 남아 있었다.

"아악!"

몸을 추슬러 간신히 옆으로 비켜나다 그 광경을 접한 구양영경이 혼비백산하여 구석의 탁자 밑으로 숨어 들어서는 무릎 사이에 얼굴을 파묻었다.

그리고 그 비명이 끝나기도 전에 남은 두 건달의 목도 하늘로 치솟았다.

"자식아! 뭘 멍청히 보고만 있는 거야!"

영호성이 철도정의 어깨를 끌고 이가송에게로 치달렸다. 순식간에 거리를 좁혀 이가송의 양팔을 붙잡은 둘은 창문을 뚫고 밖으로 사라졌다.

"경 매, 괜찮소?"

단리웅천이 객점 구석에 쪼그리고 앉아 오들오들 떨고 있는 구양영경을 발견하고는 얼른 밖으로 안고 나와 객점이 보이지 않는 공터에서 근심스레 쳐다보며 물었다.

그러자 온몸을 사시나무 떨듯 떨고 있던 구양영경이 단리웅천의 품에 와락 안겨들어 막혔던 울음을 터뜨렸다.

'얼굴이라도 자세히 보아둘걸!'

구양영경의 비명을 들은 단리웅천이 이층의 방에서 나와 아래층을 내려다보았을 때는, 한 사내가 쓰러진 구양영경의 머리채를 잡아 올리고 있었고 뒤에서는 한 청년이 다가서고 있었다.

청년의 위협에 사내는 잡았던 머리채를 놓았고 구양영경이 벗어나 한쪽 옆으로 몸을 피했다. 다가선 청년의 몸에서 자욱이 피어 오르는 살기가 범상치 않아 잠시 걸음을 멈추고 상황을 주시하는 사이 청년의 무지막지한 도가 순식간에 장한의 허리를 양단했고 다른 두 명의 목도 거의 동시에 갈랐다.

너무나 순식간에 일어난 일이라 단리웅천도 처음 장한의 허리를 가르는 청년의 도는 보았으나 뒤에 있는 두 명의 목을 가르는 도는 얼떨결에 놓치고 말았다.

잔인하기 짝이 없는 극쾌의 도법이었다. 아무리 돌발적으로 일어난 일이라 해도 자신의 이목을 벗어나는 칼이 있으리라고는 생각지 않았었다.

구양영경만 없었더라면 천 리를 달려서라도 따라가 겨뤄보고 싶었지만 칼만큼 빠르게 그들은 사라졌다.

'일행 두 사람도 같은 수준일까?'

독수리가 병아리를 채듯 순식간에 동료를 채어 사라진 그들의 능력을 봐서는 충분히 가능성이 있었다.

'그 살기… 낯설지가 않아.'

게다가 청년의 몸에서 자욱이 피어 오르던 그 살기는 왠지 기억 속에 있는 것 같았다.

'그래! 그 사람에게서 피어 오르던 살기였어!'

동정호의 어느 주루에서 한 낭자와 같이 합석했던 그 사내의 몸에서 피어 오르던 살기와 흡사했다.

자욱이 피어 오르던 살기와 함께 추호의 망설임도 없이 대나무 젓가락으로 건달의 목을 꿰뚫어 버리던 사내!

오늘 일도 그때와 너무 흡사했다. 장소도, 상황도, 그리고 자욱이 피어 오르던 살기와 잔인한 손속도!

'그자였던가?'

아니었다. 이번에 본 청년은 좀 더 어려 보였고 체구도 더 작았다.

비정상적으로 불의를 참지 못하고 패도적인 손을 쓰던 사내! 지옥보다 더 어두운 암흑의 기운과 태양의 폭염보다 더 뜨거운 이질적인 기운을 한 몸에 지녔던 사내!

그 사내의 모습이 기억 속에 생생히 되살아났다.

'마도의 인물일까?'

부질없는 생각이었다. 그런 사람들에겐 마(魔)니 정(正)이니 하는 것은 의미가 없었다. 그런 자질구레한 구분들은 까마득히 뛰어넘은 사람들이다. 그런 모든 인식의 시발점이 자기 자신부터임을 일찍이 깨닫고 자신의 길을 망설임없이 갈 뿐, 그 외 다른 것은 안중에 없었다.

'후유, 피바람이 몰려올 것 같구나. 또 얼마나 많은 생명들이 스러질 것인가?'

단리웅천의 가슴에 천 근 납덩이가 짓눌러 왔다.

한참을 쏘아져 가던 세 사람은 낙양성이 가까워졌을 때에야 경공을 멈추었다.

"야이 자식아! 네가 무슨 살인마냐? 도사라는 놈의 손속이 그게 뭐냐!"

"닥쳐, 자식아! 사문도 이름도 모두 버린 지 오래야!"

이가송이 아직도 흥분을 다 식히지 못하고 씩씩거렸다.

영호성과 철도정이 책망했지만 자신들도 그렇게 대놓고 이가송만을 나무랄 입장이 아니었다. 자신들이 익힌 칼 자체가 지극히 패도적인 기운을 바탕으로 극쾌와 극강을 추구하는, 백도에서 흔히 말하는 사마외도였다.

그들은 한때 촉망받던 후기지수였지만 백도의 기둥이라던 제왕성에 쫓겨 목숨이 경각에 달렸다가 구사일생으로 살아났고 한동안 쥐새끼처럼 숨어 지내기도 했었다.

그 후 자신들의 모든 것을 버리고 한 자루의 칼을 얻었다. 사문도, 사부도, 혈육의 얼굴들도 그 칼로 지워 버리며 맹세했었다. 철저히 악마가 되겠노라고. 그래서 그 대가를 백 배 천 배 돌려주겠노라고…….

그렇게 응어리진 기운이 한 번 터져 나오면 걷잡을 수 없는 것이다.

때때로 칼을 휘두르고 그 처절한 결과를 쳐다보면서 이게 정말 내 칼이 물어뜯은 자국이고 이 모습이 정말 내 모습이며 내가 정말 한때는 백도무림의 후기지수였던가 반문해 보기도 했다.

그때마다 한마디 억양없는 목소리가 뇌리를 파고들었다.

"인간에게는 선과 악의 양면이 있소. 선의 영역에서는 결코 칼을 필요로 하지 않소. 칼이나 무공 그 자체가 악마일 수 있는 것이오."

'어쩌면!'

한줄기 인정하고 싶지 않은 통증이 가슴 한복판을 찌르고 지나간 후엔 어김없이 다음 생각이 이어졌다.

'나 자신이 악마의 추종자가 아니었는지.'

괴로운 상념에 얼굴이 일그러졌다.

'버리리라! 버리고 말리라! 천근추처럼 가슴을 짓누른 이 은원을 해결한 후엔 칼을 버리고 말리라!'

그렇게, 모두 그렇게 가슴속의 빚만 갚고 나면 칼을 버린다고 자위하면서 점점 더 깊은 지옥 속으로 빠져들고 있는지도 몰랐다.

'후우~ 정말 버릴 수는 있을까?'

낙양의 웅장한 모습이 눈앞에 펼쳐졌다.

마음을 진정시킨 이가송 일행은 거침없이 내달려 은하전장에 도착했다.

은하전장의 문을 들어서자마자 이가송은 정사청부터 찾아댔다.

"이곳이오."

한 사나이가 정사청이 묵는 곳으로 인도할 때까지 이가송은 안절부절못했다.

"사형!"

"이 녀석, 살아 있었구나!"

천 년을 헤어졌다 다시 만난 친혈육의 상봉이 저러할까?

정사청의 품을 파고들어 오열하는 이가송을 바라보며 조화영과 진소혜는 자기 일처럼 눈물을 흘렸고 철도정과 영호성도 괜히 천장을 쳐다보며 어슬렁거렸다.

"자식! 저거 완전 세 살 먹은 애잖아?"

철도정이 영호성과 함께 은하전장 후원 인공 연못에 작은 돌멩이를 던져 넣으며 중얼거렸다.

"그러는 네놈은 왜 그때 콧물이 한 자나 흘러나왔냐?"

"내가 언제, 자식아! 제놈이 눈물 삼키느라 괜히 천장만 쳐다보며 어슬렁거리다 의자에 걸려 자빠져 놓고는… 자빠질려면 곱게 자빠지지 두령의 여자는 왜 덮치는 거야?"

말을 하고 난 철도정이 킥킥거리며 다시 빈정거렸다.

"아무리 산적이라도 인륜이 있고 도덕이 있는 거다, 이 자식아. 두령의 여자를 덮치는 놈이 어디 있어!"

영호성이 벌레 씹은 얼굴로 꽥 소리를 질렀다.

"입 닥치지 못해, 이 무식한 놈아! 꼭 생각한다는 게 그런 쪽으로만 돌아가지!"

그러다 결국은 둘 모두 배를 잡고 킥킥거렸다.

제18장
인연(因緣)의 끈

"정말 덥군."

울창한 숲에서 훅하고 뿜어져 나오는 열기를 가득 머금은 풀 냄새는 더위를 한층 더 고조시켰다.

임무열과 유자추, 모진성이 녹림십팔채 중 마지막 남은 산채인 와호채(臥虎寨)를 치기 위해 부지런히 걸음을 옮기고 있었다.

처음 흑수채를 접수하기 시작한 날로부터 어느덧 두 달이 되어갔다.

지옥의 이 년여 수련을 끝낸 시점인 봄이 한창이던 때부터 쉬지 않고 달려온 길이 지금은 더위가 기승을 부리는 한여름의 문턱에 와 있다.

그동안 녹림십팔채를 소리없이 점령해 가면서 우여곡절도 많았지만 하늘과 땅만큼 차이나는 무위에 눌린 대부분은 군소리없이 무릎을 꿇었다.

처음 흑수채를 점령할 때는 많은 힘이 들어가 필요 이상의 피해가 생겼고, 점령 후 일장연설을 할 때는 긴장도 되고 어색하기도 하여 몇 번의 헛기침을 동반해야 했었다.

그러나 그것도 자주 하다 보니 어떤 식으로 하면 가장 효과적으로 상대를 거꾸러뜨릴 수 있는지, 또 어떻게 하면 가장 빠른 시간 내에 완전히 조직을 장악할 수 있는지 요령이 붙어 일의 진척 속도는 차츰 빨라지게 되었다. 그리고 필요 인원도 꽉 줄어 열다섯으로도 신경을 바짝 세우던 것이 이젠 단 세 명으로도 느긋이 산채를 접수하러 갈 수 있게 되었다.

"부두령, 거의 다 왔으니 여기서 한숨 돌립시다. 안 그럼 산채 점령도 하기 전에 더위 먹고 쓰러지겠소."

유자추가 소나무 그늘에 주저앉으며 방갓을 벗어 부채 삼아 부쳤다.

임무열과 모진성도 방갓을 벗고 손으로 얼굴과 목덜미에 흐르는 땀을 훔치며 서로 멀찌감치 떨어져 앉았다.

"오늘로써 녹림십팔채는 완전히 점령하게 되는데 그 다음 계획은 어떤 것이오?"

모진성이 임무열을 향해 넌지시 질문을 던지자 유자추도 궁금하다는 듯 임무열을 쳐다보았다.

"공성(攻城)보다는 수성(守城)이 더 어려운 법이오."

"캬— 아깝다, 아까워! 총군도독(總軍都督)으로도 손색이 없는 인물인데 어쩌다 산적 부두목이 되어서……."

모진성이 혀를 차며 너스레를 떨었다.

"그러게 말이오! 이왕이면 번듯한 문파 하나 창건해서 떵떵거리며 일을 추진하는 건데 머리 한번 잘못 굴리는 바람에……."

"허, 부두령도 맞장구치며 농담을 다 할 줄 아시오?"

모진성이 얼굴 가득 장난스런 미소를 띠며 임무열을 바라보았다.

"뭐, 우리라고 문파 하나 못 만들 건 또 뭐 있소?"

"하이고, 그래서 개파대전이라도 열어 종남, 점창, 곤륜 다 초대해서 일장연설이라도 하시려고?"

"그건 좀 무리가 있겠지요?"

임무열이 다시 능청스럽게 말을 받았다.

"이 아저씨가 더위를 먹어 정신이 약간 오락가락하는 모양이군. 안 하던 농담을 연속적으로 다 터뜨리고. 역시 자리가 사람을 만든다더니 부두령이 되고 나니 여유가 생긴 모양입니다그려."

때 아닌 웃음으로 일행은 잠시 더위를 잊었다.

"어라? 이러다 선수를 빼앗기는 거 아닌지 모르겠네."

모진성이 저 아래 계곡 한쪽 구석에서 조심스럽게 몸을 움직이는 인영을 보고는 신기하다는 듯 중얼거렸다.

임무열과 유자추도 모진성의 시선을 쫓아 고개를 돌렸다.

"멍청한 건가 아니면 겁이 없는 건가?"

간단한 경장 차림으로 약초 바구니를 어깨에 걸머진 산토끼 같은 소녀가 연신 주변을 둘러보는 잔뜩 긴장한 모습으로 약초를 캐고 있었다.

이곳 와호령은 산세가 험하기로 유명하였고 특히 맹독을 지닌 뱀들이 많았다. 지금처럼 수풀이 우거져 발 디딜 곳마저 제대로 보이지 않는 상황에서 저렇게 간단한 차림으로 산속을 헤집고 다닌다는 것은 위험천만한 일이었다.

독사도 위험했지만 그보다 더 위험한 것은 악하고 독한 마음을 지닌 인간이었다.

와호채는 깊고 험준한 곳에 자리 잡은 산채인 만큼 산적들은 흉포하기가 그지없었다. 녹림십팔채 중에서도 가장 잔인하고 제멋대로여서 꼭 필요한 경우가 아니면 다른 녹림맹과의 왕래도 없었고 전체적인 규율에도 따르지 않았다.

아무리 산적들이라지만 그들에게도 최소한의 지켜야 할 바가 있고 불문율이 있었다. 살상은 꼭 필요한 경우에만 할 것이며, 어린아이와 노약자는 해하지 않고, 세력이 큰 표국과는 되도록 말로 해결하는 식으로 각 산채마다 약간의 차이는 있으나 대부분 비슷했다.

특히 산세가 그리 험하지 않고 사람의 왕래가 많은 곳에 위치한 산채들은 지켜야 할 규칙들이 훨씬 더 많았다.

만약 그것을 어기고 만행을 저질렀다면 관군이나 대규모로 고용된 무사들에 의해 된서리를 맞게 될 수밖에 없었다.

하지만 이 와호채는 워낙 깊고 험준한 천혜의 요새에 위치하다 보니 관군이나 다른 세력들이 접근하기가 용이하지 않았고, 또 왕래하는 행인들도 그리 많지 않아 자연 그들은 흉포해지고 만나는 행인들은 껍질까지 홀라당 벗겨갈 정도에 이르렀다.

"정말 겁이 없군."

약초 광주리를 걸머진 소녀는 계속해서 열심히 산속을 누비며 위쪽으로 오르고 있었다.

좀 더 올라가면 그곳은 바로 와호채의 후문이 있는 곳이었다. 또 그곳은 임무열 일행이 숨어들 곳이기도 했다.

소녀는 잔뜩 긴장한 모습을 보이면서도 열심히 뭔가를 찾아 숲 속을 헤집었다.

결국 산채 쪽에서도 소녀를 발견했는지 네 명의 산적들이 은밀히 소녀가 있는 방향으로 내려오고 있었다.

"휴우~ 어딜 가나 느긋이 쉴 팔자는 못 되는 모양이야."

유자추가 천천히 몸을 일으켰다.

임무열과 모진성도 벗어둔 방갓을 쓰고 유자추를 따라 조용히 숲 속으로 스며들었다.

"아악—"

날카로운 비명과 함께 바위 뒤에서 갑자기 튀어나온 산적들에게 소녀가 꼼짝없이 포위되었다.

"햐— 이게 웬 떡이냐?"

소녀를 사방에서 포위한 산적들이 뜻하지 않게 굴러 들어온 행운에 어쩔 줄 몰라 하며 입을 다물지 못하였다.

새파랗게 질린 소녀는 다리가 후들거려 서 있기도 힘든 듯 바닥에 주저앉으면서도 약초 광주리를 꼭 안고 있었다.

"제발 보내주세요. 오늘 안으로 약을 쓰지 않으면 우리 어머니는 돌아가세요."

"그건 네 사정이고 우리 사정은 또 그렇지가 못하단 말이야. 계집 구경 한 지가 벌써 일 년이 다 되어가거든."

산적 한 명이 소녀가 보물 단지처럼 꼭 안고 있는 약초 광주리를 낚아챘다.

"뭐야, 이건? 모두 쓰잘데없는 풀뿌리뿐이잖아."

약초 광주리에 풀뿌리 외에 아무것도 없자 산적이 실망한 듯 투덜거렸다.

"이걸 뭐라고 보물 단지처럼 안고 있는 거야!"

화가 난 산적이 약초 광주리를 걷어차 저만치 날아가자 소녀는 자신이 처한 상황도 잊은 채 바닥에 흩어진 약초를 황급히 옷자락에 주워 담으며 광주리가 날아간 곳으로 기어갔다.

"허! 이거 미친년 아냐?"

산적 중 한 명이 어이가 없는 듯 소녀를 바라보다 다른 일행들을 쳐다보며 눈짓을 했다.

"끌고 가자!"

비명을 지르는 소녀의 양팔을 잡아끌고 산채로 향하던 산적들이 흠칫 걸음을 멈추었다.

방갓을 깊숙이 눌러쓴 세 명의 인영이 앞을 가로막고 있었다. 처음에는 같은 산채 사람인가 하여 대수롭지 않게 생각하던 산적들은 차츰 표정이 굳어갔다.

방갓을 쓴 채 꼼짝 않고 자리에 서 있는 모습이 결코 자신들의 산채에서는 볼 수 없는, 마치 저승에서 막 세상으로 나온 듯한 저승사자의 모습이었다.

"웬 놈들이냐?"

뒤늦게 틀에 박힌 물음을 던진 산적 한 명이 칼을 빼 들었다. 얼음장 같은 예기를 풍기는 사내들의 기세에 놀란 다른 산적 세 명도 붙잡고 있던 소녀를 놓고는 자신들의 무기를 빼 들었다.

순간의 욕정보다 더 급한 것이 목숨의 보존이다. 목숨이 붙어 있어야 욕정도 채울 수 있는 법이니까. 지금 이 순간 산적들은 본능적으로 생명의 위태로움을 느끼고 있었다.

네 명은 각기 다른 무기를 들고는 자신들이 들고 있는 무기가 최대한 잘 보이는 각도로 자세를 잡았다.

산적들이 들고 있는 무기는 다양했다. 임무열 일행이 차고 있는 칼보다 훨씬 폭이 넓은 칼, 톱인지 칼인지 구별이 되지 않는 마치 가재의 집게발 같이 생긴 이상한 무기, 또 부채 두 개를 붙여놓은 것 같은 양날도끼, 못이 삐죽삐죽 박힌 쇠 몽둥이 등으로 실전에서의 효용보다는 최대한의 시각 효과를 노린 무기를 들고서는 시위라도 하듯 임무열 일행을 노려보았다.

보통 사람들이라면 그들이 들고 있는 무기만으로도 오금이 저려 서 있지도 못할 지경이었다.

저들도 그렇게 이 무기들을 보고 겁에 질려 뒷걸음질을 쳐주면 더 이상 바랄 게 없었다. 그러면 고함을 지르며 몇 걸음 쫓아가다가 그만 둘 테고 호탕하게 웃으며 돌아와 전리품을 챙겨서는 산채의 동료들 앞에서 우쭐댈 수 있었다. 그게 지금까지의 정해진 수순이었다.

그런데 상황은 정반대로 흘러가고 있었다.

자신들이 치켜든 무기를 보고 겁에 질려 도망가 줬으면 싶은 세 명의 사내들 중 한 명이 방갓을 벗고 천진스럽게 웃으며 한 걸음 다가왔다.

놀람에 가슴이 무너져 한 걸음 뒤로 물러서기도 전에 흐릿한 손 그림자가 눈앞에 어른거렸고, 갑자기 정오의 햇살이 칠흑 같은 어둠으로 바뀌며 네 명 모두 까마득한 무의식의 세계로 빠져들었다.

"보내주세요. 이 약초를 다려 드리지 않으면 우리 어머님은 돌아가실 거예요."

소녀는 여전히 옷자락에 주워 들은 약초를 꼭 안고 오들오들 떨며 주저앉아 있었다.

모진성이 저만치 떨어져 있는 광주리를 들고 땅바닥에 널브러진 약초들을 마저 주워 담아 소녀에게 내밀었다.

소녀는 광주리를 받을 생각도 않고 계속해서 '보내주세요'라는 말만 되풀이했다.

"넋이 나갔군."

유자추는 소녀가 꼭 안고 있는 약초를 억지로 뺏더니 광주리에 담아서는 소녀에게 다시 내밀었다.

"자, 이걸 갖고 어서 가보시오."

그제야 소녀는 주춤주춤 일어서 광주리를 들고 몇 걸음 걷다 다시 털썩 주저앉았다.

과도한 놀람으로 근육들이 제 기능을 상실한 모양이었다.

"안 돼— 어, 어머니."

소녀는 엉금엉금 기어서 필사적으로 집으로 향하려 애를 썼다.

물끄러미 바라보던 유자추의 눈에 옛 얼굴 하나가 떠올랐다. 절망적인 눈빛으로 오직 한 가지 염원만을 간직한 채 감지도 못하고 세상을 떠나던 그 눈빛.

"빌어먹을!"

'다시는 떠올리지 않으려 했는데……'

질끈 눈을 감았다 뜬 유자추가 소녀를 부축하며 물었다.

"집이 어디요?"

소녀의 떨리는 손가락이 앞쪽 능선 너머를 가리켰다.

"둘이서도 문제없겠지? 혹시라도 힘이 달리거든 사자후를 세 번 길게 터뜨려."

"미친 자식! 힘이 달리는 놈이 어떻게 사자후를 터뜨리냐?"

모진성이 어이없다는 듯 헛바람을 내쉬었다.
"나중에 술판 벌어질 때쯤이면 돌아올게. 소저, 눈을 감으시오."
유자추가 소녀의 팔을 어깨에 걸치고 순식간에 계곡을 건너뛰었다.
"제법 하는군!"
임무열이 방갓 속에서 중얼거리며 천천히 산채로 향했다.

유자추가 소녀를 부축하여 경공을 펼쳐 달려간 길은 험준한 능선을 두 개나 넘어야 하는 결코 쉽지 않은 길이었다.
까마득한 절벽 사이를 뛰어넘을 때마다 소녀는 파랗게 질렸고 유자추가 쉬어 갈 것을 권유했지만 그때마다 소녀는 덜덜 떨리는 입술을 다급하게 움직여 자신은 괜찮으니 조금이라도 빨리 가자고 애원하였다.
무공을 익히지 않은 소녀의 몸으로 경공의 속도와 압력을 감당하기란 무척 공포스럽고 힘들었을 것이다. 하지만 그 소녀에겐 공포보다 더 절실한 것이 있는 듯 쉼없이 귀가를 재촉했다.
초가에 도착했을 때 그녀의 어머니는 사경을 헤매고 있었다. 소녀는 비명을 지르며 어머니를 부축했지만 의식이 없는 데다 약을 쓰기에도 너무 늦었다.
어쩔 수 없다는 걸 알면서도 유자추는 환자의 완맥을 잡고 상세를 살폈다. 천만 뜻밖에도 그 환자의 몸에서 무공의 흔적이 발견되었다.
하지만 그녀의 몸은 살아 있는 사람의 것이 아니었다. 척추가 심하게 손상을 입었는지 그녀의 등에는 넓고 두터운 철판이 가죽 끈으로 묶여져 간신히 몸을 지탱해 주고 있었다.
유자추는 몇 개의 가죽 끈을 풀어낸 뒤 철판 사이로 손을 넣어 부인의 등 뒤 명문혈로 진기를 주입하였다.

부인은 서서히 의식을 되찾더니 곧 진기를 받아들여 부분적으로나마 운용하면서 기력을 되찾아갔다.

"공자… 좀 전의 내공은?"

"모르오. 어떤 무지막지한 인간에게 개 몰리듯 몰리며 익힌 발악의 흔적일 뿐, 내력도 이름도 알지 못하오."

운기조식을 끝낸 뒤에도 파리한 혈색 그대로인 부인의 질문에 유자추가 고개를 흔들며 대답하였다.

젊었을 적에는 수많은 남자들의 눈길을 한 몸에 받았을 법한 부인은 반짝이는 눈으로 유자추를 관찰하였다.

그러다 더 이상 앉아 있기 힘들다는 듯 긴 숨을 내쉬며 딸의 이름을 불렀다.

"은비야, 나 좀 눕혀다오."

주은비는 얼른 달려와 조심스레 어머니를 자리에 눕혔다.

중년의 미부인은 딸의 도움 없이는 혼자서 꼼짝도 할 수 없는 만신창이의 몸이었다. 수족 역시 불편하여 오른손 하나만 겨우 조금 움직일 수 있을 뿐이었다. 그것마저도 통증을 동반하는 듯 조금 움직인 후에는 고통스러워하며 굵은 땀방울을 흘렸다.

하지만 부인은 그 고통을 참아내며 의도적으로 오른팔을 움직이려 무던히 애를 썼다.

유자추는 무겁게 가라앉은 심정으로 두 모녀를 쳐다보았다. 산적들에게 잡혀서도 자신의 처지를 망각하고 오직 약초에만 온 신경을 쓰던 소녀의 그 절실하던 눈빛이 이젠 이해가 되었다.

소녀가 단 하루라도 집을 비운다면 소녀의 어머니는 생명을 유지할 수 없을 것이다.

'어쩌다 저 지경까지 되었을까.'

답답한 한숨을 내쉬며 방에서 나온 유자추는 단칸 초가의 마당 곁에 있는 조그만 바위 위에 걸터앉아 생각에 잠겼다.

사지육신 멀쩡한 자신으로선 감히 이들 모녀의 고통을 짐작조차 할 수 없었다.

"이 은혜를 어떻게 갚아야 할지……."

바위에 앉아 상념에 잠긴 유자추의 등 뒤에서 소녀의 가녀린 목소리가 들렸다.

깊은 근심과 두려움이 가득한 커다란 눈망울이 유자추의 눈과 잠시 마주쳤다가 황급히 아래로 떨구어졌다.

'빌어먹을 일이군.'

유자추는 고개를 돌려 저만치 산 중턱을 바라보았다.

'닮아도 너무 닮았어!'

잠시 앞을 쳐다보다 황급히 눈을 내리고, 항상 아래만 쳐다보며 살아가던 아픈 기억 속의 그 눈빛과 눈앞의 소녀는 너무 닮았다.

"소저의 자당(慈堂)께서는 언제부터 저렇게 되셨소?"

상념을 떨쳐 버리려는 듯 유자추는 주은비에게 질문을 던졌다. 그러나 가슴속에 북받쳐 올라와 있던 옛 기억 속의 울분이 무심결에 목소리에 묻어 나와 버렸다. 그 때문에 놀란 소녀가 찔끔 몸을 움츠리다 간신히 입을 열었다.

"제가 열 살 때 어떤 사람의 습격을 받았어요."

주은비는 잠시 숨을 고른 후 다시 말을 이었다.

"부모님은 절 꼭꼭 숨겨 두시고 절대 나오지 말라는 말과 함께 그 사람을 유인해 멀리 도망치셨는데, 그 후로는 소식이 없었어요."

그때의 기억이 되살아난 듯 소녀의 어깨가 가늘게 떨리고 있었다.

"그렇게 일 년이 지난 어느 날 어떤 사람이 어머니의 부탁을 받고 왔다며 절 데리러 왔고, 그 사람을 따라와 보니 어머니는 저렇게……."

결국 주은비는 말을 끝맺지 못한 채 울음을 터뜨렸다.

"자당의 상체에 무슨 상처가 있지 않소?"

주은비의 눈물 가득한 눈이 크게 떠졌다.

"그걸 어떻게?"

유자추는 주은비의 반응에서 자신의 짐작이 맞아떨어졌음을 확인하고는 가슴이 더욱 답답해져 왔다.

아까 부인의 명문혈에 진기를 불어넣고 일주천시킬 때 부인의 가슴 부근에서 만근석처럼 꽉 막힌 굳은 덩어리가 있어 기의 순행을 방해하였다. 그 응어리진 탁기로 인해 부인은 한시라도 약의 힘을 빌지 않고는 살아갈 수 없는 상태가 되어 있었다.

자신의 짐작이 틀리지 않다면 부인의 가슴에 있는 그 응어리는 가공할 공력이 실린 장력에 격중된 때문일 것이다.

두령에게서 익힌 그 패도적인 기운을 써보아도 그 응어리는 뚫리지 않았다. 몇 번을 시도하다 오히려 환자를 위험에 빠뜨릴 경우를 생각하여 포기하고 말았다.

뼈가 부서지고 전신 불구의 상태가 된 외상도 문제이지만 더 심각한 것은 기의 순행을 꽉 막고 있는 가슴의 응혈이었다. 그런 상태로 지금껏 생명을 부지하고 있는 것만도 기적에 가까웠다.

"휴~"

다시 한 번 긴 한숨이 새어 나왔다.

'두령이라면!'

가능할지도 모를 일이다. 인간의 한계를 일찌감치 뛰어넘은 인간 같지 않은 인간이니까 옆에 있다면 졸라보기라도 할 텐데…….

피식.

상황에 어울리지 않는 실소가 흘러나왔다.

'신도기문, 영호성, 철도정 그 사악한 놈들에게 얼마나 시달리고 있을까? 능소빈도 곁에 없는데…….'

"상처는 어떤 모양이오?"

유자추가 다시 질문을 던지자 주은비가 조심스레 대답했다.

"시커먼 손자국이에요."

주은비의 눈에 안스럽고 애가 타는 빛이 가득했다.

"처음에는 그냥 조금 붉은색을 띠었는데 해가 갈수록 점점 회색을 띠더니 지금은 시커멓게 변했어요. 그 색깔이 짙어갈수록 어머님은 점점 더 기운을 잃어가세요."

고개를 가만히 숙인 채 말을 하는 주은비의 눈에서 눈물이 방울방울 떨어져 내렸다.

그 모습에 의붓아버지에게 구박을 당하며 고개를 숙인 채 방바닥에 눈물을 뚝뚝 떨어뜨리던 어머니의 모습이 주은비의 얼굴과 겹쳐져 왔다.

"제기랄!"

자신도 모르게 다시 터져 나온 유자추의 광포한 말에 주은비는 깜짝 놀라며 얼른 눈물을 닦았다.

"이젠 약도 통하지 않아요. 제발 어머니를 살려주세요!"

주은비가 작은 마당 한가운데서 무릎을 꿇었다. 약도 쓸 수 없을 만큼 급박했던 어머니를 등에 손바닥을 대는 것만으로 어느 정도 상세를 회복시킨 사람이었다. 지푸라기라도 잡고 싶은 심정의 주은비로서는 무슨 수를 써서라도 매달릴 수밖에 없었다.

"그만두시오, 소저. 인명은 재천이라 하지 않았소. 지금까지도 기적처럼 살아 계셨으니 앞으로도 충분히 그럴 것이오."

유자추가 얼른 주은비를 일으켰다.

"들어갑시다. 자당의 상세를 조금 더 살펴봐야 될 것 같소."

주은비와 유자추가 겨우 두 사람이 몸을 맞대고 누울 만한 작은 방에 들어서자 누워 휴식을 취하던 부인이 조용히 눈을 떴다.

"아주머니, 전 자식뻘밖에 되지 않는 사람이니 어려워 마시고 상처를 좀 보여주시겠는지요?"

유자추의 예상 밖의 제의에 자리에 누운 미부의 눈이 조금 더 커졌다.

아무리 으스러져 만신창이가 된 몸이라지만 여자로서의 수치심마저 으스러진 것은 아니었다.

부인은 이채를 띤 눈으로 유자추의 얼굴을 훑었다. 좀 전에 유자추가 밖으로 나가자 딸로부터 간략하게나마 그간의 사정을 들었었다.

딸이 겪은 일에 모골이 송연해지고 머리끝이 하늘로 올라갔다. 딸이 그 흉포한 산적들에게 붙잡힌 채 앞에 있는 공자의 구원을 받지 못했더라면······.

생각하기조차 싫었다. 하늘에 감사하는 마음이 절로 일었다. 구명지은보다 더 큰 은혜를 청년은 베푼 것이다.

그런 청년의 몸에서는 정제된 기운과 절제된 몸가짐이 보였다. 명가에서 오랫동안 깊은 수련을 받은 흔적을 읽을 수 있었다.

그런데 아까 의식을 잃은 자신의 몸에 불어넣은 진기는 지금껏 자신이 보았던 청년의 모습과 판이했다. 깊고 깊은 어둠의 냄새가 풍기는 광포하고도 거칠 것 없는 암흑의 기운이었다.

어떤 연유로 이 광명정대한 청년의 몸에 그런 암흑의 기운이 흐른단 말인가? 그 점이 청년의 정체를 궁금하게 만들었고 선뜻 청년에게 모든 것을 다 내보일 수 없게 하는 것이다.

"어머니, 아무 생각 마시고 상처를 보여드리세요. 공자님은 보지 않고도 어머님의 상처를 짐작하고 계셨어요. 그러니 치유할 수 있는 방법도 알 수 있을지 모르잖아요?"

무공을 모르는 주은비가 기대 가득한 표정으로 채근했다.

'그렇게 쉬운 것이 아니란다, 아가야. 불쌍한 것……'

미부인의 가슴이 미어져 왔다.

"은비야, 내 상처를 공자님께 보여드리거라."

미부인의 눈이 조용히 감겨졌고 주은비가 얼른 어머니의 가슴을 풀어헤쳤다.

"이럴 수가!"

미부인의 가슴에 커다란 손자국이 악마의 손톱자국인 양 섬뜩하게 자리 잡고 있었다.

유자추의 눈빛이 점점 더 강렬해져 갔다.

자신으로서도 알 수 없는 혈장(血掌)의 흔적이 서서히 미부인의 숨통을 조여가고 있었다.

이 정도의 혈장이라면 보통 사람은 격중당하는 즉시 한 줌 잿더미가 되었을 것이다. 그것으로 미루어보아 그 당시 미부인의 무공 수위가 얼마나 높았는지 짐작이 갔다.

부인이 지금껏 생명을 유지하고 있는 것도 그 높은 공력 때문이었을 것이다.

부인의 정체와 또 부인의 가슴에 이런 상처를 남긴 사람이 누구인지 무척이나 궁금했지만 유자추 자신이 아까 부인의 질문에 대답을 회피했듯이 그것은 쉽게 물어볼 수도 쉽게 대답할 수도 없는 문제였다.

"공자님, 어머니의 상처는 치료할 수 있겠는지요?"

주은비가 초조한 얼굴로 어머니와 유자추의 얼굴을 번갈아 바라보았다.

유자추는 침중하게 생각에 잠겼다. 예상대로 그 상처는 자신의 능력 밖의 일이었다. 그러나 일말의 희망으로 눈을 반짝이고 있는 주은비를 한마디의 말로 실망시킬 순 없었다.

잠시 생각에 잠겼던 유자추가 입을 열었다.

"나로선 쉬운 일이 아니군요. 하지만 내가 모시는 사람이라면 가능할 것도 같습니다."

주은비의 얼굴에 아침 햇살 같은 기운이 자욱이 퍼져 갔다.

"공자님, 제발! 제발 어머니를 살려주세요. 어머니만 살릴 수 있다면 난 뭐든지 할 수 있어요. 필요하다면 제 몸에 있는 피를 다 뽑아드릴 수도 있어요. 그러니 제발 어머니를 살려주세요."

주은비의 눈에 다시 눈물이 가득 고였다.

"후우~"

유자추의 입에서 긴 한숨이 다시 새어 나왔다.

여기서 두령이 있는 은하전장까지는 까마득히 먼 거리이다.

환자를 그곳까지 움직이는 것도 힘들 것이고 그렇다고 모든 일을 제쳐 두고 두령을 이곳까지 불러올 수도 없는 일이다.

답답한 가슴과 함께 머리 속도 복잡해져 왔다.

우선은 와호채의 임무열과 모진성의 일부터 알아보아야겠다.

해가 서쪽에서 뜨지 않는 한 지금쯤이면 별문제없이 산채를 점령했을 것이다. 그곳에 합류하여 마무리를 짓고 주은비와 그의 어머니 문제를 다시 생각해 보고 묘안을 짜내야 할 것 같다.

"내 힘 닿는 데까지 최선을 다할 터이니 너무 상심하지 마시오."

유자추는 주은비 모녀를 안심시키고 일어날 채비를 하였다.

"당장은 동료들 일이 궁금하니 이젠 그곳에 가보아야겠소. 내일 아침 일찍 다시 올 테니 마음을 편히 하고 휴식을 취하십시오!"

유자추가 옆에 둔 도를 들고 훌쩍 일어섰고 그제야 모녀가 화들짝 놀라며 어쩔 줄 몰라 했다.

"하늘과 같은 은혜를 입었는데 너무 경황중이라 엽차 한 잔 대접하지 못했습니다. 이런 결례가……."

미부인이 상반신을 일으키려 애를 쓰자 주은비가 얼른 부축하여 어머니를 일으켜 앉히고는 자신도 그제야 결례를 의식했는지 몸둘 바를 몰라 했다.

"괘념치 마십시오. 그런 잡다한 예절은 쾌차하신 후에 차리셔도 늦지 않습니다. 지금은 생명의 보중이 더 시급합니다. 그럼……."

유자추가 성큼 마루도 없는 방을 나섰고 간단히 포권을 쥐어 인사를 한 후 등을 돌려 모녀의 시야에서 멀어져 갔다.

두 모녀는 석상처럼 한동안 움직일 줄 모르고 유자추가 떠나간 방향으로 시선을 고정시키고 있었다.

한참 더 밖을 응시하던 미부인의 눈이 크게 떠졌다.

조금 전 사립문을 나섰던 유자추의 신형이 앞산 능선 벼랑 사이를 까마득히 건너뛰고 있었다.

"마환보(魔幻步)."

미부인의 입에서 경악성이 터져 나왔다.

비록 예전만큼의 안목에 미치지는 못하지만 자신이 본 유자추의 경공은 분명히 마환보였다.

전설 속에 전해져 내려오는 대마왕의 그것보다는 속도나 거리에서 턱없이 부족했지만 그것은 틀림없는 마환보였다. 그렇지 않고는 누구도 그 짧은 순간에 저곳까지 갈 수 없다.

"마도의 후예였던가?"

미부인의 가슴이 한층 더 무거워져 왔다.

마도니 백도니 자신에게는 이제 아무 의미 없는 구분이었다.

그 부질없는 인식이 얼마나 많은 피를 불렀던가.

하지만 세상의 통념은 여전히 그 부질없는 인식의 틀에서 벗어나지 못하고 있다.

그가 누구이고 어떤 협의인이든간에 마도의 무공을 익혔다면 그것만으로도 정파라는 허울 좋은 표식을 이마에 붙인 사람들이 떼거지로 달려들어 도륙하고 말 것이다.

소위 발본색원(拔本塞源)이라는 허명 아래······.

하늘을 우러러 한 점 부끄러움도 없을 것 같은 그 청년도 그런 전철을 밟지 않을까?

가슴 한복판 모정만큼이나 강한 정한(情恨)이 몰려왔다.

"어머니."

눈물이 그렁하게 고인 눈으로 가쁜 숨을 내쉬는 어머니를 본 주은비가 비명을 지르며 어머니를 부축하여 자리에 뉘였다.
'하늘이시여!'
미부인이 긴 한숨을 토해냈다.
"왜 그러세요, 어머니. 가슴이 또 아픈가요?"
찢어질듯 외치는 딸의 목소리를 들은 미부인이 마음을 다잡았다.
"아니다. 이젠 괜찮구나!"
미부인이 조용히 눈을 감았고 두 눈 가득 고였던 눈물이 귀밑으로 흘러 머리맡을 적셨다.

"다 끝난 거야?"
부서진 와호채의 후문으로 유자추가 천천히 걸어 들어왔다.
몇 명이 통나무처럼 쓰러져 의식을 잃고 있었고 아름드리 목책들이 여러 조각으로 잘려져 뒹굴고 목책 옆의 바위 하나가 쩍 갈라진 채 입을 벌리고 있었다.
필시 모진성의 솜씨였을 것이다.
'자식이 나무보다는 바위를 더 잘 쪼갠단 말이야!'
유자추가 피식 웃으며 산채의 무리들을 휘둘러 보았다.
황소만한 덩치와 흉흉한 눈빛을 빛내는, 얼핏 보기에도 채주감으로 손색없는 사내가 덩치에 어울리지 않게 벌벌 떨며 꿇어앉아 연신 임무열과 모진성의 넓은 도를 흘깃거렸다.
십중팔구 그는 두 사람의 도가 언제 어떻게 사용되었는지 보지도 못했을 것이다. 단지 번쩍 하는 순간 모든 것이 끝나고 경악스런 결과만이 눈에 들어왔을 것이고, 그래서 계속 두 사람의 칼만 쳐다보고 있었다.

정말 저 칼을 휘두른 것일까, 아니면 무슨 사술을 부린 것일까!

그 황소 덩치의 생각은 아마 그것이었을 것이다.

부리부리한 눈에 공포와 함께 아직도 믿을 수 없다는 불신이 같이 자리하고 있었다.

'기분도 답답한데 장난 좀 쳐볼까!'

유자추가 천천히 칼을 들어 올려 어깨에 메고 툭툭 어깨를 두들기며 장난칠 상대를 물색하느라 장내를 둘러보았다.

툭툭 치던 칼을 그대로 앞으로 내지르기만 하면 일도양단의 쾌검을 뿌릴 수 있는 자세였다.

"야! 너!"

유자추가 무리들 중 한 명을 손가락으로 가리켰다.

와호채의 모사꾼이나 되는 듯 제법 긴 염소수염과 문사건을 머리에 두른 중년인이 유자추의 지목에 움찔하여 고개를 들었다.

"너, 이리 나와."

유자추가 재차 그 염소수염의 사내를 불렀고 그 사내는 아직 움찔거리며 움직이지 않고 있었다.

이런 부류의 인간은 머리는 빨리 도는 반면 행동이 굼뜨기 마련이다.

'바라던 바다!'

유자추의 얼굴에 슬쩍 미소가 어렸다.

번쩍—

마른하늘에 번개라도 친 듯 한줄기 섬광이 지나가고 나자 엉거주춤 엉덩이를 일으키던 염소수염의 사내가 어혁 하고 헛바람을 들이켰다.

무리들 모두의 눈이 그 사내에게로 향했을 때는 사내의 염소수염이 뿌리째 싹둑 잘려 나갔고 이마에 두르고 있던 문사건이 조각조각 잘려 허공에 나부끼고 있었다.

언제 뽑았다 다시 집어넣었는지 아까 상태 그대로 유자추가 칼을 어깨에 메고 어깨를 툭툭 두들기며 좀 전까지 염소수염을 기른 사내에게로 다가갔다.

"다음부터 내가 염소하고 부르면 즉시 달려와야 한다. 그렇지 않으면 네 목은 저 통나무들하고 벗하며 뒹굴게 될 것이다. 알아들었나?"

유자추가 칼집으로 염소수염을 길렀던 사내의 턱을 치켜 올리며 목소리를 높였고 이제야 완전히 상황 파악이 된 염소가 우렁찬 대답과 함께 고개를 수없이 끄덕거렸다.

아직도 반신반의하던 와호채의 녹림도들은 완전히 공포에 질렸고 두목인 듯한 황소 덩치 사내의 눈에는 체념의 빛이 흘렀다.

둘로도 귀신을 만난 것 같은데 거기에 하나 더 덧붙었으니 빈틈이니 기회니 호시탐탐이니 하는 단어는 기억 속에서 지워야 했다.

임무열의 일장연설이 끝나자 와아 하는 함성과 함께 순식간에 무리들이 달아올랐다.

그들에게는 어찌 됐든 강한 두령이 제일이다. 그래야만 조금이라도 피를 덜 흘릴 수 있고 조금이라도 더 쉽게 재물을 취할 수 있다.

곧 이어 술판이 벌어졌고 온 산이 시끌벅적하게 고함 소리가 울려 퍼졌다.

한낮에 시작된 술판은 저녁나절까지 이어졌다.

와호채 인원 반 정도는 산채 구석구석에 널브러져 깊은 잠에 곯아

떨어졌지만 나머지 반은 아직도 웃고 떠들며 술잔을 입에 털어 넣고 있었다.

좀 더 밤이 깊어지면 저들 중 대다수도 산채 구석구석에서 곯아떨어질 것이고 새벽녘이면 한 사람도 남김없이 잠에 빠져들 것이다.

임무열과 모진성도 우두머리급들과 한자리에 앉아 한 가닥 긴장을 유지한 채 술잔을 돌리고 있었다. 반면 유자추는 어스럼이 지기 시작할 즈음에 자청하여 망루에 올라 번을 서고 있었다.

임무열의 곁에 앉아 술을 마시던 모진성이 이따금씩 망루 위의 유자추를 바라보며 고개를 갸웃거렸다.

"아무래도 아까 바래다 준 소저의 집에서 무슨 일이 있었던 것 같소."

임무열도 평소와 다른 유자추의 기색을 읽었는지 모진성의 술잔에 술을 따르며 나직한 목소리로 말했다.

이 년 하고도 달포가 더 지난 기간을 동고동락한 그들로서는 친혈육보다 더 서로를 속속들이 알았고 이젠 눈빛 하나 숨결 하나로도 서로의 마음을 읽을 수 있었다.

"그러게 말입니다. 술이라면 자다가도 깨는 놈이 멍하니 몇 잔 들지도 않고 자청해서 망루 위로 올라가 혼자 앉아 고독을 씹는 것이……."

모진성이 말꼬리를 흐리면 슬그머니 일어섰다.

"오늘 밤은 그냥 놔두시오."

유자추에게로 가보려고 일어서던 모진성을 임무열이 조용히 제지했다.

"급하고 거칠 것 없는 성격이지만 가슴 밑바닥엔 진한 슬픔과 외로움을 간직한 사람 아니오? 또 자신의 그런 모습을 절대로 남에게 내보이고 싶어하지 않는 사람이기도 하고… 그러기에 지금 그런 자신의 모습이 내비쳤다고 생각되면 오히려 역효과가 날 거요. 강한 사람이니 내일 아침쯤이면 무슨 결과가 있겠지요."

모진성이 천천히 고개를 끄덕이며 다시 자리에 앉아 망루 위로 시선을 던졌다.

꼼짝 않고 산채 밖을 내려다보고 있는 유자추의 등에 산속의 어둠보다 더 짙은 고독이 내려앉아 있었다.

"자식이 괜한 사람 술 맛 떨어지게 만드네. 속 깊은 곳에 있는 말도 좀 하면서 마음의 짐을 서로 나누어 들면 훨씬 살아가기 편하잖아."

모진성이 툴툴거리며 애써 태연한 척 산채 녹림도 하나가 부어주는 술잔을 호기있게 들이켰지만 당장이라도 유자추 곁으로 날아가고 싶은 열망이 눈에 가득했다.

죽음의 고비에서 벗어나 한곳에 모여 서로 부딪치고 결려 나뒹굴며 지옥 수련을 하는 동안 두령을 포함한 열다섯 어느 하나 혈육처럼 정들지 않은 사람 없이 한 몸같이 되었지만, 개개인 나름대로의 개성은 각각 달랐고 그것은 서로서로 몸으로 먼저 느낄 수 있었다.

신도기문, 영호성, 철도정, 남궁우현 네 명의 사대세가 후예들은 부러울 것 없이 자란 배경이 말해 주듯 언제나 밝고 쾌활했고 악마적인 장난기로 틈만 나면 순진하기 짝이 없는 두령을 괴롭혔으며, 때때로 그 불똥이 주위의 사람들에게도 튀어 한바탕 난리법석을 떨었지만 그것은 숨 막히는 지옥 수련 동안 한 잔의 감로주 역할을 톡톡히 하였다.

개방의 화천옥과 뒤늦게 술을 배워 화천옥의 혀를 내두르게 하여 화천옥으로부터 타락한 중놈으로 불리는 정휴, 그 둘의 엉뚱함과 파격적인 행동은 모두의 상상의 틀을 깨부쉈다.

두령 다음으로 고지식하여 칼 든 공자로 불리던 공동의 형일비, 칼 놓으면 죽는 줄 아는 형산의 조대경, 암코양이 같은 도진화, 그리고 백목련 같은 능소빈…….
 이젠 눈을 감은 채 저만치서 다가오는 기색만으로도 누구인지 환히 알아맞힐 수 있는 서로들이다.
 그들 중 이가송과 유자추 둘에게서는 언제나 깊은 외로움이 먼저 느껴졌다. 특히 유자추는 점창의 대제자라는 것 외 자신의 어린 시절이나 내력에 대해서는 이제껏 단 한 번도 얘기하지 않아 그 점에 대해서는 모두들 무슨 사연이 있겠지 하고 짐작만 할 뿐이었다.
 그렇게 마음속 깊은 곳에 외로움이 많은 녀석이었기에 깊이를 알 수 없는 고독을 간직한 두령의 마음을 항상 제일 먼저 이해하였고 능소빈과 함께 언제나 두령 편이 되어 사대세가 후예들의 마수에서 두령을 지켜주었다.
 그런 녀석이 오늘은 전에 없이 더욱 외로워 보였다.
 '그래, 오늘 밤까지만 봐주겠다! 내일까지도 계속 세상천지에 저 혼자인 것처럼 궁상을 떨고 있다면 사생결단을 내고 말리라!'
 모진성이 가슴속에 있는 답답함을 씻어내기라도 하는 듯 다시 한 잔의 화조주를 벌컥벌컥 들이켰다.

 "부두령, 마차 하나 구해줄 수 있겠소? 되도록 편안한 걸로."
 밤새 번을 서느라 두 눈이 충혈된 유자추가 아침을 먹는 자리에서 느닷없이 임무열에게 말을 던졌다.
 임무열과 모진성이 잠시 서로를 쳐다보며 눈길을 나누다 유자추에게로 고개를 돌렸다.

"마차 정도야 여기 창고에 있는 최상품 비단 몇 필만 판다면 어려운 게 아니오. 또 유 공자가 꼭 필요하다면 오늘 당장 하나 만들어줄 수도 있는 문제 아니겠소? 하지만……."

"이유는 묻지 마시오. 내가 꼭 쓸 곳이 있어서 그러는 것이니 구해만 주시오."

말을 끝낸 유자추가 산채 나물을 한 움큼 입에 넣고 소처럼 우적우적 씹었다.

"이 자식이 정말 보자 보자 하니까… 너, 어제저녁부터 왜 그러는 거야?"

모진성이 젓가락을 탁 하고 내려놓고 유자추를 쏘아보았다.

"내가 뭘, 임마!"

유자추가 뚱하니 모진성을 힐끔 쳐다본 후 다시 한 덩이 밥을 입에 넣고 우물거렸다.

"후—"

모진성이 잠시 심호흡을 하며 감정을 삭혔다.

"네놈이나 나나, 아니, 우리 모두 이젠 부모 형제는 속여도 서로는 못 속이는 처지니까 쓸데없는 사설은 생략하겠다. 너, 저번에 두령보고는 혼자가 아니라고 열변을 토하며 석탁마저 두 쪽으로 부숴놓은 놈이 어제저녁부터 왜 혼자 끙끙거리며 온갖 궁상을 다 떠는 거냐? 어젯밤에는 그냥 두었지만 오늘부터는 절대로 그렇게 못하겠으니 무슨 일인지 들어나 보자."

모진성이 송곳처럼 날카롭게 쏘아보며 채근하자 유자추가 모진성의 눈을 쳐다보지도 못하고 다시 산채 나물을 한 입 입에 넣고 우적거렸다.

"야이 자식아! 네가 소새끼냐? 왜 몇 점 남지 않은 나물을 혼자 다 처먹냐!"

모진성이 다시 한 젓가락 가득 나물을 집어가는 유자추의 젓가락에서 나물을 뺏어 접시에 도로 내려놓으며 소리를 질렀다.

끝끝내 속을 열지 않는 유자추가 못내 섭섭한 모진성이었다.

"치사한 자식! 입에 들어가는 음식까지 도로 뺏어가는 놈이 어디 있어! 곤륜에서는 그렇게 배웠냐?"

유자추가 눅눅한 목소리로 모진성을 책망했다.

"말꼬리 돌리지 마라, 자식아! 평소의 너답지 않으니까."

모진성이 고삐를 늦추지 않았고 유자추가 할 수 없다는 듯 잠시 뜸을 들이다 입을 열었다.

"어제 그 약초 캐던 소저 집에 갔었는데 그 소저 어머님이 중병을 앓고 있었어. 아니, 병이 아니고 지독한 혈염장(血炎掌)에 격중되어 가슴이 시커멓게 썩어가고 있었어."

"혈염장? 누가 그런 무시무시한 무공을 쓴단 말이냐? 누구래, 그 사람이?"

모진성이 놀란 눈으로 유자추를 쳐다보았다.

"누군지 물어보지 않았어. 물어봤대도 대답해 줄 것 같지도 않고."

유자추가 숨을 한번 들이쉰 후 다시 말을 이었다.

"명문혈에 진기를 주입해 힘을 썼지만 막힌 혈은 꿈쩍도 하지 않다. 아마 두령에게 사기당한 것 같아."

"너, 그럼 두령에게서 익힌 그 암흑류(暗黑流)를 그녀 모친에게 운기했단 말이냐? 이 자식, 이거 뭐에 되게 홀렸네!"

만약 무공을 아는 사람이라면 그 기운을 못 느낄 리 없었고 그 사람이 정파 떨거지여서 모든 정파에 떠들고 다닌다면 그들은 개미 떼처럼 몰려올 것이다.

"그 탁기를 뚫을 사람은 두령밖에 없어."

유자추가 단호히 말을 맺었다.

"그럼 네놈 생각은 마차를 구해 두령에게 그 소저 모녀를 데려 가기라도 하겠다는 거냐?"

유자추가 무겁게 고개를 끄덕였다.

"하— 이 자식 하룻밤, 아니, 한나절에 만리장성을 쌓았나. 네가 그 모녀를 언제 봤다고 그렇게 살신성인의 자세로 날뛰는 거냐?"

모진성이 어이없다는 듯 유자추를 쳐다보며 혀를 내둘렀다.

"그 소저 유 공자 가족 중 누구와 닮은 것 아니오?"

임무열이 깊은 눈빛으로 유자추를 보며 질문을 던졌다.

유자추가 흠칫 고개를 들고 임무열을 쳐다보았고 모진성도 눈빛을 발하며 유자추를 응시했다.

"넘겨짚지 마시오! 뭘 안다고 그러는 거요?"

유자추의 언성이 높아졌다.

"처음 그 소저를 구한 장소에서 그 소저를 가까이서 쳐다보는 유 공자의 얼굴은 마치 잃어버렸던 가족을 다시 보는 것 같은 표정이었소."

잠시 침묵이 이어졌다.

유자추의 얼굴에 아픔보다 더한 고독의 기운이 스쳐 갔다.

"근 십 년 전에……."

유자추의 어깨가 긴 숨을 들이쉬느라 치켜 올려졌다 다시 내려왔다.

"내 얼굴을 만지며 숨을 거두던 어머님의 눈빛과 그 소저의 눈빛이 너무 닮았소."

임무열과 모진성이 긴장한 얼굴로 숨소리마저 죽인 채 꼼짝 않고 유자추를 쳐다보았다.

서로가 만난 후 처음으로 가슴 깊은 곳을 열어 보이는 유자추였다. 그 역시 서로의 눈빛만 보고도, 서로의 숨소리만 들어도 무슨 생각을 하는지 아는 터, 두 사람의 섭섭해하는 속마음과 그로 인해 언제나 양처럼 유순하던 모진성이 섭섭한 마음을 격한 감정으로 폭발시키고 있다는 것을 가슴 깊이 느끼고 있었다.

"오직 나 하나 고생시키지 않으려고 부잣집 후처로 들어가 모진 고초를 겪다 눈도 감지 못하고 숨을 거두던 그 눈빛과 너무 닮았단 말이오. 이제 됐소?"

유자추가 벌떡 일어나 벽쪽 선반에 있는 술병을 들고 병째 들이켰다. 임무열과 모진성은 아침부터 폭음을 하는 유자추를 보고도 말릴 생각을 않고 바라보기만 했다.

한 병 술을 다 마신 유자추가 무너지듯 의자에 주저앉았다.

"아들 없는 집에서 아들 하나 낳아줬으면 호강했을 텐데, 그렇게 되면 내 처지가 어찌 될까 걱정되어 수태되지 않도록 독한 약을 장기간 복용했다더군. 그렇게 몸을 버리고 그걸 알게 된 의붓아버지의 매질과 심지어는 전처 딸들의 구박까지 받다가 결국 눈도 감지 못하고 세상을 떠나고 말았지."

모진성이 술 한 병을 더 가져왔고 자신이 먼저 숨도 쉬지 않고 한참을 들이킨 다음 유자추에게 내밀었다.

"자식이! 채 한 모금도 남지 않은 빈 병을 주면 어쩌라는 것이냐?"

유자추가 모진성이 내민 술병을 입에 대고 들이키다 피식 웃으며 말했다.

"어, 그래? 그럼 더 가져와야지. 부두령! 오늘 번은 부두령이 서시오. 우리는 내일 아침까지 마실 테니."

양손에 한 병씩, 두 병 술을 더 가져온 모진성이 한 병씩 앞에 놓고 벌게진 얼굴을 유자추 앞에 들이밀었다.

"야, 그 집이 어다냐? 내 오늘 안으로 달려가 쑥밭으로 만들어놓고 올 테니."

"치워, 자식아! 그럴 마음이었다면 오 년 전에도 충분했다."

유자추가 모진성의 이마를 손바닥으로 밀어 멀찍이 치웠다.

"처음엔 어머니를 죽인 그 집 식구들에게 복수하겠다는 일념으로 밥 먹는 시간도 아까워 아침에 아예 주먹밥을 만들어 들고 다니며 칼을 익혔지."

유자추가 술병을 들어 몇 모금 더 마셨다.

첫 병은 입에 대자마자 금세 한 병을 다 마시던 것이 이젠 오히려 몇 모금 입에 대고는 술병을 내려놓았다.

술이 취해가며 오히려 더 냉정하게 자신을 추스르는 유자추의 모습을 바라보는 임무열과 모진성의 눈이 이채를 띠었다.

"그런데 말이야, 몇 년을 그렇게 칼춤을 추다 보니 어느새 철이 들었는지 모든 게 하릴없어지더라고. 무엇보다도 점창의 그 아름다운 칼에 더러운 피를 묻히기도 싫어지고. 그때부터 칼 자체가 좋아서 칼춤을 추기 시작했지. 그러다 점창의 대제자가 됐고, 또 이렇게 됐지."

유자추가 말을 끝냈다.

"싱겁군. 난 무슨 흥미진진한 복수전이라도 기대했건만."

모진성이 빙글거리며 유자추의 잔에 술을 따랐다. 그리고 이미 평상심을 유지하고 있는 유자추를 힐끔 훔쳐보았다.

한 문파의 후기지수 중 제일의 자리라는 것이 노력만으로 이루어지는 것은 아니다. 피나는 노력도 따라야 하겠지만 그 노력의 결정체를 담을 수 있는 그릇이 필요하다. 만약 저 자식이 복수의 칼을 갈아서 복수의 길만을 향했더라면 한낱 살인자의 범주에서 벗어나지 못했을 것이다. 그 한 가지 졸렬한 목적만으로는 다 채울 수 없는 큰 그릇을 지니고 있었기에 점창의 대제자가 되었을 것이다.

모진성은 내심 생각에 잠기며 남은 술을 마저 비웠다.

"이 자식들, 싸움 실력은 형편없더니 술 하나는 일품으로 담아놨군."

비틀거리며 선반으로 걸어간 모진성이 마지막 남은 술병을 들고 뭐가 좋은지 히죽거리며 자리로 돌아왔다.

"큰일 났습니다!"

술병이 거의 바닥날 즈음 와호채 산적 중 한 명이 급하게 뛰어 들어왔다.

"무슨 일이냐?"

모진성이 눈을 부릅떴고 움찔하던 사내가 급히 말을 이었다.

"전 채주 곽충구(郭沖九)가 도망을 쳤습니다."

어제 낮에 와호채를 점령하고 확실히 마음을 돌린 몇 명을 은밀히 산채 주위에 숨겨두었는데 그중 한 명이 전 채주 곽충구의 줄행랑을 보고하는 것이다.

"술 한 모금은 남겨두시오, 갔다 오면 목이 마를 테니."

임무열이 도를 들고 허둥대는 사내를 따라 천천히 밖으로 나갔다.

반 시진도 되기 전에 곽충구가 임무열의 손에 끌려왔고 모든 산채 무리들이 술렁거리며 마당 한가운데로 모여들었다. 임무열이 곽충구의 뒷덜미를 잡아 한 손으로 뽑아 던졌다.

 황소만한 곽충구가 임무열의 한 손에 가볍게 들려져 몇몇 무리들 위로 날아가 마당 한가운데로 떨어졌다.

 날개라도 달린 듯 가볍게 날아오는 곽충구를 보고 몇몇이 그 밑에 깔리지 않으려고 기겁을 하며 사방으로 흩어졌다.

 주춤주춤 몸을 일으키는 곽충구의 곁으로 임무열이 칼을 빼 들고 다가갔다. 그리고 곽충구의 목에 칼을 대고 조용히 말하기 시작했다.

 특유의 저음과 크지 않은 목소리였지만 그 말은 산채 구석구석에 있는 사람들은 물론이고 망루 위에 있는 사람들에게조차 한 명도 남김없이 모두의 귓속으로 파고들었다.

 "난 어제 분명히 경고했었다. 당분간 누구라도 이 산채를 빠져나가 비밀이 새어 나간다면 우리는 흑수채 전원을 죽일 수밖에 없다고."

 임무열의 나지막하면서도 지옥의 유부에서 들려오는 듯한 목소리를 들은 곽충구는 물론이고 다른 녹림도들도 간담이 서늘해졌다. 그리고 전 채주 곽충구로 인하여 자신들이 모두 몰살을 당할 수 있다는 사실에 서서히 감정이 격해지기 시작했다.

 "개새끼!"

 무리 한가운데서 누군가의 악에 받친 목소리가 튀어나왔고 그것을 신호로 이곳저곳에서 비슷한 목소리들이 울려 퍼졌다.

 "넌 네 자신 한 몸 편하기 위해 전 산채 식솔들의 목숨을 초개와 같이 버렸다."

 웅성거림 속에서도 나지막한 임무열의 목소리가 다시 귓속을 후벼 파듯 고막을 울렸다.

"적어도 한 무리의 우두머리라면 그와는 정반대로 행동해야 한다고 알고 있다. 그렇지 않은가?"

벌벌 떨고 있던 곽충구가 임무열의 다리를 붙잡고 연방 머리를 땅에 부딪치며 애걸하기 시작했다.

"대협! 목숨만 살려주시오. 내가 잠시 뭐에 홀렸던 것 같소. 한 번만 용서해 주신다면 다시는 이런 일 없이 견마지로를 다하겠소. 천지신명께 맹세하리다."

덩치에 어울리지 않게 굽신거리는 전 채주의 모습에 와호채 무리들은 어이가 없는지 모두 입을 다물지 못하고 경멸의 빛이 얼굴에 떠올랐다.

"저 인간 저렇게 겁쟁이 줄 진작 알았다면 내가 먼저 쫓아내고 두령 했을 텐데."

어느 쪽에선가 한소리 비웃음이 들렸고 와— 하는 웃음소리가 울려 퍼졌다.

비지땀을 흘리며 땅바닥에 머리를 파묻고 벌벌 떠는 곽충구를 내려다보는 임무열의 눈에 짧은 순간 연민이 어렸다.

'앞전의 묵성채(墨城寨) 채주처럼 차라리 날 죽이라고 온갖 욕설을 퍼부으며 날뛰었다면 죽이지는 않아도 될 텐데!'

임무열이 한숨을 내쉬며 눈 속으로 흘러드는 땀을 훔쳤다.

그것이 마치 자신을 용서해 주는 심경 변화로 착각한 곽충구가 땅에 처박고 있던 머리를 들고 비굴한 웃음을 흘리며 임무열을 쳐다보며 연신 눈을 껌벅거렸다.

"어떤 강가에서……."

임무열의 나직한 목소리가 다시 장내에 울려 퍼졌다.

"전갈 한 마리가 개구리에게 다가가 독침으로 위협하며 말했다. '자기를 저 강 건너까지 태워주면 찌르지 않고 살려주겠다'고. 개구리는 '널 어떻게 믿을 수 있냐'고 말했고 전갈은 '천지신명께 맹세한다'고 했지. 결국 개구리는 전갈을 등에 태우고 강을 건너기 시작했다. 강 가운데서 한줄기 물결이 일었고 출렁 개구리의 몸이 흔들리자 전갈이 엉겁결에 개구리의 등에 독침을 찔러 넣었다. 온몸에 독이 퍼진 개구리가 강바닥으로 가라앉으며 전갈을 원망했다. 개구리가 '왜 그랬어? 이러면 우리 둘 다 죽잖아.' 그러자 전갈이 말하길, '어쩔 수 없어! 아무리 천지신명께 맹세했더라도 전갈은 그런 상황에서는 그렇게 행동할 수밖에 없어. 난 전갈이니까.' 그러고는 둘 다 가라앉아 죽고 말았지."

임무열의 말이 끝나자 말뜻을 제대로 알아듣지 못한 곽충구와 산채 무리들이 임무열의 입만 응시했다.

"넌 전갈 같은 놈이다. 지금은 아무리 천지신명을 들먹이며 맹세를 하더라도 이런 순간이 오면 똑같이 배신할 수밖에 없을 것이다."

그제야 죽음을 의식한 곽충구가 벌떡 일어나 도망을 치기 시작했다.

쌔액—

임무열의 칼이 바람을 갈랐다.

채 두 발짝도 도망가지 못한 곽충구의 목이 하늘로 날았고 선명한 피분수가 온 마당을 적셨다.

'서릿발 같군!'

솟구쳐 오르는 선명한 피를 보며 모진성이 슬쩍 고개를 돌렸다.

"칼 자체가 악마이고 칼을 휘두르는 우리 자신들이 마도인 것이지 마도와 백도가 태어날 때부터 정해진 건 아니오."

인연(因緣)의 끈

두령의 한마디가 귓전을 때렸다.

다음날 아침에 주은비 모녀의 집에 도착한 유자추는 방문 앞에 남자의 신발이 놓여 있는 것을 보고 잠시 걸음을 멈추었다가 마당으로 들어섰다.
"주 소저, 안에 계시는지요?"
얼른 방문이 열렸고 주은비가 다람쥐처럼 뛰어나왔다.
"유 공자님, 어서 오세요."
허리가 꺾이도록 절을 하는 주은비의 뒤로 약 사발을 들고 주춤주춤 밖으로 나오는 사내의 모습이 눈에 들어왔다.
구릿빛으로 그을린 건장한 체격과 울퉁불퉁한 어깨 근육이 단단하게 다져진 이십 대 중반쯤의 사내였다.
건강하고 단단한 외모와는 달리 얼굴에는 세파에 물들지 않은 순진함과 어쩐지 겁을 집어먹어 주눅 든 듯한 기색이 엿보였다.
아마도 주은비가 자신의 얘기를 했을 것이고 무공을 소유한 자신을 그 순박한 사내가 두려워하고 있는 모양이다.
주은비가 돌아보며 사내를 불렀다.
"오라버니, 어서 인사 나누세요. 아까 말씀드린 유자추 공자님이세요."
사내가 다가와 굽신 허리를 숙였다.
"황바우라고 하는구먼요."
유자추도 얼결에 포권을 마주했다.
"이 오라버니는 낭떠러지에서 어머니를 구하고 또 절 여기로 데려와 지금껏 음으로 양으로 보살펴 준 친혈육과도 같은 오라버니랍니다."

주은비가 햇살 같은 미소를 띠며 황바우를 소개했다.

금방이라도 황바우의 팔에 매달릴 듯 깡총거리는 주은비를 바라보는 유자추의 가슴에 왠지 텅 빈 공허감이 느껴졌다.

"정말 고마우신 분이군요."

유자추가 고개를 끄덕거렸다.

"저 아랫마을 대장간에서 일하는데 솜씨가 너무 좋아 인근에 소문이 자자해요. 우리 어머님 등받이도 직접 만들어주셨구요."

정말 친오빠를 자랑하듯 주은비가 신이 나 쫑알거렸다.

"은비야, 손님을 그렇게 밖에 세워두면 쓰니."

방 안에서 미부인의 목소리가 들렸고 깜짝 놀란 주은비가 유자추를 안으로 안내했다.

미부인의 상세를 살핀 유자추가 우두커니 서 있는 주은비와 황바우를 앉혔고 자신의 계획을 말했다.

"마차를 준비하기로 했습니다. 제가 모시는 분께 부인을 모셔다 상처를 치유하고자 하는데, 여행하실 수 있겠는지요?"

같이 방에 있던 세 사람의 눈이 크게 떠졌다.

"공자, 어찌 우리가 그런 은혜까지······."

미부인이 말을 잇지 못했고 주은비의 눈에는 눈물이 그렁하게 고였다.

"공자님, 제발 그렇게 해주세요. 그럼 그 은혜는 죽어도 잊지 않겠습니다."

주은비가 무릎을 꿇었고 그런 주은비를 바라보는 황바우의 눈에 얼핏 체념의 빛이 흘렀다.

이제까지는 주은비 모녀를 돌봐주었지만 더 이상은 아무런 도움도 되지 못하는 자신으로서는 이제 주은비를 놓아주어야 할 때다.

"공자의 생각은 하늘만큼 고맙지만 그건 불가능한 일이군요."

미부인이 힘없이 대답하자 기쁨에 차 있던 주은비가 눈을 동그랗게 뜨며 어머니를 바라보았다.

"하루 종일 가만히 누워 있는 것도 힘든 이런 몸으로 먼 여행은 생각도 할 수 없는 일이랍니다."

유자추도 그 말에 딱히 대안이 없었다. 현재 미부인의 상세는 하루 앞을 예측할 수 없는 중증이었고 덜컥거리는 마차 속에서 기혈이라도 역류한다면 자신으로서도 대책이 없는 일이다. 어쩌면 물 맑고 조용한 이곳이 미부인의 생명 연장의 원천인지도 몰랐다.

"그건 방법이 있습니다."

황바우가 주춤거리며 입을 열었다.

"그게 뭔가요, 오라버니?"

주은비의 눈이 왕방울만해지며 매달릴 듯 황바우를 돌아보았다.

"언젠가 제가 돈을 모으면 마차를 구해서 용한 의원에게 어머님을 모셔갈 날에 대비해 웬만한 충격에는 미동도 않을 만큼 용수철을 이용하여 특수한 들것을 만들어놓았습니다. 마차 속에 설치만 한다면 여행하는 동안 여기 방바닥과 똑같을 겁니다."

말을 마친 황바우의 눈이 허공으로 향했다.

"오라버니, 그게, 그게 정말인가요? 어서어서 그것에 어머니를 태워보세요."

숨이 넘어갈 듯 황바우를 재촉하는 주은비의 관심은 오로지 어머니의 병환뿐이었다.

"그래, 그래, 내 어서 가서 가져오지. 우리 은비 애가 타지 않도록."

힘없이 사립을 나서는 황바우의 뒷모습을 미부인은 안타까운 눈으로 바라보았다.

'아무것도 모르는 이 철없는 것아.'

미부인이 조용히 눈을 감았고 유자추가 그런 미부인을 바라보며 벽 쪽으로 눈길을 돌렸다.

이틀 후, 준비를 마친 주은비 모녀와 유자추가 와호채에서 선출한 두 명의 장정들과 함께 마차에 올랐다.

"우선 흑수채로 가도록 하시오. 우리도 여기 일이 마무리되면 최대한 빨리 흑수채로 가겠소. 그곳에서 두령을 만나 상세를 살필 수 있도록 두령에게는 미리 연락을 띄워놓겠소."

임무열의 말에 유자추가 고개를 끄덕거리며 환한 표정을 지었다.

"어서 갑시다, 주 소저. 내가 모시는 분이라면 틀림없이 소저 어머님의 상처를 치유할 수 있을 것이오."

싱긋 웃는 표정으로 말을 하는 유자추의 얼굴에 확신보다 더 강한 믿음이 번져 갔다.

'저런 사람이 모시는 분은 정말 신선 같은 사람일 거야!'

주은비가 유자추를 바라보며 생각에 잠겼다.

제19장
살수무정(殺手無情)

　성하의 폭염이 온 세상을 집어삼킬 듯이 이글거렸다.
　바람 한 점 없는 정오의 낙양은 여느 때와는 달리 인적이 드물었다.
　한낮의 햇살이 좀 수그러들 때까지 사람들은 오수를 즐기기도 하고 그늘 아래서 부채를 부치며 더위를 피하다 이글거리는 햇살이 저만치 산 너머로 기울어질 때쯤이면 다시 거리를 가득 채울 것이다.
　깎아 만든 듯한 인상의 사내 하나가 낙양의 번화가에 있는 한 주루에 들어섰다.
　가벼운 발걸음과 표홀한 몸놀림에서 고도의 수련의 흔적이 엿보였다.
　"이봐요, 엉터리 아저씨."
　주루 한쪽에서 조심성이라고는 약에 쓸래도 찾아볼 수 없는 앙칼진 목소리가 울렸다.

주루 안의 몇 명 되지 않은 시선이 금세 그리로 쏠렸다가 다시 방금 들어온 사내에게로 쏠렸다.

'여전하군.'

가벼운 미소를 지은 한영이 조화영이 앉은 탁자로 다가갔다.

"잘 지냈소, 조 낭자? 그동안 몰라보게 예뻐졌구려."

조화영이 살짝 얼굴을 붉히며 눈을 흘겼다.

"난 엉터리 말은 안 믿어요."

"어허, 어쩌다 내가 그렇게 엉터리가 되었소?"

한영이 빙글거리며 조화영의 모습을 이리저리 훑어보았다.

곱게 차려입은 옷차림과 진소혜로부터 선물 받은 노리개로 치장한 모습이 예전과는 전혀 딴판으로 여성스러웠다.

"이야! 이거 월궁 항아가 따로 없구먼! 요즘 연애라도 하는 거요, 조 낭자?"

한영이 짐짓 입을 다물지 못하겠다는 듯 주억거렸다.

"그래요. 여기 낙양에는 멋진 남자들이 너무 많군요! 엉터리 실수하고는 비교가 안 될 정도로."

조화영이 은근히 토라진 말투로 한영의 신경을 건드리려고 노력했지만 그런 조화영의 노력과는 상관없이 한영은 계속 신기한 듯 조화영의 전신을 훑으며 빙글거렸다.

"살이 좀 찐 것 같소."

"뭐라구요!"

조화영이 물잔을 들어 던질 듯한 자세를 잡았고 놀란 한영이 두 손을 내저으며 싹싹 빌었다.

"취소요, 취소! 내가 잠시 더위를 먹어 착각을 했나 보오."

도끼눈을 뜨고 한영을 바라보던 조화영이 피식 웃으며 찻잔을 내려놓았다.

"그래, 진 소저는 잘 있소?"

한영이 여전히 미소 띤 얼굴로 진소혜의 안부를 물었다.

"네, 요즈음은 정인의 품에서 나날이 예뻐져 가고 있어요. 정말 살이 통통하게 오른 건 그 아가씨라구요."

조화영이 입술을 샐쭉거렸다.

"그렇소? 정말 다행이오. 진 대인의 걱정이 크셨는데 이젠 안심해도 되겠군요."

한동안 이런저런 얘기를 주고받던 두 사람 앞에 주문한 찻잔이 날라져 왔고 차를 한 모금 마신 조화영이 잠시 주위를 살피다 한영을 보고 나직이 속삭였다.

"혈영이라고 들어보셨나요?"

순간 한영의 얼굴에 웃음기가 싹 가셨다.

"조 낭자가 그 이름을 어떻게 아시오?"

표정을 굳힌 한영이 표정보다 더 굳은 억양으로 반문했다.

'역시 뭔가 관련이 있었군!'

항상 능글맞고 여유만만하여 도저히 진짜 실수로 여겨지지 않던 한영의 예상 밖의 민감한 반응에 조화영의 가슴속이 무거워져 왔다.

은하전장의 모든 정보력을 동원해 겨우 알아낸 혈영이란 단어는 아는 사람이 극히 드문 명칭이었다. 그런데 이 사람은 알고 있는 것이다.

마음 한구석 이 사람은 그 피비린내 나는 칼부림의 한복판을 비켜가기를 바랬었다.

진 대인에게 자신을 소개시키고 자신의 어깨에 지워진 무거운 짐인

빈민촌 사람들의 문제를 한동안이나마 시원하게 덜어주어 평생 처음으로 모든 근심 걱정을 털어버리고 상상 속에서나 원했던 강호유람을 가능하게 해주었던 사내다.

조화영이 받기로 한 보수에 한영 자신의 보수까지 보태어 조화영의 이름으로 빈민촌 사람들의 생계를 보살펴 최소한 몇 년 간은 빈민촌 사람들의 끼니 걱정은 하지 않아도 되게 손을 써놓은 엉터리 살수. 그런 그가 이젠 무시무시한 칼부림의 복판을 향해 한 걸음 다가선 것 같은 느낌이다. 아니, 어쩌면 그 칼부림을 멀찍이 피해 있던 그를 자신이 애써 끌어들이고 있는지도 모른다.

'차라리 모든 것을 덮어두고 어디 깊은 산골로 들어가 밭이나 일구며 살자고 할까!'

"조 낭자가 그 이름을 어떻게 아느냐고 묻지 않았소?"

한영이 굳은 얼굴로 재차 조화영의 대답을 재촉했다.

조화영은 자신이 진소혜와 함께 풍림방을 거쳐 은하전장으로 가게 된 사연과 또 풍림방에 침입한 괴한들에게서 휘둘러지던 살수의 칼을 단서로 은하전장에서 모든 정보력을 동원하여 그들이 혈영이라는 집단에 속했다는 것을 차분히 설명했다.

"당신하고 무슨 연관이 있는가 보군요?"

조화영이 잠시 말을 멈추고 심각한 표정을 한 한영을 보며 조심스럽게 질문을 던졌다.

"계속해 보시오!"

한영의 목소리가 시퍼렇게 날이 서 있었다.

"그리고 나와 같이 풍림방에 있다가 그들과 싸운 정사청이란 동생의 말에 의하면 그 칼은 또 제왕성의 무사들이 휘두르는 칼과 연관이 있다고도 했어요."

시종 군은 표정으로 조화영의 말을 듣고 있던 한영이 제왕성이라는 단어가 언급되자 이해가 가지 않는 듯 언뜻 눈을 들어 조화영을 쳐다보았다.

"제왕성이라니! 제왕성의 칼이 왜 살수문에서 춤을 춘단 말이오?"

"그건 제가 묻고 싶은 말이에요. 그래서 당신을 여기서 만난 것이구요."

조화영은 오히려 자신에게 반문하는 한영을 바라보며 가슴속으로 안도의 한숨을 내쉬었다. 어쩌면 이 사람은 지금 벌어지고 있는 칼부림과 무관한지도 모른다. 아니면 최소한 그 칼부림의 중심을 비켜서 있을 것이다!

진소혜와 장천호가 만나고 그곳에서 사라졌던 구파일방과 사대세가 후기지수들도 만나고 제왕성과 장천호, 그리고 후기지수들에 관련된 모든 사실들을 알게 되었을 때 조화영은 온몸에 소름이 돋음을 느꼈다.

비록 지금까지는 아무런 일이 일어나지 않았지만 얼마 후면 온 세상 경천동지할 피바람이 불어닥칠 것이다.

제왕성의 실체!

그 엄청난 힘의 원천 속에 똬리를 튼 어두운 음모의 불씨!

그 불씨는 점점 타올라 궁극에는 활화산처럼 온 중원을 휩쓸어갈 것이다.

그리고 여기 장천호를 중심으로 복수의 칼을 갈고 있는 구파일방과 사대세가의 후예들. 그들은 악마와 대응하기 위해 더 섬뜩한 악마의 칼을 갈고 있었다.

선과 악의 대결은 어느 정도 그 방향이 정해져 있다.

그러나 백도의 탈을 쓴 악마의 힘, 그리고 악마의 힘을 숭배하는 백도의 후예! 그 정체성을 잃은 힘들은 어떻게 분출해 나갈지 아무도 모를 일이다!

어쩌면 무림사상 가장 잔혹한 피바람이 일 수도 있을 것 같다. 그 피바람 속을 온정 많고 유쾌한 이 사내만큼은 멀찍이 비켜갔으면 하는 바람이 조화영의 가슴속을 가득히 메웠다.

"후후―"

이해되지 않는 사실에 한참 동안 생각에 잠겼던 한영이 공허한 웃음을 토해냈다.

"부주, 당신의 선택이 겨우 이거였소?"

뜻 모를 혼잣소리를 중얼거리던 한영의 눈빛이 젖어왔다.

"겨우 제왕성의 개가 되고자 자신의 뿌리를 모두 잘랐단 말이오?"

다시 긴 한숨을 내쉬는 한영의 시선이 허공에 흩뿌려졌다.

"이봐요, 엉터리 아저씨! 넋 나간 사람처럼 뭐라고 계속 혼자 떠드는 거예요?"

유심히 한영의 표정을 살피던 조화영이 뾰족한 소리를 질렀다.

한참을 회한에 잠기며 혼잣말을 중얼거리던 한영이 조화영의 목소리에 상념을 털어버리고 시선을 모았다.

"그런데 제왕성이 왜 시궁창보다 더 음습한 곳에 웅크리고 살아가는 한낱 살수들과 관련이 되었을까?"

한영이 아직도 이해가 되지 않는다는 투로 조화영을 쳐다보면서 혼잣소리처럼 다시 중얼거렸다. 그로서는 백도의 우상과 살수문의 연관이 도저히 이해 불능이었다.

조화영은 잠시 입술을 지그시 깨문 후 천천히 제왕성의 실체, 제왕성과 백도의 후기지수들에 얽힌 얘기, 그리고 장천호의 존재 등에 대해서 설명하기 시작했다.

조화영의 얘기를 듣는 한영의 얼굴이 시시각각으로 변하다 조화영의 말이 끝나자 완전히 탈진한 듯 눈을 감았다.

한참 동안 눈을 감고 생각을 정리하던 한영이 무거운 음성으로 입을 열었다.

"상상도 할 수 없었던, 정말 엄청나고 무서운 얘기군요."

"이젠 혈영에 관해 좀 얘기해 주시죠? 최대한 상세히."

조화영이 한영의 얼굴을 쳐다보며 대답을 기다렸으나 한영은 벌떡 자리에서 일어섰다.

"장천호란 사람과 백도의 후기지수, 그들을 만나고 싶소."

성큼 자리에서 일어난 한영이 한시라도 빨리 그들을 만나고 싶은지 벌써 몸을 돌리며 조화영을 채근했다.

"그럴 수 없어요!"

조화영이 단호하게 잘라 말했고 왜 그러냐는 눈으로 조화영을 쳐다보던 한영이 팔짱을 낀 채 꼼짝도 않고 앉아 있는 조화영을 보고 다시 엉거주춤 자리에 앉았다.

"왜 그러시오, 조 낭자? 그 사람들의 부탁으로 나를 부른 게 아니오?"

"그렇지 않아요!"

짧게 대답하는 조화영의 표정에 단호함과 왠지 모를 어둠이 깔려 있었다.

"그들은 당신의 존재를 몰라요. 난 단지 풍림방을 침입한 괴한들의 칼이 내가 우연히 목격한 살수문의 칼이라고만 말해 줬어요."

조화영의 대답에 한영이 어리둥절해하며 조화영을 쳐다보았다.

"대체 무슨 얘기요? 혈영에 대해서는 내가 가장 잘 알고 있소! 그리고 혈영과 제왕성의 무서운 암계를 안 이상 내가 제일 먼저 나설 일이지 않소!"

조화영은 여전히 단호한 자세로 앉아 있었다.

"그 얘기만 나한테 자세히 해주세요. 내가 알아서 그 사람들에게 전할 테니."

"정말 왜 이러는지 알 수가 없구려! 내가 얘기하든 조 낭자가 얘기하든 그게 무슨 상관이오?"

답답한 듯 조화영을 빤히 쳐다보는 한영의 목소리가 조금 커졌다.

"당신같이 물러 터진 남자는 그 피바람을 감당할 수 없어요. 그러니 내게 얘기만 해주고 진 대인에게로 돌아가세요."

조화영이 억양없는 목소리로 단호히 말을 맺자 한영의 표정이 복잡하게 몇 번 변하다가 어이가 없는 듯 너털웃음을 터뜨렸다.

"이것 보시오, 조 낭자. 어쩌다가 내가 조 낭자 눈에 그렇게 허약한 놈으로 비쳤는지 모르겠지만 난 한때 내가 속한 살수 조직의 후계자였소. 그곳이 어떤 곳인지 아시오? 그 혹독하고 인간의 상상을 초월하는 수련들은 조 낭자는 죽었다 깨어나도 모를 것이오. 그런 곳의 후계자였던 나더러 허약해 보여 못 믿겠으니 집에 가서 애나 보란 말이 가당키나 하오?"

자존심이 상한 듯 한영의 얼굴이 붉어지며 목소리마저 은근한 노기가 서렸다.

똑같은 자세를 유지한 조화영이 꼿꼿이 한영의 눈을 응시했고 한영도 지지 않고 조화영의 눈을 마주 보았다.

한참 그렇게 눈싸움을 하던 조화영의 커다란 봉목에 눈물이 그렁하게 고였다.

갑작스런 변화에 한영의 칼날 같은 눈빛이 놀람으로 바뀌었다.

"난 당신이 그 피바람 속에 휘말리는 걸 원치 않는단 말이에요!"

주르륵 두 눈 가득 고였던 눈물이 조화영의 양 볼에 흘렀다.

둔기로 강하게 뒷머리를 얻어맞은 듯 한영이 꼿꼿이 세웠던 상체를 털썩 무너뜨리며 의자 깊숙이 파묻혔다.

이제야 조화영의 마음을 읽은 한영이 망연한 표정으로 조화영을 바라보았다.

'칼보다 더 무섭군!'

살수의 혹독한 수련을 하면서도 이렇게 대책없이 온몸의 기운이 빠져나간 적은 없었다.

'여자의 눈물이 이토록 무서운 무기였던가!'

혼비백산한 한영이 얼른 조화영에게로 다가가 옷소매로 조화영의 눈물을 훔쳐 주었다.

'면포(綿布)라도 하나 가지고 다닐걸!'

한영이 자신의 거친 옷소매에 부대껴 빨개지는 조화영의 볼을 보며 내심 안타깝게 외쳤다.

백주대낮에 주루 한쪽에서 눈물을 하염없이 흘리는 처녀와 함께 있는 자신을 힐끔거리는 주위의 시선을 감당할 수 없었던 한영은 얼른 조화영을 데리고 주루 밖으로 나왔다.

한여름의 폭염이 내리쬐는 고도의 한가운데는 어디든 만만치 않았다.

높고 긴 담이 펼쳐진 고루거각의 옆 골목을 한참 동안 말없이 걷다 옛 성터의 한쪽 모서리 큰 정자나무 그늘이 드리워진 곳에 천천히 자리를 잡았다.

난생처음으로 정말 여자답게 조신한 걸음걸이로 한영의 뒤를 따르던 조화영도 한영의 곁에 앉았다.

조화영의 몸에서 풍기는 옅은 방향이 한영의 후각을 자극하자 한영은 다시 한 번 온몸의 기운이 빠져나감을 느꼈다.

"내가 자란 곳은 흑유부(黑幽府)라는 살수 조직이었소."

한동안 말없이 앉아 있던 두 사람의 침묵은 한영에 의해서 깨어졌다.

강호에는 그 수가 얼마인지 모르는 살수 조직이 존재했다.

그들 대부분 점 조직으로 은밀히 활동하다 소리없이 사라지고 다시 나타나고 하였기에 정확한 숫자는 알 수 없다.

한 개의 문파를 이뤄 제법 세인들의 귀에 알려진 조직도 있었지만 몇 명의 인원만으로 활동하는 조직이랄 수도 없는 조직도 있었고, 또 아무런 조직에도 속하지 않고 혼자만으로 활동하는 살수들도 무척 많았다. 오히려 단신으로 행동하는 그자들이 더 뛰어나고 귀신 같을 때도 있었다.

그들 중 흑유부는 비교적 큰 조직이었다.

흑유부의 부주이자 한영의 아버지인 육세적(六細赤)은 한영을 어린 나이 적서부터 완벽한 살수로 만들기 위해 온갖 노력을 쏟아 부었다.

일반 살수들은 제일 먼저 삼급 살수에서 오랜 활동과 실적을 인정받아 이급 살수가 되고 그 단계에서 거의 불가능한 청부를 실수없이 몇 번 성공하고 나면 몇 안 되는 일급 살수의 반열에 오른다.

삼급 살수는 누구나 독한 마음을 먹고 최초로 살수문에 발을 들이고 일정한 수련을 마치고 나면 되는 것이고, 그곳에서 점점 어려운 임무를 맞아가며 수년이 지나고 조원의 도움 없이도 혼자서 시작과 끝을 완벽하게 맺을 수 있으면 이급 살수로 승격된다.

이급 살수가 되고 나서부터는 삼급 살수 때와는 비교도 되지 않는 보수가 주어지는 반면 마찬가지로 삼급 살수 때와는 비교도 안 되는 위험이 따른다.

맡겨지는 임무는 성공할 확률보다는 실패하여 죽을 확률이 훨씬 더 높은 일들이다.

그런 임무를 거듭하여 완벽하게 마치는 살수는 가뭄에 콩 나듯 드물었다. 대다수는 최초의 임무에서 소식이 끊겼고 그러면 명부에 긴 줄이 그어지고 조직원의 기억 속에서 서둘러 사라지게 된다.

그런 연유로 한 살수문의 일급 살수란 채 다섯 손가락 안에 드는 숫자밖에 없었고 그 일급 살수들 중에서 특급 살수라 불리는 사람들은 온 무림을 통하여 다섯을 넘지 않았다.

흑유부의 부주인 한영의 부친은 한영을 애초에 특급 살수로 키우고자 마음먹었다. 그런고로 한영은 날 때부터 특급 살수의 운명을 타고난 것이다.

유난히 쾌활하고 흑유부 내의 사람들을 잘 따라 냉혹한 살수들도 한영을 보고 희미하게나마 한 번쯤 미소를 짓지 않은 사람이 없었다.

부주이자 아버지인 육세적은 자신의 운명과 도저히 어울리지 않는 바탕을 타고난 아들을 위해 특단의 결정을 내렸다.

살수문 부주인 자신의 운명을 어쩔 수 없이 물려받아야 할 아들을 애초에 특급 살수로 키워 조금이나마 수월하게 운명을 헤쳐 나갈 수 있도록 해주겠다는 마지막 부정이었다.

한영은 자신의 부친을 아버지로 불러본 기억이 거의 없었다.

드문 그 기억마저도 지독한 체벌의 기억을 앞세워야만 뒤따라 떠올랐다.

부친은 자신을 아버지로 부를 수 없게 했다. 대신에 자신을 부주로만 부르게 하며 혹독한 훈련을 시켰다. 어쩌다 무의식 중에 아버지라는 소리를 입 밖에 냈다간 견딜 수 없는 체벌성 수련이 가해졌다.

삶보다 죽음의 문턱에 훨씬 가까이 서 있는 자신들로서는 보통 사람들과 같은 방식의 부정은 곧바로 자신의 아들을 죽음의 구렁텅이로 몰아넣는 결과를 불렀기에 육세적은 자신만의 방식으로 부정을 베풀었던 것이다.

그것을 이해할 정도로 자랐을 때 한영은 비로소 특급 살수의 길에 매진하기 시작했다.

그리고 이제껏 원한만 쌓였던 아버지에 대한 감정이 비로소 피보다 더한 부정으로 자리 잡기 시작했다.

특급 살수의 수업이 거의 막바지에 이르던 어느 날 부주가 내린 다급한 임무는 흑유부의 일급 살수 여섯 명을 찾아내어 척살하라는 것이었다.

부주의 명령은 곧 천명! 어떠한 명령이라도 떨어지는 즉시 실행에 옮겨야 했지만 조화영의 지적대로 엉터리 살수의 기질을 타고난 한영은 결국 살수가 아닌 부주의 아들로서 이의를 제기했고 벼락같은 호통 속에서도 꼼짝 않는 아들에게 부주는 파문이라는 선언을 내렸다.

그 과정에서 한영의 뇌리에 남은 부친의 목소리는 '모두 너를 위해서였건만', 그리고 '네놈을 밝은 세상에서 살아가게 하려고 내 모든 뿌리를 자르려 했건만' 하는 두 가지 뜻 모를 말이었다.

흑유부를 떠난 지 오랜 후 뜻하지 않게 만난 옛 동료에게서 흑유부는 도저히 어울릴 수 없는 몇몇 다른 살수 조직과 합쳐 혈영이라는 단체를 만들었고 더 이상의 활동은 하지 않는다는 말을 들었다.

"이제 와 짐작하니 제왕성과 모종의 거래를 한 것 같소."

한영이 처연한 표정으로 혼잣말처럼 말을 흘렸다.

"후후, 그 대가로 살수의 업에서 벗어나고 대신에 제왕성의 개가 되었나 보오!"

한영의 공허한 웃음이 허공에 흩어졌다.

"이젠 상관없잖아요. 당신은 더 이상 살수도 아니고 흑유부에서도 파문당했으니 흑유부와도 인연이 끊긴 거잖아요?"

조화영이 빠르게 외쳤다.

"어디 깊은 산골 마을로 가서 밭이나 일구며 살아요!"

한영의 웃음이 더욱 공허해졌다.

"난 그렇게 독하게 무엇을 맺고, 끊고, 잊어버리고 사는 데는 소질이 없는 사람이라오."

"물러 터진 엉터리 살수!"

조화영이 애가 타는 듯 고함을 질렀고 한줄기 눈물이 다시 볼을 타고 흘렀다.

"제발 더 이상 울지 좀 마시오! 그건 칼보다 더 무섭소, 나에게는!"

한영이 다시 소매로 조화영의 눈물을 닦아주자 조화영이 한영의 품속으로 쓰러졌다.

"난 왜 이렇게 내가 좋아하는 사람들과는 오래 같이 있지 못하는 운명을 타고난 걸까요? 어머니, 아버지도, 마을 친구들도, 그리고 이제는 당신도… 당신은 내가 알고 있는 사람들이 얼마나 무서운 사람들인지 모를 거예요."

한영의 품에서 흐느끼는 조화영의 머리 속으로 여러 얼굴들이 스쳐 갔다. 그 얼굴들 위로 피를 뚝뚝 흘리는 칼들이 겹쳐졌다.

자신 역시 지산 선사에게 익힌 청강십육검으로 언제나 하던 대로 허풍 조금 섞어 말한다면 고수 반열에 들 수도 있다. 그러나 방금 머리 속을 스쳐 지나간 사람들이 들고 있는 칼은 악마의 칼이었다.

가장 가까이 정사청의 칼이 그랬고 풍림방을 침입한 흉수들의 칼이, 또 정사청을 구하고 남은 괴한들을 양단하던 신도기문과 철도정의 칼이 그랬다.

그 칼들이 어찌나 무서웠던지 풍림방의 혈전 때 정사청이 위험에 처했음에도 감히 접근하지 못하고 진소혜의 옆에서 같이 떨고 있었다.

칼을 들고 정의를 세우고 협의를 펼친다는 게 얼마나 헛된 말인지 똑똑히 보았다.

차라리 소매치기 도둑의 길이 훨씬 더 인간적일 것이다.

언제 어느 때 휘두르든 누가 휘두르든 칼의 모습은 한 가지뿐이었다.

"당신같이 물러 터진 사람은 그들의 칼부림 속에서 한순간도 견디지 못하고 쓰러질 거예요."

조화영이 한영의 품속으로 더 깊이 파고들었다.

"저번에 나와 겨룰 때 내가 휘두른 칼을 보고 그러는 모양인데 그때는 내가 정말 많이 봐준 거라는 걸 모르겠소?"

한영이 조화영의 어깨를 쓰다듬으며 부드럽게 다독거렸다.

조화영은 가슴이 답답하여 숨이 막혀왔다.

"그들의 칼은 상대를 봐주고 또 상황에 따라 가볍게 겁만 주는 그런 칼이 아니에요. 상대가 누구이든 가장 빠르게 뽑아 가장 확실하게 상대를 양단하는 그런 칼이에요. 당신같이 상대가 어떤 사람이고 그에 따라 어느 정도로 봐줄까 하는 생각이 끝나기도 전에 그들의 칼은 벌써 칼집에 들어가 있을 거예요."

"나도 마음만 먹는다면 그렇게 할 수 있소."

한영이 계속해서 조화영을 달랬고 조화영은 그런 한영의 가슴을 두드리며 흐느꼈다.

"당신은 죽었다. 깨어나도 그런 마음을 먹을 수 없는 사람이에요!"

마침 저 멀리서 다가오는 행인이 보였고 조화영은 눈물을 훔치며 한영의 품에서 상체를 일으켰다.

"나를 쫓아내는 부주의 행동에는 뭔가 석연찮은 점이 많았소."

한영이 울적한 표정으로 말했다.

"살수로서 한평생을 살아온 부주였소. 그런 그가 단지 나 하나만을 위한다는 구실로 자신의 모든 과거를 지우려 했다는 것은 말이 되지 않소. 그럴 거면 애초에 나를 특급 살수로 키우려 하지도 않았을 것이오. 아마도 무슨 곡절이 있을 것 같소."

조화영의 눈에 암울함이 비쳤다.

이 사람은 자신이 가장 바라지 않았던 방향으로 서서히 걸어가고 있는 것이다.

'차라리 아무 말도 말고 덮어둘걸. 설마 살수문 부주의 아들일 줄이야!'

"어쨌든 은하전장으로 같이 가봅시다. 그곳에서 알아낸 것들과 내가 알고 있는 것들을 종합해 보면 뭔가 새로운 사실들을 더 알 수도 있겠지요! 그리고 장천호라는 그 공자… 어서 만나보고 싶군요."

한영이 칼로 자르듯 먼저 자리에서 일어섰고 조화영도 한숨을 쉬며 자리에서 일어났다.

'정말 평범하기 그지없는데!'
한영이 처음 본 장천호의 외모는 자신이 상상한 것과는 전혀 다른 모습이었다.
조화영으로부터 장천호의 무공 수위라든지 또 그로부터 무공을 전수받은 후기지수 열네 명의 얘기를 들었을 때 한영이 속으로 그려본 장천호의 모습은 세상 사람의 것이 아니라 옥골선풍을 한 천상의 공자쯤 되는 모습이었다.
하지만 첫 대면에서 그의 상상은 완전히 깨어졌고 오히려 가슴 한구석 작은 실망감마저 남았다.
구파일방과 사대세가 후예들의 목숨을 구하고 그들에게 칼을 가르친 백도무림 후기지수 전부의 스승과 같은 사람이라면 감히 쳐다볼 수도 없는 일대종사의 모습이어야 했다.
뿐만 아니라 사막의 저승사자인 백사풍 쉰여 명을 일 다경도 되기 전에 척살한 사람이라면 눈빛만으로도 앞에서 사람을 죽일 수 있을 정도의 살기가 폭사되어야 한다.
"장천호라고 합니다."
조화영에게서 한영을 소개받은 장천호가 가볍게 포권을 쥐며 인사를 했다.
마주 인사를 나누면서도 한영은 장천호의 일신 기도를 살피기에 여념이 없었다.
마주 인사를 하며 약간 어색해하고 낯을 가리는 듯한 그 모습은 깊은 산골에서 농사만 짓고 살다 온 영락없는 산골 청년의 모습이었다.
 자신이 잘못 소개받지 않았나 어리둥절하여 조화영을 쳐다보았지만 이 방 안에는 조화영과 자신, 그리고 앞에 선 사내뿐이었다.
 "진 대인은 잘 계시는지요?"
 인사가 끝나고 장천호가 한영에게 진충의 안부를 물었고 한영은 도저히 실감나지 않는 사실을 인정할 수밖에 없었다.
 "네, 자나 깨나 장 공자님과 따님 걱정이셨지만 별고없으십니다."
 한영이 진충의 안부를 장천호에게 전하고 몇 마디 더 주고받고 있는 사이 진소혜를 비롯한 몇 명의 사람들이 방 안으로 들어왔다.
 "한영 아저씨!"
 진소혜가 반갑게 다가왔다.
 잠시 눈을 크게 뜨고 멍한 표정을 짓던 한영이 깜짝 놀라며 입을 열었다.
 "아이구, 이거 소혜 아가씨 아닙니까?"
 한영이 정말 몰라보겠다는 듯 호들갑을 떨었다.
 "후후, 그럼 누구 다른 사람인 줄 아셨나요?"
 진소혜가 환한 미소를 띠며 한영을 마주 보았다.
 "어디 길거리에서라도 마주쳤다면 정말 몰라볼 뻔했습니다."
 언제나 창백하게 병색이 완연하던 양 볼은 도화빛으로 생기 왕성했고 조화영의 말대로 살이 물오르듯 오른 자태는 물씬 성숙미를 풍겼다.
 수심 가득했던 예전의 그 모습은 어느 곳에서도 찾아볼 수 없었다.
 "아버지는 잘 계신가요?"
 멍하니 입을 다물지 못한 채 한참 동안 진소혜의 전신을 훑어보는 한영을 보고 조화영이 팔꿈치로 쿡 찔렀고 진소혜가 입을 가리고 웃으며 아버지의 안부를 물었다.

"네! 이제나저제나 아가씨와 장 공자님의 귀가를 기다리며 목이 한 뼘은 더 늘어났습니다."

진소혜는 한영의 가벼운 농담에 웃음을 띠면서도 표정 한구석에는 아버지에 대한 그리움이 묻어났다.

"나도 어서 아빠가 보고 싶은데……."

진소혜가 말끝을 흐렸다.

"다른 분들과도 인사 나누세요. 이분은 이곳 은하전장 장주님이시고 또 이분들은 신도 공자님, 영호성 공자님, 이가송 공자님."

조화영이 하주명과 같이 이곳에 있던 후기지수 몇 명의 소개를 마쳤다.

한영이 눈빛을 발하며 후기지수들의 모습을 살폈다.

백도무림 최고의 기재들인 그들을 이렇게 한자리에서 대하기는 처음이다.

만약 자신이 흑유부의 살수로서 계속 활동했었더라면 이들 중 누군가도 자신의 생살부 명단에 기재되어 있을 수도 있는 것이다. 그런 그들과 지금은 한자리에서 친근한 인사를 나누고 있다.

'세상사란 정말 알 수가 없는 것이군!'

한영이 내심 속삭였다.

그들과 차례차례 인사를 나누며 언뜻언뜻 내비치는 그들의 기도는 장천호와는 완전히 딴판이었다.

백도의 후기지수들답게 그들은 한눈에도 재기 발랄함과 광명정대한 기운이 온몸 구석구석에 배어 있었다. 그리고 그 광명정대한 기운과 함께 언뜻언뜻 엿보이는 깊이를 알 수 없는 악마적일 정도로 극강한 기운은 절로 간담을 서늘하게 했다.

'이런 사람들을 없애달라는 청부는 절대로 맡지 말아야 한다!'

잠시 잠자고 있던 한영의 본능이 무의식적으로 되살아났다.

비록 밝고 유쾌한 모습에 가려져 잘 나타나지 않지만, 그 어떤 지독한 훈련을 받은 살수보다도 더 냉혹하고 처절한 훈련의 흔적을 지닌 이들이었다. 이런 사람들이야말로 살수들의 천적이었다.

야수보다 몇 배는 더 민감하게 단련된 한영의 감각이 순식간에 많은 것을 읽고 있었다.

살수의 무공은 화려하고 자만에 가득 찬, 소위 정파 무림고수들의 우아한 춤사위 속 빈틈을 가르는 제삼(第三)의 무공이다.

그들은 서로 정중하게 인사하고 삼 초의 허초를 나눈 후 서서히 진기를 끌어올려 춤을 추는 듯 눈부시게 절기들을 뿜어내는 그런 대결에서 최고의 위력을 발휘한다.

모두 그렇게 대결한다면 어떠한 살수도 그들을 이길 수 없다.

하지만 살수의 무공은 그 자아도취의 춤사위에 섞인 미세한 빈틈을 노려 그곳을 사력을 다해 공격하는 일검탈명(一劍奪命)의 무공이다.

그러기 때문에 정당히 겨룬다면 십초지적도 되지 않을 살수에게 정파의 명숙들도 명부를 달리하는 경우가 허다하다.

상상을 초월하는 때와 장소에서 상상을 초월하는 방식으로 날아드는 칼을 일순 대처하지 못하고 주춤하는 사이 기라성 같은 고수들도 어이없이 쓰러지고 마는 것이다.

한영 역시 태어나면서부터 그러한 칼을 익혔고, 무공을 익힌 사람들의 몸에서 풍기는 전신의 기운보다는 그 기운 사이사이로 엿보이는 단절된 운기의 틈새를 무의식적으로 먼저 읽어내며 살아왔다.

어떠한 고수들도 그런 미세한 틈은 있게 마련이다.

그것이 바로 살수들이 존재할 수 있는 틈이었다.

그런데 지금 소개받고 있는 주인집 딸의 정인으로부터 칼을 익힌 이 청년들은 그 틈이라는 게 존재하지 않았다.

아니, 존재하기는 했다.

그러나 그 틈 속에는 표면적으로 나타난 일신의 기도보다 수십 배는 더 무서운 칼날이 숨겨져 있었다.

만약 한영 자신이 일검탈명의 공격으로 그 틈을 향해 쇄도해 들어간다면 그곳에 숨겨진 칼날은 훨씬 더 빠르고 악랄하게 튀어나와 자신을 양단할 것이다.

이런 칼을 가지게 해준 저 사내는 도대체 어떤 사람인가 하고 한영은 다시 한 번 장천호를 쳐다보았지만 그저 평범하기만 했다.

그렇게 잘생기지도 날카로운 기운을 뿜어내지도 않았다.

단지 좀 큰 키와 잘 발달된 근육이 무공을 조금 익힌 사람이구나 하는 정도밖에 느껴지지 않았다.

자신의 동물적인 감각으로도 아무것도 느낄 수 없을 만큼 두꺼운 기운으로 가려진 저 청년은 저들보다 열 배는 더 무서울 것이다.

주루에서 자신을 이곳으로 데려오지 않으려 하며 눈물을 흘리던 조화영의 말과 행동이 이제야 이해가 갔다.

이제껏 어떠한 칼을 보더라도 틈을 찾을 수 있었고 그 틈새로 칼을 찔러 넣을 자신이 있었다. 그런데 지금은 무기력함이 온몸을 엄습해 왔다.

'조 낭자 말대로 어디 산골 마을에라도 틀어박혀 밭이나 일구며 살아갈까.'

한영이 아무도 모르게 긴 한숨을 내쉬었다.

우당탕—

한영의 상념이 끝나갈 즈음 방문이 벼락같이 열렸다.

"두령! 큰일 났습니다. 화영 누님이 살수에게 잡혀갔답니다!"

무슨 말을 어떻게 전해 들었는지 철도정이 벌겋게 상기된 얼굴로 뛰어 들어왔다.

요새 한 며칠 좀이 쑤시는지 양주채 출신들인 은하전장 식솔들을 모아놓고 검을 가르치느라 땀을 뻘뻘 흘리더니 지금도 거기서 뛰어오는지 빼 든 칼을 칼집에 넣지도 않고 들이닥쳤다.

갑자기 칼을 들고 뛰어든 괴한을 보고 반사적으로 칼자루에 손이 가던 신도기문과 영호성이 벌레 씹은 얼굴로 철도정을 쳐다보았다.

"킥—"

한영의 내력을 모르기에 살수라는 말에 눈을 동그랗게 뜨고 어리둥절해하는 진소혜와 달리 조화영은 그만 웃음을 참지 못하고 실소를 터뜨렸다.

"그 화영 누님은 지금 어디 있다던가요?"

조화영이 잠시 일행 뒤에서 얼굴을 가리고 장난을 쳤다.

분명 이 목소리는 조화영의 목소리라는 것을 알았지만 그것이 대뇌까지 전달되어 상황을 분석하는 데 시간이 남들보다 훨씬 오래 걸리는 철도정에서 다시 엉뚱한 대답이 튀어나왔다.

"너무 급하게 뛰어오느라 그것까지는 모르겠습니다. 그런데 화영 누님은 여기 어떻게… 뭐야? 어떻게 된 거야?"

그제야 상황 파악이 된 철도정이 이마를 찌푸리며 두리번거렸다.

"깔깔깔깔—"

조화영이 배를 잡으며 바닥을 뒹굴었다.

퍽—

같은 사대세가 후예로서 이력이 난 신도기문과 영호성은 기가 막히다는 듯 가슴을 두드리며 허공을 쳐다보았으나 참다못한 이가송은 철도정의 엉덩이를 걷어찼다.

"야이 자식아, 너 언제 사람 구실 좀 할래?"

"벌써 구해온 거야?"

철도정이 엉덩이를 주무르며 비실비실 물러났고 숨도 쉬지 못하며 웃어대던 조화영이 사레가 들린 듯 캑캑거리며 바닥을 뒹굴었다.

"언니, 괜찮아?"

진소혜와 한영이 걱정스러운 얼굴로 조화영의 등을 두드리며 철도정을 원망스럽게 쳐다봤다.

한영과 인사가 끝나고 모두 밖으로 나왔고 조화영과 진소혜는 한영의 거처를 정해주고 여장을 풀도록 도와주며 그동안 악양의 소식을 묻고 답하며 정담을 나누었다.

* * *

"두령."

한영이 은하전장으로 온 지 이틀 후, 이젠 운신하는 데 아무런 지장이 없는 정사청이 은하장주를 만나고 돌아오는 장천호에게로 다가왔다.

고개를 돌린 장천호가 내심 고소를 지었다.

"정 공자까지 날 보고 두령이라 부르는 거요?"

정사청의 얼굴에 희미한 미소가 어렸다 다시 무표정해졌다.
"너무 손색이 없어서 입에서 절로 튀어나오는군요."
이번에는 장천호의 얼굴에 희미한 미소가 스치다가 금세 사라졌다.
"할 말이 좀 있습니다!"
정사청의 말에 장천호가 은하전장의 후원 쪽 인공 연못가로 자리를 옮겼다.
"제왕성주에게 복수하고 나면 그 식솔들이 벌 떼처럼 달려들 텐데 그들은 어쩔 셈이오? 특히 그의 자식들은……."
정사청의 기억 속에 백목련 같은 미소를 짓던 단리장영의 얼굴이 떠올랐다.
"꼭 그와 생사를 결하겠다고는 하지 않았소. 단지 그에게 진 빚만큼은 청산하고 싶소!"
장천호의 얼굴이 굳어졌다.
"그 빚이라는 게 어떤……."
거기까지 말한 정사청이 얼른 말머리를 돌렸다.
"두령의 무공이나 제왕성주의 무공이나 일단 맞붙게 된다면 쉽게 중단하거나 할 수 있는 게 아닐 것 같은데… 누군가 한쪽이 산산조각이 나고 나서야 끝이 나지 않겠는지요?"
장천호가 물끄러미 정사청을 응시했다.
깊은 속내며 필요없는 말은 하지 않는 신중함이며 임무열을 많이 닮은 분위기다. 다른 점이 있다면 임무열에 비해 가슴속에 있는 한의 깊이가 훨씬 더 깊은 것 같다! 그만큼 정의 깊이도 깊은 사람이고!
사지육신이 잘려 나가고 심장이 파열되더라도 신음 한번 안 지를 것 같던 이가송이 온 세상이 떠나갈 듯 오열하던 모습에서 사형제 간의 정이 얼마나 깊은지 짐작할 수 있었다.

'무슨 곡절이 있는 것일까?'

장천호는 연못 저쪽으로 시선을 둔 채 정사청에게 질문을 던졌다.

"말해 보시오, 하고 싶은 말이 어떤 건지."

잠시 뜸을 들인 정사청이 입을 열었다.

"제왕성의 장녀인 단리장영이란 소저에게 목숨을 빚진 적이 있소."

흠칫 고개를 돌리려던 장천호가 다시 전면을 응시했다.

그런 사정이 있었던가! 그래서 풍림방 영숙정의 그 애절한 눈빛을 심연 같은 무심함으로 일관했었구나!

장천호는 조용히 한숨을 내쉬었다.

정사청과 조화영이 풍림방에서 이곳 은하전장으로 거처를 옮긴 바로 다음날부터 영숙정이 가문에 있는 온갖 영약들을 들고 의원과 함께 정사청을 찾아왔다. 그녀는 표독스런 조화영의 눈빛에도 아랑곳하지 않고 같이 온 의원보다 더 정성껏 정사청의 상처를 보살폈다.

그 후로도 사흘이 멀다 하고 온갖 보약과 손수 장만한 음식들을 가져왔다. 그런 영숙정의 정성과 가져온 영약 덕택으로 정사청의 상처는 금세 아물었고 오히려 예전보다 더 기운이 충만해졌다.

그 정성에 조화영마저도 누그러지고 나중에는 친자매를 대하듯 다정하게 대했다.

그러나 정작 정사청은 조금의 감정 표현도 없이 무심하였다.

그러한 모습에 영숙정 자신은 물론이고 조화영과 또 영숙정이 찾아올 때마다 몸을 숨기고 뒷모습만을 쳐다보는 동생 영호성의 눈에는 말할 수 없는 안타까움이 어렸다.

영숙정에 대한 그런 무심함이 제왕성의 장녀 단리장영 때문이었단 말인가!

장천호는 다시금 세상사의 예측 불허한 곡절과 씨줄 날줄처럼 얽힌 인연의 복잡함에 가슴이 납덩이처럼 무거워져 왔다.

'칼을 휘두른다는 건 정말 더러운 일이다!'

장천호는 가슴 깊이 한탄했다.

자신이 가르치고 자신을 따르는 이가송과 그에게는 친혈육보다 더한 정사청… 한쪽은 자신을 따라 제왕성과 맞서고 또 한쪽은 제왕성의 장녀 단리장영의 편에서 칼을 휘두르게 될지도 모른다.

어디 그들 둘뿐이겠는가!

열네 명의 후기지수 모두들 자기 가문과 문파의 각양각색의 이해에 엇물려 자신의 자리를 제대로 찾지 못하고 우왕좌왕하다 결국 심신 양면으로 큰 상처를 입고 쓰러지지나 않을지.

"처음엔……."

긴 침묵을 깨고 장천호가 담담히 말을 이어 나갔다.

"나 혼자서 제왕성주에게 개인적인 빚만 청산하다 죽던지 운이 좋아 살아난다면 깊은 산속으로 들어가 조용히 살아가려 했소."

장천호가 한을 뿜어내듯 숨을 내쉬었다.

"그러나 일단 한번 칼을 잡고 칼바람이 이는 강호에 발을 들여놓은 이상 그 모든 것들이 얼마나 순진한 생각이었는지 똑똑히 알게 되었소. 모든 것이 얽히고설켜 내 개인이라는 존재는 사라지고 나중에는 내가 누구인지, 지금 뭘 하고 있는지도 잊어버리게 되는 곳이 강호인 것 같소."

정사청이 묵묵히 잉어들이 일으키는 연못의 파문을 응시했다.

'나는 누구이고 지금 무엇을 하고 있는 것일까?'

작은 파문이 가슴속에서도 따라 일고 있었다.

다시 장천호의 목소리가 파문 속으로 젖어들었다.

"그렇게 미로 한복판에서 길을 잃고 나면 멈출 수도 없이 끝까지 가야 하는 곳이 또 강호가 아닌가 싶소. 지금 나 자신이 미로 한복판에서 빠져나올 길을 찾아 헤매고 있는 것 같소. 그 미로 속 어느 한 귀퉁이에서 정 공자와 내가 적이 되어 서로의 가슴에 칼을 겨누게 될지는 아무도 모르는 일이지요. 칼이란 게 원래 그런 게 아니겠소. 그땐 아무 미련 없이 날 찌르시오. 칼을 든 사람들끼리 정의니 협의니 하는 것은 애초에 부질없는 소리라오. 상대를 베고 살아남는 자가 바로 정의가 아닐런지……"

묵묵히 연못을 응시하는 장천호의 옆모습에서 처절한 고독의 냄새가 풍겨져 왔다.

그 지독한 고독이 지금의 그를 만들었을 것이다.

정사청은 옆에 있는 사내에게서 진정한 강자의 냄새를 맡았다.

처절한 고독 속으로 녹아들어 고독의 일부가 되어버린 사람들, 그런 사람들이야말로 자신이 아는 한 진정으로 강한 사람들이다.

한중광 사부가 그랬고 광승인 광해 대사가 그랬다.

옆에 있는 이 사내 역시 그런 부류의 사람이었기에 오만하기 짝이 없는 백도무림의 후기지수들이 그를 두령으로 모시고 있는 것이다.

이 사내의 말대로 미로 속 어느 한 귀퉁이에서 서로 칼을 겨누는 입장이 되어 마주친다면… 그리고 이가송과도 그렇게 마주치게 된다면……!

'정말 더러운 일이군!'

정사청은 자신이 차고 있는 칼을 쳐다보았다.

한중광에게서 익힌 무당검과 광승에게서 익힌 소림의 검이 밖으로 튀어나오고 싶어 아우성을 치고 있었다.

"천호 오라버니!"

두 사람의 상념을 깨며 진소혜가 울상이 되어 장천호에게로 달려왔다.

"무슨 일이오, 소혜."

숨을 몇 번 고른 진소혜가 서둘러 말을 했다.

"한영… 한영 아저씨가 말없이 혈영의 본거지로 떠나려 하다 화영 언니에게 들켜서 지금 언니가 울고 매달리며 난리가 났어요. 어서 오라버니가 좀 말려주세요."

장천호와 정사청이 급히 몸을 일으켰다.

한영이란 사람의 심정은 충분히 이해가 가나 혈영이란 곳은 이미 예전에 한영이 몸담고 있던 흑유부가 아니었다.

혼자 가게 둘 수도 없는 일이고 혼자 가더라도 살아올 수 있는 곳이 아니었다.

어제저녁 은하전장 장주 하주명과 함께 모인 자리에서 그동안 은하전장에서 은밀히 조사한 사실들과 한영이 알고 있던 사실들을 분석하며 한동안 의견을 나누었다.

모든 사실들을 종합해 볼 때 혈영은 기존의 여러 살수 집단들을 규합하여 탄생된 또 하나의 암흑 세력이었다.

이미 드러난 사실만으로도 상상외로 세력이 컸고 지금 현재도 무섭게 세력을 확장 중이었다.

최근에는 장강수로연맹도 그들의 세력 하에 들어간 것으로 짐작되어 좌중을 긴장시켰다.

이 상태대로라면 그들은 조만간에 무림을 뒤흔들 또 하나의 세력으로 등장할 것이다.

 그런저런 사실들을 분석하는 과정에서 그들의 총단이 위치한 곳이 옛 흑유부인 것 같다는 결론이 내려졌고 한영의 얼굴로 모든 시선이 모아졌다.

 굳은 표정으로 아무 말도 하지 않던 한영이 결국 단신으로 그곳으로 잠입할 결정을 내렸고 아무도 몰래 떠나려던 것을 그의 행동을 미리 예상하고 있던 조화영에게 제지당한 것 같다.

"언니!"

 벽 쪽으로 향한 채 허공만을 응시하는 한영 곁에서 울고 있는 조화영에게로 진소혜와 장천호 일행이 들어섰다.

 진소혜가 조화영을 부축하며 눈물을 닦아주는 동안 장천호는 물끄러미 한영과 조화영을 응시했다.

 진소혜와 함께 자신을 찾아다니며 천방지축으로 행동했던 조화영의 얘기를 진소혜를 통해 많이도 들었고, 또 조화영과 한영의 인연에 대해서도 진소혜에게 들어 알고 있었기에 한영을 향한 조화영의 눈빛과 눈물이 무엇을 말하는지 충분히 짐작이 갔다.

"잠시 밖으로 나와주시겠소?"

 장천호가 나직이 말하자 방 안에 있던 모든 시선이 긴장으로 물들며 장천호와 한영을 번갈아 쳐다보았다.

 조화영도 얼른 눈물을 거두고 장천호를 향해 고개를 돌렸다.

 그녀의 장천호에 대한 선입견은 대마왕이나 마찬가지였다.

 풍림방에서 괴한들을 도륙하던 신도기문과 철도정의 그 무서운 칼을 가르친 사내가 바로 이 사내이기에 같이 지내는 동안 그 대책없는 성격에도 불구하고 장천호에게만은 항상 두려움이 깃든 눈빛으로 대하였다.

그녀가 아는 장천호라는 사내는 말이란 걸 싫어하는 사내였다.

가만있든지 아니면 행동하든지.

그리고 그 행동은 칼과 관련된 것이었다.

잔뜩 긴장한 시선으로 조화영도 진소혜와 함께 뒤따라 나왔다.

은하전장 장원 한곳에서 장천호와 한영이 마주했다.

다들 무슨 일이 일어날지 궁금하여 멀찍이서 둘을 바라보았다.

"한영 대협의 심정은 충분히 이해하나 생각을 조금 바꿀 수는 없겠소?"

장천호가 조용히 한영의 의견을 물었다.

"대협께서도 어제의 모임에서 나온 결론으로 충분히 짐작하겠지만 혈영이란 곳은 예전에 대협이 있던 곳이 아니오. 그곳은 어느 누구도 혼자 갔다가는 살아 돌아올 수 있다는 장담을 하지 못할 것 같소. 그러니 좀 더 계획을 세운 후 우리들과 같이 가도록 합시다."

"마음은 고맙지만 이건 여러분들과는 별도로 나 혼자 가야 할 길이오."

한영이 단호하게 대답했다.

"그렇지가 않소! 사랑하는 여자가 있는 남자라면 혼자의 길이란 없는 거요. 그건 무책임한 일이오."

장천호의 억양이 조금 높아졌다.

"하지만 장 공자 역시 소혜 아가씨를 두고 홀로 자신의 길을 떠나지 않았던가요."

장천호가 묵묵히 고개를 끄덕였다.

"그랬지요! 그래서 그 그리움의 강이 얼마나 깊고 얼마나 힘드는지 잘 알기 때문에 이러는 것이오."

한영의 눈빛이 잠시 흔들렸다.

그 자신 이 년이 넘는 기간 동안 학처럼 야위어가던 진소혜의 모습을 누구보다 잘 알고 있지 않은가. 겉보기에는 천방지축으로 날뛰지만 정에 약하고 모질지 못한 조화영 역시 자신이 떠나고 나면 예전의 진소혜처럼 시들어갈 것이다.

하지만 흑유부에서 자신을 내쫓아 보내던 부주의 눈빛이 머리 속에서 떠나지 않았다.

"어쩔 수 없소! 그게 내 운명인가 보오."

장천호가 눈빛을 굳혔다.

"좋소, 그럼 내기를 하나 합시다."

한영이 의아한 표정으로 장천호를 쳐다보았다.

"내 칼을 삼 초 동안만 받아낸다면 혼자서 가게 해주겠소."

'너무하는군!'

한영이 속으로 중얼거렸다.

나면서부터 특급 살수로 키워져 온 자신이다.

두령이라는 사내의 칼이 무섭다는 것은 충분히 짐작하고 있지만 아무리 그래도 삼 초 안에 자신을 제압할 수 있다고는 수긍할 수 없다.

서서히 호승심이 가슴 밑바닥에서부터 끓어올랐다.

"좋소. 삼 초 안에 패한다면 장 공자 말대로 하지요."

장천호와 한영이 서 있는 곳에서부터 천천히 긴장감이 피어 올라 은하전장 전체로 퍼져 나갔다.

멀찍이서 두 사람의 대화를 듣고 있던 모든 사람들도 긴장으로 마른 침을 삼켰다. 특히 조화영과 진소혜는 새파랗게 질린 채 두 사람을 쳐다보았다.

"오라버니."

진소혜가 울상을 지으며 장천호를 불렀다.

말려야 한다는 생각이 온 마음을 지배했지만 자욱이 피어 오르는 사내들의 투혼에 옴짝달싹할 수가 없었다.

한영의 몸에서 칼날 같은 기운이 은은히 퍼져 나왔다. 그 예기는 이제껏 보아온 한영의 모습이 아니었다.

고도의 지옥 훈련을 거친 사람들에게서 볼 수 있는, 자신의 모든 기운을 속으로 갈무리하고 밖으로는 한 자루의 칼만이 드러나 보였다.

서서히 한영의 진면목이 드러나고 있었다.

곁에 있던 사람들도 그 날카로운 기운에 주춤 뒤로 물러섰다.

조화영은 근심스런 표정을 지으면서도 두 사람의 결투를 한 장면도 놓치지 않겠다는 듯 눈을 크게 떴다.

짐작만 하고 있던 두령이라는 사내의 칼을 직접 볼 수 있는 기회였다. 그리고 그 칼에 한영이 무릎을 꿇는다면 그를 혼자 사지로 보내지 않아도 된다.

'제발 삼 초 안에 꼼짝 못하고 쓰러져라!'

조화영은 두 손을 맞잡고 기원했다.

'정말 가능할까?'

한영의 몸에서 피어 오르는 엄청난 기운을 느낀 정사청 역시 조화영과 비슷한 눈빛으로 두 사람을 쳐다보았다.

사제 이가송을 비롯한 백도무림의 앞날을 지고 갈 인재 모두에게 칼을 가르치고 그동안 이런저런 얘기 속에서 들은 그 칼이 얼마나 강할지 충분히 짐작이 가는 바 없지 않았지만 고도의 훈련을 거친 흔적이 역력한 저 한영이란 사내를 단 삼 초 안에 꺾는다는 것은 가능해 보이지 않았다.

슬쩍 곁에 있는 이가송을 쳐다보았다.

'이 녀석은!'

정사청의 눈이 기광을 발했다.

이가송의 얼굴에 희미한 웃음기가 머금어져 있었다.

'무슨 뜻인가? 이 녀석의 표정은!'

다시 주위에 있던 신도기문과 철도정, 그리고 영호성의 얼굴도 한꺼번에 쳐다보았다.

이가송의 표정과 별반 다르지 않았다.

모두들 한없이 느긋하고 자신만만한 표정으로 두령과 한영의 대결을 지켜보고 있었다.

그들의 표정으로 봐서는 삼 초가 아니라 단 일 초 안에라도 자기들 두령이 한영이라는 사내를 꺾을 수 있을 것 같았다.

이가송을 포함한 후기지수 네 명의 표정은 분명히 그렇게 말하고 있었다.

'두고 보면 알겠지!'

정사청이 얼른 고개를 돌려 한영과 장천호가 서 있는 곳으로 시선을 모았다.

한영에게서 날카롭게 피어 오르던 예기가 이제는 완전히 자신의 몸속으로 빨려 들어간 듯 모두 사라지고 한영의 흔적은 대기의 일부가 된 것처럼 눈으로는 뻔히 쳐다보면서도 그가 어디에 있는지 짐작할 수 없는 그러한 상태가 되었다.

'저것이 살수의 무공인가!'

모두들 멀쩡한 눈을 깜박거리며 한영의 흔적을 찾았다.

분명히 장천호와 좀 떨어진 곳에 한영이 서 있는 것을 쳐다보면서도 몸으로 느끼는 한영의 모습은 그 어디에도 존재하지 않았다.

백주대낮에 만인현시 하에서 저러할진대 어둠이라도 깔렸다면 어떨까? 굳이 어둠 같은 큰 장막이 아니더라도 낙엽 한 잎이라도 떨어져 내린다면 그 한 잎 낙엽 뒤로 완벽하게 은신할 수 있을 것 같았다.

"앗!"

누군가의 입에서 다급성이 터졌다.

멀쩡히 눈을 떠 주시하고 있던 한영의 신형이 푹 꺼져 버렸다.

그와 함께 장천호의 모습도 흐릿하게 대기 속으로 흩어졌다.

쉬익— 쉭—

몇 번의 칼바람 소리와 함께 두 사람의 신형이 주위에 둘러선 사람들의 눈에 다시 들어왔다.

왼쪽 어깨에서부터 오른쪽 허리까지 길게 베어진 상의 사이로 맨살이 훤하게 드러난 한영이 망연자실한 채 장천호를 쳐다보고 서 있었다.

"허억—"

다시 한 번 누군가의 입에서 헛바람이 새어 나왔다.

얼마 전 은하전장에 쳐들어온 괴한을 두령이라는 저 사내의 도는 거의 저런 각도로 그들을 두 동강 내버렸다.

은하전장 식솔들 중 누군가가 그때의 끔찍했던 장면을 떠올렸던 것이고 폭죽같이 피보라가 터져 나오며 양단되어 무너지는 주검을 같이 떠올린 것이다.

다행히 이번 상대는 육신이 동강 나지 않고 입고 있던 상의만이 동강 났다.
 그렇게 생각하고 멍하니 바라보던 눈들이 다시 한 번 경악으로 부릅떠졌다.
 거의 반 이상 깨끗이 잘려 나가고 검날이 얼마 남지 않은 검을 한영이 들고 있었다.
 쉬익 하고 지나가는 칼바람 소리뿐 그 어떤 병장기 부딪치는 금속성도 듣지 못했는데 결코 얇아 보이지 않던 한영의 검이 소리없이 잘려져 나가 있었다.
 바닥에 뒹굴며 태양 빛을 반사하고 있는 잘려진 검신이 아니라면 그 검이 이번 격돌에서 잘려졌다는 것을 아무도 믿지 못할 것이다.
 "남은 이 초는 쓸 필요도 없겠군."
 영호성이 장천호와 한영이 있는 곳까지는 들리지 않게끔 작은 소리로 중얼거리며 등을 돌려 전각 안으로 걸어 들어갔고 이가송과 신도기문, 철도정도 천천히 사라졌다.
 "무슨 사술을 부린 거요?"
 너무나 완벽한 패배는 오히려 여유를 갖게 만드는지 한영이 얼굴 가득 허탈한 웃음을 띠며 장천호를 응시했다.
 "칼의 요구를 가장 충실히 들어준 것뿐이오."
 장천호가 씁쓸한 표정으로 넓은 도를 칼집에 집어넣고 등을 돌려 멀어져 갔다.
 '뭔가, 이건? 내가 승자 같고 오히려 두령이란 저 사내가 더 패자 같군!'
 한영이 천천히 돌아서 가는 장천호의 뒷모습을 바라보며 도저히 이해 안 되는 기분에 멍하니 자신이 들고 있는 동강 난 칼을 쳐다보았다.

　단 일 초 만에 한영 자신의 모든 것을 양단해 버리고 고뇌에 찬 표정으로 뱉어내던 사내의 한마디를 되뇌어보았다.

　'칼의 요구를 충실히 들어주었다고?'

　한영의 표정이 여러 번 바뀌었다.

　어쩌면 칼을 든 무인이라는 게 칼의 요구나 들어주는 사람들이 아닐까!

　그렇다면 저 사내는 자신이 승자라는 사실보다는 누구보다 충실한 칼의 노예라는 사실이 온 가슴속을 가득 메워 그렇게 씁쓸한 표정으로 자리를 뜬 것이다.

　한영의 손에 힘이 빠졌다.

　쨍그랑—

　들고 있던 반쪽의 검이 돌로 된 바닥에 부딪쳐 날카로운 쇳소리를 냈다.

　"한영!"

　조화영이 달려와 금방 무너져 내릴 것 같은 한영을 붙들었다.

　"후후."

　한영이 메마른 웃음을 흘렸다.

　"들어갑시다, 화영. 하마터면 일생일대의 바보 짓을 할 뻔했소."

　조화영이 동그란 눈을 들어 한영을 바라보았다

　"무슨 말인가요, 당신!"

　"후후— 뭐가 더 중요한 일인지도 모르고 천둥벌거숭이처럼 날뛰며 당신 곁을 떠나려 하지 않았소? 두령이 아니었다면 천추의 한을 간직한 채 구천을 떠도는 원귀가 될 뻔했소, 화영. 다시는 당신의 허락 없이 당신 곁을 떠나지 않겠소."

조화영이 목이 메어 아무 말도 하지 못하고 하염없이 눈물만 흘렸다.

"저기 두령 말이오. 정말 완벽한 두령감이오. 오늘부터 충실한 부하가 되어 따르겠소."

한영이 예의 그 능청스런 표정으로 말했다.

"이젠 실수 그만 하고 산적이 되기로 했나요?"

조화영이 눈물 가득한 얼굴에 어이없는 웃음을 띠며 물었다.

"아무렴 어떻소? 두령이 산적을 계속하겠다면 나도 산적 할 것이고, 두령이 천하제패하여 제왕이 되겠다면 나도 덩달아 계급이 높아지겠지요."

"엉터리 중의 엉터리예요, 당신은!"

조화영이 한영의 가슴을 두들기다 꼼짝도 않고 자신들만을 쳐다보는 많은 시선들을 아랑곳하지 않고 한영의 품속으로 파고들었다.

거칠기 그지없던 양주채 산적 출신인 은하전장 식솔들에게서 와아하는 함성이라도 쏟아질 법하건만 어쩐지 아무도 정적을 깨뜨리지 않았다.

관자평으로 있던 하주명에게서 철저히 훈련받아 오합지졸의 수준을 오래전에 벗어나 강한 무인의 기질이 흐르는 그들도 한영이 느낀 그 무언가를 어렴풋이 느끼고 있는 것이다.

"처음에 여기 왔을 땐 도저히 이해가 되지 않았소."

한영이 조화영을 끌어안은 채 말했다.

"뭐가요?"

조화영이 감았던 눈을 살며시 뜨며 물었다.

"한두 명도 아닌 백도의 후기지수 전원이 칼만 강했지 그렇게 잘나 보이지도 않는 두령이란 사내를 왜 그렇게 철저히 따르는가 하는 것이 말이오."

"이젠 이해가 됐나요?"

"그렇소! 두령은 칼이 강한 것이 아니라 영혼이 강한 사람이오."

조화영의 이마가 약간 찌푸려졌다.

"못 알아듣겠어요, 무슨 말인지."

"내 나이가 되면 자연히 알게 될 거요."

조화영의 표정이 금세 사나워졌지만 한영이 빙그레 웃을 뿐 이번에는 도망가지 않았다.

"짝 없는 놈 서러워 못살겠군!"

은하전장 장주 하주명이 혀를 끌끌 차며 등을 돌려 안채로 사라지자 썰물 빠져나가듯 은하전장 식솔들도 자기 자리로 돌아갔다.

'정말 잘됐어!'

진소혜가 얼굴 가득 함박웃음을 지으며 장천호가 사라진 방향으로 사라지고 정사청마저 보일 듯 말 듯 고개를 흔들며 사라지자 한영과 조화영도 자신들의 처소를 향해 다정스럽게 걸어갔다.

저녁 늦게 장천호가 한영과 정사청을 포함하여 자신을 두령이라고 부르는 사람들을 모두 불렀다.

한낮에 벌어진 장천호와 한영의 대결 후 그 가공할 무위를 음미하며 일찍 잠자리에 들려던 사람들이 무슨 일이냐는 표정으로 한자리에 모였다.

"임 공자에게서 서신이 왔소."

장천호가 말을 하자 네 명의 후기지수들 얼굴에 와락 반가움의 기색이 흘렀다.

이 년 동안 같이 뒹굴던 그들과 떨어져 있던 기간도 어느덧 두 달을 넘기고 있었다.

"무슨 얘기던가요, 두령?"

이가송이 궁금해서 못 견디겠다는 듯 재촉했다.

"녹림십팔채를 완전히 장악했다는군요."

장천호가 말하자 네 명의 얼굴에 장난스런 웃음이 가득했다.

"두령이나 부두령이나 타고난 산적이라니까. 아무리 생각해도 더 잘 어울리는 직업은 없을 거야."

철도정이 장난기 가득한 얼굴로 떠들었다.

"그럼, 그럼!"

나머지도 고개를 크게 끄덕이며 맞장구를 쳤다.

어이없는 표정으로 그들을 쳐다보던 조화영이 철도정을 불렀다.

"이봐요, 도정 동생!"

"왜 그러십니까, 화영 누님?"

철도정이 웃음을 지우지 못한 얼굴로 조화영을 바라보았다.

"산적 된 게 그렇게 자랑스러운가요?"

"얼마나 좋습니까. 물 맑고 경치 좋은 깊은 산속에서 자연과 대화하며 호연지기를 기르고, 에… 또……."

처음에는 어느 구절을 인용하며 잘 나가다가 더 이상 구절이 떠오르지 않자 머리를 긁적거리던 철도정이 뭔가 생각난 듯 얼른 말을 이었다.

"표범 같은 어머니 잔소리, 여우 같은 동생 잔소리, 호랑이 같은 아버지 잔소리 모두 안 듣고 내 맘대로 웃통 벗어젖힌 채 계곡 속에서 풍덩거리며 살 수 있으니 얼마나 좋습니까?"

"키킥—"

진소혜가 웃음을 참지 못하고 킥킥거렸고 정사청과 한영, 그리고 처음에는 한편이 되어 맞장구치던 영호성 등도 어이가 없는 듯 혀를 찼다.

조화영도 더 이상 말해 봐야 입만 아프겠다 생각했는지 한숨을 한번 쉬고는 장천호를 바라보았다.

"다른 말은 없었나요, 두령?"

장천호가 슬쩍 조화영을 쳐다보았다.

'이러다간 소혜마저 나를 두령이라 부르겠군!'

다시 서신에 눈을 돌린 장천호가 잠시 뜸을 들인 후 심각한 얼굴로 말을 이었다.

"그리고 얼마 전에 마지막으로 와호채를 점령하면서 유자추 공자에게 무슨 일이 있은 모양이오. 자세한 건 모르겠으나 나더러 꼭 흑수채로 와달라는군요."

"뭐라고요!"

철도정이 와락 달려들어 장천호에게서 편지를 뺏어 들고 재빨리 읽어 내려갔다. 다른 세 명도 머리를 맞대고 서신의 내용을 읽었다.

"도대체 무슨 일이 일어난 거야, 그 자식한테?"

이가송이 걱정스런 얼굴로 신도기문을 쳐다보았다.

"적으려면 자세히 적어놓지, 이게 뭐야?"

영호성이 볼멘소리로 걱정을 했다.

"다음 일도 의논해야 하니 내일 아침 난 흑수채로 떠나야겠소."

장천호가 생각에 잠긴 채 말을 하자 모두 쓴 약을 들이킨 표정이 되었다.

"두령 혼자 가겠단 말인가요?"

조화영이 다른 사람의 생각을 대변하듯 목소리를 약간 높였다.

"모두들 이곳이 더 편할 게 아니겠소. 그러니 나 혼자 잠시……."

진소혜가 발딱 일어섰다.

"편하긴 뭐가 편하단 말인가요? 난 자연과 대화할 수 있고 호연지기를 기를 수 있는 산속이 훨씬 좋아요."

'내가 써먹은 구절이 마음에 들었던 모양이군.'

철도정이 내심 뿌듯해하며 맞장구를 쳤다.

"난 체질적으로 이런 곳이 안 맞아! 야, 기문! 너 옛날에 먹은 사슴고기 기억하지? 비록 소금만 뿌려 먹었지만 얼마나 맛있었어? 어디 이곳 죽은 고기하고 비교나 돼?"

철도정이 말을 마치기가 무섭게 꿀꺽 하고 침을 삼켰다.

"세상천지에 그런 진수성찬이 없지!"

신도기문이 몽롱한 표정으로 고개를 끄덕였다.

"이젠 이곳도 잠잠하고 또 혈영의 움직임은 이쪽에서 먼저 포착할 수 있으니 내일 당장 같이 떠납시다. 화영 누님, 그리고 사청 사형도 좋지요?"

이가송이 덩달아 설쳐 댔다.

"난 왜 빼놓는 거요?"

한영이 서운하다는 듯 나섰다.

"한영 대협이야 자연히 화영 누님을 따르지 않겠소?"

묵묵히 지켜보던 장천호가 손을 내저어 모두의 입을 막았다.

"모두들, 정말 흑수채로 가겠다는 말이오?"

"난 갈 거예요!"

진소혜가 다부지게 말했고 정사청도 이의를 제기하지 않았다.

장천호가 턱을 괴고 잠시 생각에 잠기다 결론을 내렸다.

"좋소! 그러나 만일을 모르니 영호성 공자는 이곳에 남으시오."

"으액― 그게 무슨 말이오, 두령?"

날벼락을 맞은 듯 영호성이 펄쩍 뛰었다.

"아이 자식아! 네놈 집은 네가 지켜야지! 언제 그놈들이 또 쳐들어올지도 모르는데 어딜 따라가겠다는 거야?"

이가송이 고소하다는 듯, 그리고 남게 된 사람이 자신이 아니라는 데 더 이상 바랄 행운이 없다는 듯 쐐기를 박았다.

"혈영의 움직임은 파악할 수 있다고 아까 네가 그랬잖아, 자식아!"

영호성이 이가송을 노려보았다.

"저런 불효막심한 놈! 자식 키워봐야 다 소용없다니까!"

신도기문마저 거들고 나서자 영호성이 풀이 꺾이며 의자에 주저앉았다.

"하필 은하전장이 있는 낙양에 터를 잡아가지고……."

들릴 듯 말 듯 중얼거리는 영호성의 눈이 유자추에 대한 걱정으로 검게 젖어들었다.

"바보 같은 자식! 무게는 혼자 다 잡더니 기껏 녹림도에게 당한 거야, 뭐야?"

장천호의 방에서 나와 숙소로 돌아가는 복도에서 신도기문이 조화영과 진소혜의 곁을 스쳐 가며 두 사람에게만 들릴 수 있게 작은 목소리로 속삭였다.

"진 소저, 잠시 뵐 수 있겠소?"

진소혜가 어리둥절한 표정으로 신도기문이 걸어간 방향으로 주춤거리며 따라갔고 조화영도 고개를 갸웃거리며 진소혜 뒤를 따랐다.

"화영 누님에게는 볼일이 없는데요."

신도기문이 빙긋 웃으며 조화영을 쳐다보았다.

"내가 소혜를 지킬 임무를 맡고 지금까지 동행한다는 걸 모르나요?"

조화영이 쏘아붙였다.

"그리고 그런 임무가 없더라도 순진한 동생이 야밤에 늑대 같은 사내를 만나는데 어떻게 혼자 보낼 수 있단 말인가요?"

"하하, 화영 누님이 상상하는 그런 일로 만나자고 한 것이 아니니 염려 놓으십시오."

신도기문이 너털웃음을 터뜨렸다.

"어쩌면 화영 누님과 같이 의논하는 것이 더 좋을지도 모르겠군요."

신도기문의 표정이 신중해졌다.

"무슨 일 때문에 그러시는가요?"

진소혜가 신도기문을 응시하며 질문을 던졌다.

"휴~ 어디서부터 얘기해야 하나!"

신도기문이 한숨을 쉰 후 생각을 정리하듯 잠시 허공으로 시선을 돌렸다.

잠시 생각을 정리한 신도기문이 천천히 얘기를 시작했다.

"우리가 처음 두령을 만난 곳은 제왕성 척마단의 칼 앞에서 생명이 경각에 달렸을 때였소. 그 풍전등화의 위기 속으로 두령이 뛰어들어 척마단 서른여 명을 도륙하고 우리를 구했지요. 그 후부터 이 년이 넘는 기간 동안 우리 열네 명은 한곳에서 두령의 보살핌을 받으며 제왕성의 마수로부터 한 몸 온전히 지킬 정도의 칼을 전수받았소."

그 얘기는 조화영과 진소혜도 알고 있는 얘기였다.

"그 기간 동안 우리 열네 명, 아니, 두령을 포함한 열다섯 명은 문파와 가문을 초월하여 친혈육 이상으로 정이 들었소."

신도기문의 얘기가 서서히 본론으로 접어들고 있었고 그에 따라 그의 몸에서 풍겨 나오는 신중하고도 진지한 분위기는 이제까지의 악동 같은 모습은 한곳에도 남아 있지 않았다.

진소혜와 조화영도 표정이 신중해지며 신도기문을 바라보았다.

"그 열네 명 중에는 여자도 두 명 있었소. 아미의 속가제자 도진화와 화산제일제자 능소빈이 그들이오."

조화영의 눈빛이 잠깐 반짝하고 빛났다.

"그 둘 중 능소빈의 두령을 대하는 태도가 언제부터인가 각별하다는 걸 우리 모두 느낄 수 있었소."

그제야 진소혜도 신도기문이 무슨 얘기를 하려는지 짐작이 가는 듯 표정이 굳어졌다.

"능소빈은 두령에게서 한 번 더 목숨의 구원을 받은 적이 있었지요. 그래서 처음에는 생명의 은인에 대한 보은의 심정에서 저러려니 했는데 시간이 지남에 따라 두령의 등 뒤에서 한숨짓고 눈물 흘리는 그 모습에 어떤 때는 쳐다보는 우리가 더 가슴이 아플 지경이었소."

"잠깐만요!"

조화영이 날카롭게 외치며 끼어들었다.

"지금 신도 공자님이 하고자 하는 이야기가 뭔가요?"

신도기문이 깊은 숨을 들이쉬며 어깨를 한번 들썩거렸다.

"난 그 바보 같은 계집애의 성격을 잘 아오. 두령의 곁에서 떨어진

다면 그 계집애는 말라 죽고 말 거요!"

잠시 감정을 가라앉힌 신도기문이 다시 말을 이었다.

"그런 면에 있어서는 두령이 얼마나 바보 같은지 진 소저도 잘 알 것이오. 그 이 년의 기간 동안 두령은 단 한 번도 능소빈에게 마음을 열지 않았고 거리조차 주지 않았소. 그건 분명히 진 소저 때문이 아니겠소?"

잠시 모두 할 말을 잃고 침묵했다. 그리고 조금 후 신도기문이 진소혜 앞에 무릎을 꿇었다.

깜짝 놀란 진소혜와 조화영이 엉거주춤 몸을 숙이며 신도기문에게 손을 내미는 사이 신도기문의 비장한 음성이 흘렀다.

"바보 같은 두령에게서는 어떠한 방법도 찾을 수가 없었소. 이젠 능소빈을 받아들이고 그 계집애를 말라 죽지 않게 할 수 있는 사람은 진 소저뿐이오. 그렇게 해주시오. 그러면 내 평생 진 소저의 하인이라도 되어드리겠소."

진소혜의 표정이 새파랗게 질렸고 그 말 많던 조화영도 지금 이 순간만큼은 아무 말도 못하고 놀란 표정으로 신도기문을 쳐다보았다.

'도대체 이 사람들은!'

만나기만 하면 싸우고 서로를 못 잡아먹어서 안달이 나는 모습이었는데 명문가의 자손으로서 자신의 모든 것을 다 버리고 아녀자 앞에 무릎을 꿇을 정도로 깊은 정을 나눈 사이였던가!

진소혜의 눈에 눈물이 주르륵 흘렀다.

"어서 일어나세요, 신도 공자님."

진소혜가 얼른 신도기문의 팔을 잡아당겼지만 꿈쩍도 하지 않았다.

당기기를 포기한 진소혜가 입을 열었다.

"능소빈이라 했던가요, 그분 성함이?"

신도기문이 고개를 끄덕였다.

"몇 살이나 되었나요, 그분?"

"진 소저보다 두어 살 많을 거요."

"그럼 제가 언니라 부르면 되겠군요."

신도기문이 퍼뜩 고개를 들었다.

"그럼?"

"공자님은 절 너무 몰라요. 어서 일어나세요."

진소혜가 다시 신도기문을 일으켰고 신도기문이 주춤 일어섰다.

"그분 그동안 많이 가슴 아파했겠네요? 짐작이 가고도 남아요."

진소혜의 눈이 애처롭게 변했다.

"그런 면에서는 오라버니는 정말 바보 같죠?"

이번에는 진소혜가 신도기문에게 반문했고 신도기문이 희미하게 미소 지었다.

"걱정 마세요, 신도 공자님. 이젠 제가 친혈육보다 더 그 언니를 챙길게요!"

더 이상 아무 말이 필요 없었다.

천 마디 말보다 한번 마주치는 눈빛이 더 많은 말을 하고 있었다.

진소혜의 안타까운 눈빛이 뭘 말하는지 신도기문의 미소 띤 눈빛이 뭘 말하는지 짧은 순간의 눈빛으로 서로의 할 말을 다 하고 있었다.

"그럼 전 아무 걱정 없이 돌아가겠습니다."

신도기문이 깊숙이 고개를 숙이고 성큼 돌아서서 어둠 속으로 사라졌다.

"도대체!"

조화영이 얼이 다 빠진 표정으로 신도기문이 멀어져 간 방향을 쳐다보며 입을 열었다.
　"무슨 저런 사람들이 다 있어?"
　"뭐가, 언니?"
　진소혜가 빙그레 웃으며 조화영을 쳐다보았다.
　"장난치고 덜렁거릴 때는 천하에 다시없는 악동이고, 한량이고, 건달 같더니 저럴 때는… 사람 같지가 않아. 저게 무슨 사람이야. 날이 시퍼렇게 선 칼이지. 칼날처럼 맺고 끊고, 필요없는 말 한마디 없이 사라지잖아. 정말 그 두령에 그 부하야!"
　조화영이 고개를 설레설레 흔들었다.
　"후후, 청산유수 같던 언니가 아까는 왜 말 한마디 못하고 새파랗게 질려 있었어?"
　"아휴, 하늘 같은 사내가 아녀자 앞에서 그렇게 무릎을 꿇을 것이라고 상상이나 했겠어? 간 떨어지는 줄 알았어, 정말!"
　조화영이 고개를 젓다가 조용히 한숨지었다.
　"정말 부럽다! 친혈육인들 저럴 수 있겠어?"
　혼잣소리인 듯 말하는 조화영의 어깨 위에 얼핏 고독의 그림자가 스쳤다.
　진소혜가 그런 조화영의 어깨를 감싸 안으며 걸음을 옮겼다.
　"언니, 들어 가. 이제 얼마 안 있으면 한영 아저씨도, 정사청 공자도 모두 한 가족처럼 될 거잖아? 난 어서 흑수채로 가서 나머지 사람들도 만나더러 싶어. 이제까지 살아오면서 평생을 웃은 것보다 요 두 달 사이 열 배는 더 웃고 살았어."
　진소혜가 들뜬 표정으로 조화영의 팔을 꼭 잡았다.

"너, 정말 능소빈인가 하는 그 소저를 받아들일 거니?"

몇 걸음 걷다 생각난 듯 조화영이 걸음을 멈추고 진소혜를 쳐다보았다.

"천호 오라버니는 이제 농부가 아니라 무림인이잖아. 영웅호색이니 삼처사첩이니… 나도 들어본 얘기야."

조화영이 다시 얼이 나간 듯 진소혜를 바라보았다.

"어서 들어가, 언니. 내일부터 여행하려면 좀 자두어야지."

진소혜가 조화영을 끌고 종종걸음으로 숙소를 향했다.

제20장
은의소소(銀依素素)

"야, 이 자식! 멀쩡하게 살아 있었잖아!"

흑수채가 보이자 득달같이 달려 들어온 철도정이 먼저 와 있는 유자추를 보고 고함을 지르며 가슴에 주먹을 날렸다.

"이 자식은 어째 보자마자 시비부터 먼저 거는 거야!"

유자추가 슬쩍 철도정의 주먹을 피하며 어이없는 표정으로 쳐다보았지만 와락 반가움의 기색이 온 얼굴로 퍼져 나갔다.

"야, 중놈! 그리고 걸신! 남들 고생하는 동안 너희들은 주지육림에 빠져 있었는지 얼굴에 개기름이 번지르르하구나!"

철도정이 자신의 고함 소리를 듣고 뛰쳐나온 화천옥과 정휴에게 달려들어 주먹질을 해댔다.

"저놈, 저거 누가 좀 안 잡아가나! 오늘부터 편한 세상에 살기는 다 틀렸군!"

화천옥과 정휴도 같이 주먹을 날리고 피하고 하면서 반가움을 표시했다.
"어이, 조대경! 형일비! 형님 오셨다, 어서 나와라!"
철도정이 고래고래 고함을 질렀고 낙섬검 우진수를 비롯한 흑수채 무리들도 서서히 몰려들어 얼굴에 웃음을 띠었다.
"어이구! 이게 누구야? 여왕 마마 능소빈 아니야! 그새 두령 보고 싶어서 얼굴에 살이 다 빠졌네. 어서 나가봐라. 저기 두령 오고 있다."
한참을 제 세상 만난 듯 철도정이 난리판을 벌이고 나서 조금 후에 장천호 일행이 들어섰고 흑수채는 단번에 잔칫집 분위기가 되었다.
서로 역할을 나누어 여러 산채로 헤어져 있다 두 달이 넘어 모두 한자리에 모이자 주먹질과 발길질로 서로 간에 반가움을 표시하는 모습을 보고 낙섬검 우진수가 설레설레 고개를 흔들었다.
'명문정파의 후예들이라더니 무식한 산적들과 별다를 게 없군!'
"그동안 고생 많았소, 임 공자."
"아닙니다. 고생은 두령께서 더 하셨지요!"
죽 둘러앉은 자리에서 장천호와 임무열의 간단한 인사가 오가고 몇몇 새로운 얼굴들을 소개했다.
"여기 이분은 한영 대협으로 앞으로 우리 일에 크게 도와주실 분이십니다."
"한영이라고 합니다. 앞으로 두령의 한 팔이 되어 온 힘을 다할 테니 잘 부탁드리겠습니다."
한영의 간단한 인사가 끝나고 정사청을 소개했다.
조대경, 임무열 등은 사부들끼리의 교류를 통하여 이미 정사청과는 친분이 있었고, 또 이가송이 떠날 때 정사청의 얘기를 들었으므로 크게 궁금해하지 않았기에 같이 있는 두 여자에게로 모든 관심이 집중되었다.

"그리고……."

장천호가 조금 망설이자 신도기문이 나섰다.

"여기 이 소저는 두령이 옛날에 기거했던 진충 대인 댁의 무남독녀이신 진소혜 소저입니다. 그리고 여기 이분은 진 소저와 동행하고 있는 조화영 낭자십니다. 보시다시피 우리보다는 훨씬 전대의 고인이시니 누님이라 부르고 있습니다."

"뭐라구요?"

조화영이 발끈하여 고함을 질렀지만 좌중의 시선은 진소혜에게로 고정되어 있었다.

두령의 여자!

모두 한 가지 생각이었다.

도대체 어떤 여자이길래 능소빈의 그 애절한 사랑을 목석같이 대하는지 궁금했는지라 한참이 지나도 진소혜에게 못 박힌 시선을 돌릴 줄 몰랐다.

"험, 험―"

빨개진 진소혜의 안색과 그런 심중을 헤아린 신도기문이 다시 설명을 덧붙였다.

"화영 누님과 진 소저는 철도정과 내가 풍림방에서 우연히 만나 지금껏 동행하게 되었소. 그리고 앞으로도 우리와 같이 지내게 될 것이니 한 식구처럼 잘 대해주시기 바랍니다."

신도기문의 설명이 끝날 때쯤에는 진소혜에게 못 박혔던 시선들이 떨어졌지만 하나같이 침중한 표정을 지었다. 모두의 마음에 능소빈이 걸린 것이다.

'어쩌면 저렇게들 똑같을까!'

조화영이 내심 혀를 내둘렀다.

진소혜에게 능소빈을 부탁하던 신도기문의 눈빛과 지금 같이 자리한 다른 사람들의 눈빛이 너무나도 닮았다.

진소혜도 그것을 느꼈는지 살짝 미소를 지은 후 인사를 했다.

"천호 오라버니에게서 여러분들 말씀은 많이 들었어요. 그래서 그런지 처음 보지만 친혈육 같은 느낌이 들어요. 앞으로도 그렇게 지내고 싶군요. 그리고……."

잠시 말을 멈추고 좌중을 둘러본 진소혜가 다시 말했다.

"지금 여러분의 눈빛 속에 가득한 걱정이 어떤 건지 잘 알아요. 전 지금부터 죽을 때까지 천호 오라버니와는 헤어지는 한이 있어도 능소빈 언니와는 헤어지지 않을 테니 아무 걱정 마세요."

묵묵히 앞에 있는 탁자 위를 응시하며 진소혜의 인사를 듣고 있던 모든 사람들의 고개가 벼락을 맞은 듯이 쳐들어졌다.

신도기문마저도 진소혜가 이렇게까지 나올 줄 몰랐는지 두 눈을 크게 뜨고 진소혜를 쳐다보았다.

그중에서도 당사자인 장천호와 능소빈은 다른 사람들보다 두 배는 더 놀란 모습이었다.

'두령이 한시도 못 잊어 할 만한 이유가 있는 여자군!'

임무열이 보일 듯 말 듯 고개를 끄덕였다.

"훌쩍—"

좌중의 침묵을 깨고 울음소리가 흘러나온 곳은 엉뚱하게도 도진화에게서였다. 잠시 후 능소빈의 얼굴에서도 굵은 눈물이 흘렀다.

"야, 중놈! 너 술 가진 거 있지?"

화천옥이 정휴를 보고 외치자 정휴가 두말 않고 품속에서 호리병을 꺼내 화천옥에게 건네주었다.

"자식이, 매번 이렇게 한마디에 재깍 건네주면 얼마나 좋아. 두 번 세 번 애원하고 꼭 주먹을 들어야 겨우 한 모금 건네주니 그게 할 짓이냐?"

화천옥이 벌컥벌컥 술을 들이키고 커억 트림을 한 후 소리를 질렀다.

"부두령! 고리타분한 얘기는 내일 다시 하고 오늘은 술부터 한잔합시다."

"그럴 줄 알고 준비해 두었소!"

임무열이 신호를 보내자 문이 열리며 안줏거리와 함께 큰 술독이 네 개나 들어왔다.

"히야—"

모두 감탄사를 연발하며 술독을 받아 들고 코를 벌름거렸다.

쉴 새 없이 잔이 따라지고 마시고 먹는 사이 예전 흑수채의 부두령이었던 낙섬검 우진수와 몇몇 수장급 무리들이 들어왔다.

"두령, 우리도 한 모금 얻어 마십시다!"

"어서들 오시오, 우 대협, 그리고 다른 분들도."

장천호가 손수 술을 따라주며 자리를 만들었고 그렇게 흑수채의 오후가 흥겹게 취해가고 있었다.

"앞으로 언니 동생 하며 잘 지내요."

진소혜가 능소빈에게 잔을 따르며 다가앉았다.

"미안해요."

능소빈이 잠시 아무 말도 못하고 진소혜를 쳐다보다 미안하다는 말부터 먼저 하였다.

"그게 무슨 말이에요, 언니. 비록 제가 먼저 천호 오라버니를 만나긴 했지만 동고동락한 기간은 언니가 몇 배 더 길잖아요. 어서 한잔하세요. 언니 술 잘 마신다고 들었어요."

진소혜의 재촉에 눈물 고인 얼굴에 살풋 미소를 지은 능소빈이 잔을 들이키고 진소혜에게 잔을 따랐다. 진소혜도 쉬지 않고 한 잔을 다 비우고 얼굴을 찡그리며 다시 능소빈에게 잔을 내밀었다.

"짐작은 했지만 직접 보니 훨씬 아름다워요!"

진소혜가 능소빈의 미모를 감탄하자 능소빈이 얼굴을 붉히며 답변을 해왔다.

"아니에요! 내가 보기엔 진 소저의 미모야말로 화사한 벚꽃 같은 걸요."

"이젠 말도 편하게 해요. 나도 친언니 대하듯 할 테니 언니도 그래요, 응?"

진소혜와 능소빈이 다정하게 속삭이자 술을 목구멍 속으로 퍼부으면서도 힐끔힐끔 두 사람을 쳐다보는 모두의 눈에 안도감이 어렸다. 그것이 한층 더 술 맛을 돋우는지 그 어느 때보다 많이 마셔댔다.

"난 이제 완전히 개밥에 도토리 신세네."

도진화가 능소빈과 진소혜 사이에 끼어들었다.

"넌 도진화라 그랬지? 얘기 많이 들었어."

"우와— 첫 대면부터 반말이네. 뭐, 내 체질에 꼭 맞기는 하지만."

도진화가 얼른 술잔을 따라 진소혜에게 권했고 진소혜가 다시 한 잔을 마시고 도진화에게 따랐다.

"우리 친구 해. 괜찮지?"

"그래! 너무 맘에 들어!"

도진화가 천진난만하게 웃었다.

그 자리에 조화영마저 가세하자 남녀 양쪽이 경쟁이라도 하듯 술독을 비워댔다.

아침이 되자 모두 죽을상을 하고 뒷간을 들락거렸다.

"도대체 어떤 인간이 술을 만들어낸 거야!"

모진성이 울타리 뒤에서 캑캑거리며 넋두리를 하였다.

"자식이 마실 땐 그런 소리 한마디 없더니!"

조대경이 모진성의 등을 두드리며 혀를 찼다.

"나 감탄했다."

조대경이 두드리던 손을 잠시 멈추며 말했다.

"뭐가 말이야?"

눈물 콧물 범벅이 된 모진성이 잔뜩 찌푸린 얼굴을 들고 조대경 쳐다보았다.

"두령의 여자 말이야. 보기에는 한 떨기 여린 채송화 같지만 무림의 어떤 여걸보다도 더 속이 넓고 깊은 것 같지 않아?"

"그래, 그 때문에 기분 좋아 안 마실 술도 한잔 더 마시고 지금 이 고생이잖아."

술이 제일 약한 모진성이 다시 한 번 캑캑거리며 죽을상을 했다.

"하여간 네놈의 천적은 술이다. 앞으로 취권 쓰는 고수 앞에는 얼씬도 하지 말아라."

조대경이 걱정 반 웃음 반인 얼굴로 모진성의 등을 더욱 세차게 두드렸다.

숙취가 사라진 오후쯤에 모두들 다시 모였다.

"여기 이 사람들은 각 산채에서 대표로 온 사람들입니다."

임무열이 장천호에게 좌중을 소개했다.

"이분들에게 집중적으로 칼을 전수하고 두 배로 강해지면 녹림 전체가 두 배로 강해지는 결과를 초래합니다."

임무열이 자신의 의견을 피력했다.

녹림도란 애초에 수장급 사람들 몇 명 외에 다른 무리들은 머리 숫자만을 제공하는 사람들이다. 다시 말해 무공은 별 거 아니지만 엄청난 숫자로써 힘을 과시하고 질보다는 양적인 막강함을 무림의 그 누구도 무시하지 못하는 것이다.

그리고 그들의 우두머리 단 한 명의 무공이 두 배로 강해진다면 더불어 그들 전체의 힘이 두 배로 강해지는 특이한 집단이기도 하다.

그것을 정확히 간파한 임무열이 녹림십팔채의 완전 점령과 함께 이들을 흑수채로 데려온 것이다.

"우와— 부두령! 제갈공명이 따로 없소!"

감탄의 목소리가 흘러나왔다.

"이들의 훈련과 함께 몇 명은 수시로 전 산채를 번갈아 돌며 기강과 전열을 재정비해야 할 것이오!"

"그건 내가 맡지요."

한곳에 오래 있으면 좀이 쑤시는 철도정이 나섰다.

"혼자서는 안 되고 남궁 공자……."

말을 하다 도진화의 독살스런 눈빛을 대한 임무열이 빙그레 웃으며 정정했다.

"남궁 공자는 홀몸이 아니니 안 되겠고… 조대경 공자가 함께하시오!"

"나도 함께 가지."

정사청이 조용히 나섰다.

"넌 뭣 하러 가겠다는 거냐?"

임무열이 의외라는 듯 정사청을 쳐다보았다.

"사부님께서 무당의 칼을 버리라고 하셔서 칼을 버리고 한동안 궁술은 좀 연마했지. 산채를 돌며 소질이 있는 몇 사람에게 가르치고, 또 그들을 통해 녹림이 활로 무장한다면 좀 더 무서워지겠지."

"좋은 생각이군!"

임무열이 씨익 미소 지었다.

'제갈공명이 사마중달을 얻었군.'

남궁우현이 내심 중얼거렸다.

"사형! 나도 가겠소!"

이가송이 정사청을 따라나섰다.

"저 자식은 젖 먹는 앤가? 하루 종일 자기 사형만 졸졸 따라다녀."

모진성이 혀를 찼다.

임무열이 이가송을 보며 잠시 생각에 잠겼다.

"좋은 생각이 있소."

신도기문이 나서자 임무열이 눈길을 돌렸다.

"은하전장의 하주명 장주가 양주채에서 부하들에게 훈련시키던 군진합공이 아주 인상적이었소. 그래서 은하전장에 있는 동안 장주에게서 그걸 하나도 빠뜨리지 않고 이 책에 적어두었소."

신도기문이 품에서 책자 하나를 꺼내놓았다.

"가송에게는 이것을 가지고 녹림도를 훈련시키게 하지요?"
"야, 임마! 넌 나하고 항상 같이 있었는데 언제 그걸 만들었냐?"
철도정이 놀란 눈으로 신도기문을 쳐다보았다.
"그게 범인과 초인의 차이점이다, 이놈아."
신도기문이 철도정을 흘겨보았고 임무열이 빙그레 웃으며 고개를 끄덕거렸다.
"그렇게 합시다."
일사천리로 진행되는 그들의 회의를 지켜보며 낙섬검 우진수는 혀를 내둘렀다.
어제의 치기 어린 장난기와 행동에서 볼 수 없었던 칼날 같은 비범함이 그들에게서 마르지 않는 샘물처럼 흘러나왔다.
이대로라면 머지않아 녹림은 열 배로 강해지는 것도 불가능한 일이 아니었다.
'저것이 백도의 힘인가!'
우진수의 등골이 서늘해져 왔다.
"그리고 한영 대협은 예전 흑유부의 자료와 지도를 만들어주시지요. 그것을 바탕으로 혈영의 정체를 파악해 볼 수 있게끔 말입니다."
"최대한 빠른 시간 내에 완성하지요."
한영이 한시라도 빨리 그곳에 잠입하고 싶은지 서둘러 대답했다.

"두령, 할 말이 있소."
회의가 끝난 후 유자추가 장천호의 처소에 들렀다.
"그렇지 않아도 유 공자를 만나려 했소."
장천호가 마주하며 자리에 앉았다.

"임 공자의 서신에 유 공자에게 무슨 일이 있으니 나더러 꼭 와달라고 적혀 있던데, 와서 보니 별일없는 듯하여 궁금했소."

유자추가 침중한 안색으로 장천호를 보며 말했다.

"혈염장을 아시는지요?"

장천호의 눈빛이 잠시 긴장했다.

"지독한 열화장공으로 이 갑자 이상의 내공이 있어야 시전할 수 있는 무공으로 알고 있소."

장천호가 자신이 알고 있는 바를 얘기했다.

"저번에 와호채를 치러 가는 동안 혈염장에 격중당한 사람을 우연히 만나게 되었습니다."

"그걸 맞고도 살아 있었단 말이오?"

장천호의 음성이 약간 놀란 듯했다.

"극한의 음한지기를 익힌 모양이었소. 그 때문에 죽지는 않았지만 격중당한 자리가 시커멓게 썩어 들어가고, 또 그때 낭떠러지에서 떨어진 상처로 거의 시체나 다름없었습니다."

"살아 있는 것이 천운이군요."

장천호가 혀를 찼다.

"그런데 그 일에 무슨 다른 곡절이 있는 거요?"

장천호의 질문에 유자추가 잠시 숨을 고르고 답했다.

"그 부인에게 두령에서 익힌 암흑류를 시전했지만 막힌 혈은 꿈쩍도 하지 않았습니다."

장천호가 잠시 유자추의 얼굴을 응시했다.

암흑류의 기운은 함부로 밝혀서는 안 되는 것이었다. 그것은 그들이 더 잘 알고 있는 사실이다.

"너무 안타까워 그 모녀를 이곳으로 모셔왔습니다. 두령께서 한번 봐주시지요."

"이 흑수채에 있단 말이오?"

유자추가 고개를 끄덕거렸다.

'정이 너무 깊은 게 탈이야!'

유자추와 이가송을 보면 항상 떠오르는 생각이다.

그것은 칼을 휘두르는 무인에게 치명적인 약점이 될 수도 있는 것이다.

장천호가 속으로 피식 웃었다.

그 말은 능소빈이 자신에게 여러 번 한 말이기도 했다.

"가봅시다!"

장천호가 성큼 일어섰고 유자추가 얼른 앞으로 가서 장천호를 안내했다.

"이분입니다."

유자추와 장천호의 등장에 주은비 모녀가 황망한 모습으로 몸을 일으켰다.

"편히 계십시오, 부인."

장천호가 조용한 음성으로 만류하며 미부인의 얼굴을 쳐다보다 흠칫 신형을 굳혔다.

혼자 힘으로 거동이 불가능한 미부인을 부축하느라 주은비와 유자추 그 누구도 얼어붙은 듯 서 있는 장천호의 모습에 관심을 두지 않았다.

미부인이 두 사람의 도움으로 자리에 앉자 굳은 표정으로 미부인을 바라보던 장천호가 미부인의 등 뒤로 돌아갔다.

"유 공자에게서 부인의 얘기는 들었소. 명문혈에 진기를 주입할 테니 부인은 운기할 준비를 하시지요."

장천호가 미부인의 등을 지탱하고 있는 철판 양쪽에 있는 가죽 끈을 하나씩 풀었다.

"잠시만! 잠시만요, 공자님."

미부인이 다급성을 질렀다.

"왜 그러시는지요?"

장천호가 의문스런 목소리로 물었다.

"전 공자님께 고맙다는 말은 물론 내 소개나 인사조차 하지 못했답니다. 그런 예의 하나 차리지 못하고 어찌 이런 은혜를 입을 수 있는지요."

부인이 자신의 심정을 피력했다.

"원래 그런 사람이라고 누누이 말하지 않았던가요?"

유자추의 입꼬리가 약간 말려 올라가며 부인에게 설명했다.

"자! 그럼 시작하겠소."

장천호가 미부인의 명문혈에 쌍장을 가져다 댔다.

뭐라 할 새도 없이 장천호의 내력이 미부인의 명문혈을 타고 만근석처럼 엉켜 있는 가슴으로 흘러갔다.

"으음—"

부인이 고통스런 신음을 토했다.

유자추와는 비교할 수 없이 강한 암흑의 기운이 가슴 한가운데 꽉 막힌 만근석을 사정없이 두드렸다.

미부인의 얼굴에 굵은 땀이 비 오듯 흘러내렸다.

쉼없이 밀려오는 파도처럼 두드리던 암흑의 기운이 어느 순간 물밀 듯이 사라졌다.

미부인이 한숨을 돌리는 순간 이번에는 지옥의 염화 같은 불길이 명문혈은 통해 흘러와 다시 두드리기 시작했다.

"아악—"

고통에 찬 신음을 흘리던 미부인이 의식의 끈을 서서히 놓기 시작했다.

"운기를 계속하시오, 부인."

머리 속 한복판을 울리는 소리에 놀란 미부인이 정신을 가다듬고 다시금 운기를 시작했다.

그 목소리는 결코 전음이 아니었다.

머리 속에 바로 와 닿는 불가의 혜광심어(慧光心語)와 같은 방식의 암흑의 목소리였다.

만류귀종(萬流歸宗)이라 했던가?

불력이 높다 못해 초월지경에 이른 고승에게서 펼쳐지는 혜광심어와 같은 음성이 지극한 암흑의 기운에서도 울려 퍼진 것이다.

콰앙—

커다란 폭발이 미부인의 가슴에서부터 온몸으로 퍼져 나갔다.

"어서 부인이 익힌 극한기공으로 혈맥을 보호하시오."

사지육신의 혈맥이 천 갈래 만 갈래 터져 나갈 듯 갈라지려는 순간 다시 머리 속 한복판에 굵은 목소리가 울렸고, 미부인이 이제까지 잊고 있었던 극음의 기운을 운기했다.

온몸을 부숴 버릴 듯 퍼져 나가던 기운이 서서히 잦아들고 미부인이 운기하는 대로 물길을 잡기 시작했다.

울컥—

미부인의 입에서 코를 막지 않고는 견딜 수 없는 악취가 풍기며 엉

기다 못해 진흙 반죽같이 굳어진 핏덩이가 홍수가 넘치듯 흘러나왔다.
천천히 손을 뗀 장천호가 운기조식에 들어갔고 미부인은 아직까지도 숨을 헐떡거리며 썩은 핏덩이를 토해내고 있었다.

'족히 보름은 요양을 해야겠군.'
진원지기를 손상한 장천호가 주은비 모녀가 거처하는 방 앞 나무 그루터기에 앉아 손에 든 작은 노리개를 만지작거렸다.
'질기고도 모진 것이 사람의 인연이라더니 여기서 다시 이어질 줄이야……'
손바닥에 든 노리개가 늦여름의 햇살을 받아 반짝거렸다.
'은의소소라고 했던가? 제왕성주 단리운극에게 쫓기더니 결국 저렇게 되었군.'
장천호의 상념을 깨고 주은비와 유자추가 방문을 열고 나왔다.
"감사하오, 두령!"
유자추가 깊이 고개를 숙였다.
"이 은혜를 어떻게 갚아야 할지!"
주은비도 어쩔 줄 몰라 하며 눈물을 흘렸다.
"그만들 해두시오. 그보다 부인의 상태는 어떻소?"
"가슴에 찍힌 시커먼 손자국이 거짓말같이 사라졌어요! 그리고 이제껏 한 번도 본 적이 없는 편안한 얼굴로 잠이 들었어요."
주은비가 어깨를 들썩였다.
"다행이오. 난 오늘부터 산 위 동굴에 가서 한 보름 지내다 올 테니 유 공자가 모두에게 잘 말해 주시오."
'진기를 상했던가?'

은의소소(銀依素素) 177

유자추의 눈빛이 젖어들었다.
"잘 알겠습니다, 두령!"
유자추가 다시 한 번 깊이 고개를 숙였다.
"이건 소저 어머님의 것이오. 깨어나면 돌려드리시오."
주은비가 엉겁결에 장천호가 주는 노리개를 받아 들었다.
"그동안 고맙게 잘 간직했다고, 그리고 소저 어머님께서 그 보석과 함께 나에게 던져 준 마지막 눈빛이 내가 악마가 되지 않게끔 붙들어 준 굵은 동아줄이었다는 말도 함께 전해주시오. 악마가 됐다면 지금보다 세 배는 더 강해졌겠지만……."
장천호가 말꼬리를 흐리며 천천히 산꼭대기를 향해 걸어갔다.
무슨 말인지 못 알아들은 주은비와 유자추가 멍하니 장천호의 뒷모습을 쳐다보다 주은비의 손바닥에 있는 보석을 쳐다보았다.
쪽빛 하늘이 보석 속에서 빛나고 있었다.

"크흐흑—"
다음날 아침 늦게 깊은 잠에서 깨어난 미부인이 피를 토하듯 울음을 토했다.
"그 아이였구나! 그때 그 아이였구나!"
실성한 사람처럼 통곡을 하며 중얼거리는 미부인을 보고 주은비와 유자추가 얼른 미부인을 부축했다.
"어머니! 무슨 일이세요? 다시 가슴이 아픈가요?"
주은비가 놀라서 허둥거렸고 유자추로부터 어제의 일과 두령이 남긴 뜻 모를 이야기를 듣고 두령의 과거를 미부인을 통해 알 수 있지 않을까 싶어 이곳으로 모여든 모든 사람들이 심상치 않은 미부인의 반응에 깊은 곡절이 있음을 느끼고 굳은 표정으로 미부인을 쳐다보았다.

"그 사람… 두령이라 부르던 그 공자를 불러주시오, 어서!"

미부인이 겨우 조금밖에 움직이지 않는 오른손을 들어 비명처럼 소리를 질렀다.

"진정하시오, 부인. 두령은 지금 요양을 위해 어디론가 떠났소. 보름 후에나 돌아올 것이오."

"흐흐흑— 아아—"

다시 깊은 울음을 토한 부인이 감정을 주체하지 못하고 혼절했다.

유자추가 급히 몇 군데 요혈을 점하고 완맥을 짚었다.

"이미 상처는 치료되어서 큰 걱정은 하지 않아도 될 것 같소. 쇠약한 몸이 격한 감정을 주체하지 못한 것이니 좀 있으면 다시 깨어날 것이오. 그때 다시 자초지종을 들어봅시다."

"무슨 얘기일까? 부인의 마지막 눈빛 때문에 두령이 악마가 되지 않았다는 말이?"

방 밖으로 나온 모진성이 유자추를 보며 질문을 던졌다.

유자추 역시 별반 아는 게 없는지라 고개를 저었다.

"모든 것은 혼절한 주 소저 어머님이 깨어나면 알 수 있겠지."

"으음—"

방 안에서 신음 소리가 들리고 곧 이어 주은비가 어머니를 부르는 소리도 들렸다.

"깨어난 모양이오."

방 안의 기척에 관심을 집중하고 있는 사이 주은비가 유자추를 불렀다.

유자추가 방 안으로 들어간 후 미부인의 긴 이야기가 시작되었다.

밖에서 귀를 기울이던 사람들도 시시각각으로 표정이 변하며 미부인의 이야기에 빠져들었다.

"난 공자의 부모를 죽게 하고 어린 나이에 그 공자를 고아로 만든 사람이나 마찬가지라오. 그 공자의 손에 죽임을 당하여도 시원찮을 내가 오히려 평생을 두고도 갚지 못할 이런 은혜를 입다니 어떻게 이럴 수가……."

땀과 눈물로 온 얼굴이 흥건히 젖은 미부인이 다시 오열하였다.

"어린 소년이 주검이 된 부모의 시신 앞에 주저앉아 망연자실한 채 울지도 못하고 하늘을 쳐다보던 그 눈빛을 한시도 잊은 적이 없다오. 억겁의 윤회를 거듭하며 갚아도 다 하지 못할 죄를 지은 몸이 또다시 생명의 구원을 받는 은혜까지 입고 어떻게 살아갈꼬!"

미부인이 울 힘도 없는지 질끈 두 눈을 감았다.

"진정하시오, 부인. 두령이나 부인이나 몹쓸 운명의 소용돌이에 같이 휩쓸린 것이지 누구의 잘잘못이 아니지 않겠습니까?"

임무열이 조용히 미부인을 달랬다. 그리고 다시 입을 열었다.

"그런데 두령이 부인께 준 그 보석은 무엇인지요?"

미부인이 얼른 오른손을 펴서 그 노리개를 쳐다보며 잠시 회한에 잠겼다.

"나로 인해 부모를 잃은 소년을 뻔히 쳐다보면서도 흑제의 무서운 공격 앞에 어찌할 수 없어 급히 달고 있던 이 노리개 하나만 던져 주고는 위로의 말 한마디 못하고 몸을 날렸답니다. 그때 던져 준 것이 이것이지요."

미부인이 다시 자신의 오른손을 쳐다보다 무언가 생각난 듯 고개를 들고 유자추를 쳐다보았다.

"유 공자! 제발 부탁이에요! 내 오른팔… 오른팔만 제대로 움직이게 해주세요. 두령이란 공자에게 꼭 전해줄 것이 있다오. 그것을 빼앗기지 않으려고 이 지경이 되었고 뼈를 깎는 고통을 느끼면서도 오른손을 움직이려 노력해 왔어요. 이젠 그 임자를 찾은 것 같습니다. 온몸이 가루가 되어도 좋으니 내 오른팔만은 움직이게 해주세요."

미부인이 죽음 앞에서 애원하는 사람 같은 눈빛으로 유자추를 쳐다보았다.

"심려 마십시오. 가슴에 막힌 혈 때문에 운기를 못해서 이 상태이지만 그것이 뚫리고 열심히 운기한다면 혼자 힘으로도 짧은 거리 정도는 운신할 수 있을 것입니다."

유자추가 미부인을 안심시켰다.

"그건 다 포기하더라도 좋으니 오른팔만 쓰게 해주세요!"

"알겠습니다!"

유자추의 확신에 찬 대답을 들은 미부인이 또 한 번 굵은 눈물을 주르륵 흘리며 벽에 머리를 기대고 눈을 감았다.

'그런 사연이 있었던가!'

두령이 왜 그렇게 칼을 싫어하고 칼 든 사람은 너나없이 모두 마인으로 여기는지 짐작이 가기 시작했다.

깊은 산골에서 백도가 뭔지 마도가 뭔지, 심지어는 무인이 뭔지도 모르는 촌부의 아들로 살다 찰나지간에 칼 든 무인에게서 부모를 잃고 만경창파의 작은 조각배에 홀로 남겨진 아이가 되어 오로지 한 가지 목적만을 향해 지금껏 살아왔을 것이다.

그 인고의 세월이 얼마나 외롭고 힘들었으며 또 얼마나 길었으랴!

이미 단련될 대로 단련된 자신들로서도 두령 밑에서 수련한 이 년은 살아 있는 사람의 시간이 아니었다.

만약 자신들이었다면 두령처럼 저렇게 꿋꿋이 자신을 지킬 수 있었을까?

분명히 자신과의 싸움에서 패배하고 마성에 젖은 악마가 되었을 것이다. 그래서 온 무림을 피로 물들였을 것이다.

어쩌면 스스로 자진해서 악마가 되었을지도 모를 일이다.

'영혼이 강한 사람!'

한영이 했던 의미 깊은 이야기가 서서히 가슴에 와 닿았다.

장천호로부터 가슴에 막힌 혈을 뚫은 은의소소는 그 다음날부터 단 한시도 쉬지 않고 오른팔을 움직이려 애를 썼다.

"으흑—!"

은의소소가 온 얼굴이 땀이 젖은 채 괴로운 신음을 토했다.

"아직 반도 안 되는구나!"

은의소소의 실망 섞인 말에 주은비가 근심 어린 얼굴로 어머니를 쳐다보며 위로했다.

"어머니 좀 쉬어가며 하세요. 한술 밥에 배부를 수 있나요. 차츰차츰 나아지겠지요. 그래도 지금은 예전에는 상상도 할 수 없을 만큼 팔을 많이 움직이잖아요!"

주은비의 근심에 은의소소가 미소를 지었다.

"그래, 내가 너무 성급했구나. 예전 같으면 이 정도는 도저히 불가능한 일이었는데."

은의소소가 실망하는 얼굴에서 이젠 조금 안도하는 얼굴로 자신의 오른팔을 움직여 보면서 딸의 위로에 답했다.

"그런데 어머니, 다른 것은 모두 젖혀 두고 왜 오른팔만을 그렇게 움직이려고 애를 쓰는가요? 그 시간에 다른 운동도 좀 하면 걸을 수도 있을 텐데."

주은비가 항상 가슴속에 간직하고 있던 의문을 조심스레 언급했다.

부모님과의 이별이 있은 후 기적적으로 살아서 다시 만난 어머니는 의식이 있는 순간은 언제나 지독한 고통을 무릅쓰고 오른팔을 움직이려 안간힘을 다했다.

하루 종일 누워 있기도 힘든 상태에서 그러한 시도는 생명을 위협하는 모험이었다.

꼼짝도 하지 말고 안정을 취하라고 울며 애원해 보았지만 그때뿐이었고 어머니는 의식이 있는 순간은 언제나 그렇게 오른팔을 움직이려 했다.

그런 노력 덕분으로 언제부터인가 오른팔만은 조금씩 움직일 수 있었고 두령이란 사내로부터 상처를 치료받고 난 후부터는 급속히 상태가 나아지고 있는 것이다.

온 힘을 다해도 겨우 한 뼘 정도 움직일 수 있던 활동 범위가 이젠 그 몇 배에 이르렀고 혼자서 숟가락질도 할 수 있었다. 이대로라면 머지않아 오른팔은 정상인처럼 움직일 수 있을 것 같은데도 어머니는 초조해했다.

"휴—!"

은의소소가 움직이던 팔을 아래로 내렸다. 그리고 주은비를 조용히 쳐다보았다.

"은비야, 이제까지 나와 네 아버지의 과거 얘기는 너에게 단 한 번도 한 적이 없었는데 이젠 너도 철이 들었고 다 컸으니 모두 얘기해 주어야겠구나."

은의소소의 얘기에 주은비가 긴장한 눈으로 어머니를 쳐다보았다.

단란했던 가정이 하룻밤 사이 풍비박산이 나고 거의 시체나 다름없는 지경이 된 어머니를 보며 거기에는 말할 수 없는 엄청난 사연이 있을 것이라고 짐작했지만, 살아도 살아 있는 것 같지 않은 어머니의 마음에 어떤 예기치 못한 상처를 줄까 봐 한 번도 묻지 않고 지냈던 이야기를 이젠 어머니가 해주려 하는 것이다.

주은비는 다시 한 번 긴장의 눈을 빛냈다.

"나와 네 아버지는 정파 사람들이 말하는 마도의 후손들이다."

은의소소의 음성에 말로 표현할 수 없는 슬픔이 묻어 나왔다.

"어린 시절부터 가전의 무공을 익혔고 자라면서 하늘을 우러러 단 한 점의 잘못도 하지 않았지만 그 무공을 익혔다는 사실과 마도의 후손이라는 사실만으로도 우리는 죽음이 예약된 죄인이었단다!"

"세상에, 그런!"

주은비가 신음성을 흘렸다.

마도라는 말도 정도라는 말도 처음 듣는 주은비는 어머니의 얘기가 도저히 이해되지 않았다.

"비록 나는 가문의 업에 따라 가전무공을 익혔지만 단 한 번도 그것을 쓰지 않았고 네 아버지와 깊은 산속에서 밭을 일구며 살았단다. 그런데 정파의 주인이라던 흑제 단리운극이란 사람이 어떻게 알았는지 우리 가문을 찾아냈고 전승자인 나를 찾아내어 우리가 가진 모든 무공을 빼앗고 우리를 죽이려 하였단다. 너도 알다시피 우리가 어린 너를 숨겨두고 흑제를 유인해 달아났지만 네 아버지는 흑제의 손에 죽임을 당했고 나는 지금 이 모양이 된 것이란다."

은의소소가 처연한 표정으로 말을 중단했다. 주은비는 어머니의 볼에서 눈물을 닦아주면서도 자신 역시 한없이 눈물을 흘렸다.

"그런데 내가 익힌 가전무공 중에는 통천문(通天門)에 이르는 열쇠가 있었단다. 통천문이란 곳이 어떤 곳인지, 어디에 있는지, 또 그곳에는 무엇이 있는지 아무것도 제대로 알 수는 없지만 우리 가문은 전대의 유언에 따라 그것을 숙명처럼 익혀온 것이지."

"통천문이란 곳이 정말 있기나 한 것인가요?"

주은비가 아직도 눈물을 감추지 못한 채 의문스런 것을 물었다.

"그것 역시 알 수 없는 얘기란다. 그리고 그 열쇠 역할을 하는 무공 또한 그것이 어떻게 열쇠가 되는 것인지도 마찬가지이고. 단지 인간의 한계를 극복한 지옥의 무공을 익힌 사람이 그 열쇠를 가지고 통천문을 열 수 있다고만 어렴풋이 알고 있는 정도란다."

은의소소가 주은비의 질문에 아는 바를 답하고는 천장을 응시했다.

"장 공자라면 통천문의 비밀을 풀 수 있을지도 모를 일이야. 내가 아는 한 그는 처절한 지옥의 수련을 견뎌내고 지옥의 무공을 익힌 사람이었어. 하지만 암흑의 기운과 폭염의 서로 이질적인 기운이 따로 흐르고 있었지. 그건 아직 궁극의 경지에는 이르지 못했다는 것이야!"

거기까지 말한 은의소소가 다시 오른팔을 움직이기 시작했다.

"이러고 있을 때가 아니다!"

"왜 그러세요, 어머니?"

주은비가 놀라 소리를 질렀다.

"장 공자는 언젠가는 흑제와 결전을 벌이려 하고 있단다. 어서어서 통천문에 이르는 열쇠를 공자에게 전해주어야 한다. 나 때문에 부모를 잃고 눈물도 흘리지 못하고 멍하니 하늘만 쳐다보던 그 아이… 어서 장 공자에게 열쇠를 전해주어야 한다!"

은의소소가 다시 굵은 눈물을 흘리며 쫓기듯 서두르기 시작했다.

"어머니, 제발! 이러다 몸이 견디질 못하겠어요!"

주은비가 애원에 가까운 소리를 질렀지만 은의소소의 움직임은 멈추지 않았다.

그렇게 흑수채의 하루하루는 평온한 듯하면서도 은의소소는 은의소소대로 백도 후기지수들은 그들대로 분주히 움직이고 있었다.

녹림십팔채를 완전히 점령하고 정사청과 이가송, 철도정, 조대경은 다시 여러 산채를 순회하며 녹림십팔채의 전력을 키우기 위해 흑수채를 떠났고 흑수채에 남은 백도 후기지수들은 앞으로의 계획과 혈영의 정체에 관해서 여러 각도로 의견을 나누고 정보를 분석했다.

그들의 정체를 파악하는 것이 지금으로써는 최대의 과제였다. 오늘도 그렇게 아침 회의를 마치고 밖으로 나왔다.

임무열과 함께 회의를 마치고 나오던 몇 명의 눈이 휘둥그레졌다.

장천호가 근 보름 만에 천천히 산을 내려오고 있었다.

"두령!"

모두 한소리로 외치며 달려갔다.

"그동안 잘 지냈소?"

장천호가 달려오는 사람들을 보고 수줍게 미소 지었다.

"두령! 내상은?"

"모두 치료했소."

"치료한 것뿐만 아니라 훨씬 더 충만해지셨소!"

한영이 살수 특유의 감각을 발휘하며 소리쳤다.

"오라버니!"

진소혜가 눈물을 글썽거리며 장천호를 쳐다보았고 능소빈도 깊은 눈빛으로 장천호를 응시했다.

"오라버니, 저희들하고 얘기 좀 해요!"

표독스런 얼굴을 한 진소혜가 능소빈의 손을 잡고 처소로 들어가자 장천호가 우두커니 섰다가 영문을 묻는 듯 사방을 두리번거렸다. 그러나 장천호의 시선을 받은 모든 사람들이 좀 전의 반가워하던 기색들을 씻은 듯이 저버리고 장천호의 시선을 외면하며 딴청을 부렸다.

"대체 왜 저러는 거요?"

"글쎄요. 저희들도 모를 일입니다, 두령."

신도기문이 시침을 뚝 뗀 표정으로 대답했다.

"저럴 이유가 없을 텐데······."

장천호가 고개를 갸웃거리며 진소혜와 능소빈이 들어간 방문만을 쳐다보고 있었다.

"어서 들어가 보시오, 두령. 그동안 너무 그리워서 그러는 겁니다. 여자들에겐 그리움이 지나치면 원한이 되지요."

"우와, 부두령! 병법에만 조예가 깊은 줄 알았더니 여자에 대해서도 무불통지구려. 아깝다, 아까워. 아무리 봐도 이런 산속에서 썩을 사람이 아닌데!"

화천옥이 애석해 죽겠다는 듯 넋두리했다.

"같이 들어가서 설명을 좀 해주면 안 되겠소?"

장천호가 난처한 표정으로 임무열을 바라보았다.

"푸하하, 두령! 그 무슨 해괴망측한 말씀이오? 신방에 들어가기 겁난다고 같이 들어가자는 신랑이나 진배없지 않소!"

정휴가 박장대소하며 소리를 질렀다.
"야, 중놈! 네가 무슨 남녀 간의 이치를 안다고 떠드는 거냐! 너야말로 해괴하기 짝이 없다!"
신도기문이 점잖게 나무라자 정휴의 얼굴이 일그러졌다.
"뭐 하고 계시는 거예요, 오라버니!"
진소혜의 앙칼진 목소리가 안에서 다시 한 번 들려오자 찔끔한 장천호가 엉거주춤 문을 향해 다가갔고 같이 있던 사람들이 재미있어 죽겠다는 듯 눈빛을 빛내며 문을 응시했다.
"도대체 오라버니는 사람이 왜 그런가요?"
진소혜가 속상해 못 견디겠다는 표정으로 장천호를 다그쳤다.
"왜 그러는 것이오, 소혜?"
장천호가 어리둥절한 표정으로 진소혜를 쳐다보다 고개를 돌려 능소빈을 쳐다보았다. 곤경에 처할 땐 언제나 자신의 편에서 위기를 모면하게 해준 능소빈마저도 이번에는 진소혜와 비슷한 얼굴로 눈을 내려 뜨리고 장천호의 시선을 외면하고 있었다.
"오라버닌 언제나 그러셨어요! 할 일만 끝나면 뒤도 안 돌아보고 자기 갈 길로 갔죠. 이번에도 마찬가지예요. 하루 이틀도 아니고 근 보름 동안이나 어디로 떠나려면 얼굴을 마주 보고 말이나 하고 가야 할 것 아닌가요. 그럼 옷가지라도 챙겨주고 먹을 것도 챙겨주었을 것 아니에요? 무엇을 입고 무엇을 먹고 지내는지 그동안 걱정이 돼서 하루도 편하게 못 잤단 말이에요! 오라버니가 무슨 거지인가요? 화 공자 같았으면 걱정도 안 하겠지만 오라버니는 그렇지 않잖아요?"
살금살금 다가와 문틈으로 방 안을 엿보던 화천옥이 날벼락을 맞은 듯 펄쩍 뛰어 무리들 곁으로 돌아왔고 그런 화천옥의 엉덩이를 정휴가 걷어차자 다른 사람들은 소리는 내지 못하고 킥킥거리며 배를 잡았다.

"앞으로도 계속 이렇게 우리 속을 끓일 거면 애초에 끝장을 봐요! 나 이렇게 사는 것보다 차라리 요 앞 벼랑에서 뛰어내리는 게 훨씬 낫겠어요."

진소혜가 눈물을 흘리며 문 쪽으로 걸어가자 장천호가 허둥대며 진소혜의 팔을 붙잡았다.

"미안하게 됐소, 소혜! 언제나 혼자 생각하고 혼자 행동하며 지낸 것이 습관이 되어서… 다시는 안 그럴 테니 진정하시오!"

장천호가 쩔쩔매며 진소혜를 달랬다.

"그동안 이런 식으로 행동하며 얼마나 소빈 언니 속을 썩혔을지 안 봐도 백 번 짐작이 가요! 소빈 언니에게도 사과하세요. 안 그러면 같이 뛰어내릴 거예요!"

진소혜가 능소빈에게로 장천호를 끌었다.

"소, 소혜!"

능소빈이 깜짝 놀라며 뒤로 물러섰다.

비록 모든 사람이 모인 자리에서 진소혜가 능소빈 자신과의 관계를 공표했지만 정작 두령과는 심각하게 눈 한번 마주친 적이 없었다.

진소혜의 그런 공표가 있은 뒤부터는 어색하여 오히려 더 멀찍이 떨어져 있게 되었다.

"어서 사과하라니까요!"

진소혜가 재촉하자 능소빈이 기겁을 하며 손을 내저었다.

"아니에요, 두령! 소혜에게 했으면 됐어요!"

"무슨 소리예요, 언니! 이 참에 단단히 다짐을 받아야 해요. 안 그러면 또다시 '그만 가봐야겠소' 하면서 천리만리 떠날 거예요!"

진소혜가 앙칼지게 고함을 질렀고 장천호와 능소빈은 혹시라도 서로 눈이 마주칠까 봐 외면하며 쩔쩔맸다.
'둘 다 똑같아, 정말!'
진소혜가 아무도 모르게 미소 지었다.
'휴~ 하긴 이렇게 억지로 될 일이 아니지!'
"좋아요. 오늘은 이만 하겠어요. 대신 오늘 저녁엔 오라버니께서 하산한 기념으로 밖에 있는 모든 분들이 술을 마시자고 할 테니 저번에 저 건너 청석(靑石)골 계곡 안에 담아둔 술은 오라버니가 직접 들고 오세요!"
진소혜가 야멸차게 말을 맺었다.
"한두 통 가지고는 안 될 텐데, 그걸 어떻게 두령 혼자⋯⋯."
말을 하던 능소빈이 뭔가 깨달았는지 얼른 입을 다물었다.
"그러니 언니가 같이 가서 도와주어야지요! 조금이라도 모자라면 화공자님과 정휴 스님이 난리가 날 테니 알아서 하세요!"
진소혜가 장천호와 능소빈의 등을 떠밀며 문을 열자 문 앞에서 엿듣고 있던 사람들이 부리나케 줄행랑을 놓았다. 혹시라도 두령이 대신 갔다 오라고 하고 사라지면 두고두고 나올 능소빈의 원망을 감당할 수 없었기 때문이다.

흑수채에서 산모퉁이 하나를 돌아 들어가면 청석골이라는 계곡이 있다.
한여름에 비가 많이 오면 물이 좀 흘러내리지만 그 시기 외에는 굵은 물방울만이 규칙적으로 떨어질 정도로 언제나 습기를 머금고 일정한 온도를 유지하는 바위 계곡이다.
그 습기와 일정한 온도는 과일과 꽃잎, 나뭇잎 등으로 담은 술이 익기에는 최상의 조건이었다.

　술을 마시는 데뿐만 아니라 담는 데도 이젠 귀신이 된 그들은 그곳을 간과하지 않았다.

　흑수채 내에 있는 항아리란 항아리는 다 찾아내어 한여름 동안 온 산을 돌아다니며 과일과 나무뿌리, 꽃잎 등을 채취해서 술을 담아 청석골 계곡에 묻어두었다.

　청석골이 가까워질 때까지 두 사람은 아무 말이 없었다.

　장천호가 앞에서 묵묵히 걸었고 능소빈이 멀찌감치 떨어져서 장천호를 따랐다.

　앞서 가던 장천호가 천천히 걸음을 멈추었다. 그리고 작은 바위 한쪽에 앉았다. 능소빈도 걸음을 멈추고 섰다가 심호흡을 한 후 장천호가 마련해 놓은 옆 자리에 말없이 앉았다.

　조심스레 무릎께를 매만지는 능소빈의 손끝이 떨리고 있었다.

　"소빈."

　장천호가 입을 열었고 최초로 능 소저란 말 대신 소빈이라 부르는 장천호의 목소리를 들은 능소빈의 가슴이 숨을 쉬기 힘들 정도로 쿵쾅거렸다.

　"내가 자란 곳은 연우촌이란 작은 마을이었소. 산골 중의 산골이었지요."

　장천호가 앞 산자락을 바라보며 자신의 얘기를 시작했다.

　능소빈은 살며시 눈을 돌려 장천호를 쳐다보다가 장천호처럼 산자락 한곳으로 시선을 보냈다.

　"그 마을에서도 우리 집은 한참 더 외떨어진 곳에 자리했소. 어떤 이유에서인지 우리 부모님은 마을 사람들과 잘 어울리지도 않았고, 그래서 나도 마을 또래들과 어울리지 못하고 외톨이로 자랐소. 그리고 열두어 살 이후부터는 사막 깊은 곳에서 완전히 혼자가 되었지요."

장천호가 생각을 정리하듯 잠시 말을 멈추었다.

"그곳에서는 오직 한 가지 생각만으로 지옥보다 더한 고통을 참으며 오늘에 이르렀소. 그러기에 난 보통 사람들처럼 같이 어울리고, 웃고, 노는 그런 가장 일상적인 일마저도 백치나 마찬가지라오."

장천호가 긴 한숨을 쉬었고 능소빈도 따라 한숨을 조용히 내쉬었다.

"어쩌다 소혜와 인연을 맺고 또 소빈 당신과 그리고 모두와 인연을 맺게 되었지만 내 가슴속에는 언제나 내 갈 길만이 각인되어 있었을 뿐 정이니, 사랑이니, 백도니, 흑도니 하는 것들은 딴 세상 얘기였다오. 그래서 때가 되어 모든 것을 외면하고 내 갈 길을 훌쩍 떠나는 것이 경우에 따라서는 다른 사람들에게 큰 상처를 준다는 것은 생각해 보지 못했소. 아니, 어쩌면 상상도 못한 일이었소."

장천호의 음성에 회한이 묻어 나왔다.

"처음 소혜의 집에서 그렇게 떠나올 때 소혜의 두 눈 가득한 눈물이 무엇을 뜻하는지도 잘 몰랐소. 그리고 모두를 만나고 소빈 당신에게서 똑같은 눈빛을 마주하고 지내며 난 조금씩 인간의 가장 기본적인 감정들을 가슴속에 담기 시작했소. 그리고 당신이나 소혜의 눈빛에서 비쳐지는 그 마음은 그리움을 넘어 아픔일 수도 있다는 것도 알게 되었소."

능소빈의 눈빛이 젖어들고 있었다.

"하지만 그걸 깨달았다고 해서 모든 것이 해결되는 건 아니었소. 소혜나 소빈 당신이나 나에겐 천상의 선녀처럼 고귀하고 먼 곳에 있는 사람들이었소."

능소빈의 두 눈이 커지고 있었다. 두령이 그런 생각을 하고 있었다고는 생각해 보지 못했었다. 단지 진소혜를 가슴에 두었기에 자신에게는 언제나 무심으로 일관했었다고만 생각했다.

"연우촌 촌부의 아들인 나에게는 소혜나 소빈 당신은 쳐다보지도 못할 사람들이었소. 그런데 악마의 칼 한 자루를 얻었다고 해서 그것이 달라진다고는 생각지 않았소. 당신의 눈빛이나 소혜의 눈빛 모두 방년의 나이에 접어든 소녀의 천진한 감정이겠거니 생각했소."

"두령!"

능소빈이 장천호를 바라보며 다급히 입을 열었다.

"그게 아니라는 건……."

"잘 아오! 얼마 지나면 달라지겠거니 하고 생각했던 당신의 눈빛은 이 년이 넘도록 조금도 변하지 않고 내 뒷모습을 주시하고 있었고, 소혜 역시 병이 날 정도로 날 그리고 있었소."

"야속해요, 두령! 그 모든 걸 그렇게 잘 알고 있으면서도 어찌 그리 무심할 수 있는지요?"

능소빈이 마침내 눈물을 흘리며 그간의 애타는 심정을 토로했다.

장천호가 조용히 눈을 감았다가 다시 산자락에 시선을 고정시켰다.

"내가 무엇 때문에 칼을 들었는지 잘 알지 않소? 흑제, 그는 무림의 신이오! 쉽게 그를 이길 수 있으리라고는 생각해 보지 않았고 그런 그에게서 내 가슴에 응어리진 한을 풀려면 그의 칼에 죽을 수도 있는 일이지요. 그런 내가 소혜나 당신에게 어떻게 쉽사리 마음을 줄 수 있었겠소?"

장천호의 눈에 더할 수 없는 고독이 묻어 나왔다. 그런 장천호의 얼굴을 바라보며 능소빈이 조심스레 입을 열었다.

"이젠… 모든 것을 덮어버리고 인간답게 살아가면 안 되나요?"

한참 동안 말이 없던 장천호가 천천히 고개를 흔들었다.

"우리 부모님은 그의 장력에 격중되어 피떡이 된 채 즉사했소."

장천호의 목소리가 천천히 가라앉았다.

능소빈이 긴장했지만 은의소소로부터 이미 들은 이야기였기에 더 이상의 반응은 보이지 않았다.

"하지만 그것은 사고였소. 흑제, 그가 무슨 원한이 있어 우리 부모님을 해친 것도 아니고 어쩌면 그건 우리에게 천재지변이나 마찬가지의 일이었소. 그보다 더한 청천벽력도 있을 수 있는 것이 인간사이니 모든 것이 그렇게 끝날 수도 있었소! 하지만… 하지만 말이오……."

장천호의 주먹이 불끈 쥐어진 채 부르르 떨렸다.

질식할 듯한 살기에 감싸인 능소빈이 숨을 쉬지 못하며 땀을 비 오듯 흘렸다.

"피떡이 된 부모의 주검 앞에서 망연자실한 채 앉아 있는 날 흑제는 눈길 한 번 주지 않았소… 눈길 한 번……."

장천호가 같은 말을 억양없이 반복했다.

"그때의 심정이 어땠는지 아시오? 같은 인간의 눈에 풀 포기나 돌멩이 조각보다 하찮게 여겨졌던 또 다른 인간의 심정이 어땠는지 아시오?"

장천호의 목소리에 핏덩이가 묻어 나오는 듯했다.

'그랬었구나! 두령의 한이 그것이었구나!'

능소빈의 눈에 굵은 눈물이 흘렀다.

"시궁창에서 죽어서 구더기가 이글거리는 썩은 쥐도 나보다는 존귀하게 여겨졌소! 온 세상, 온 우주가 한꺼번에 폭발을 한다고 해도 그때의 그 처참했던 기분은 잊을 수가 없을 것이오… 너무나 하찮은 나 자신이 저주스러워 미칠 지경까지 갔었소."

"두령, 제발!"

능소빈이 더 이상 참지 못하고 오열했다.

"그 후로부터 내 삶은 죽음보다 더한 지옥의 불구덩이였소. 수만 번도 더 죽음을 의식했었고 죽음의 유혹을 받았소. 그 죽음의 유혹을 뿌리쳐 준 것은 우습게도 흑제의 모습이었고, 악마의 유혹에서 마성에 정복당하지 않게 지켜준 것은 오히려 마도의 후예였던 은의소소의 눈빛이었소. 후후……."

장천호의 공허한 웃음이 허공으로 흩어졌다.

"마와 정, 흑과 백 모든 것은 무의미했소. 나에게는… 삶과 죽음 역시 마찬가지였고… 오히려 죽음이 나에겐 훨씬 다정스러웠고 친근했었소. 삶이란 너무나 불공평하고 너무나 힘들었지만 죽음은 언제나 포근한 휴식을 내포했었고 언제나 공평했었소. 부자도 가난뱅이도, 흑제에게도 나에게도 죽음은 똑같이 한 번 주어졌으니까……."

장천호가 잠시 말을 멈췄고 능소빈은 더 이상 고개를 들기도 힘들다는 듯 고개를 무릎 사이에 파묻고 흐느끼고 있었다.

"그런 삭막한 내 삶에 소빈, 당신이나 소혜를 끌어들인다는 것은 생각할 수 없는 일이었소. 그래서 당신의 눈빛을 끝내 외면했고 소혜에게 서신 한 장 띄우지 않았소!"

장천호가 살며시 능소빈의 손을 끌어와 두 손으로 잡았다.

"미안하오, 소빈. 하지만 이젠 그 어떤 삭막함도 사랑 앞에서는 허물어질 수밖에 없다는 걸 알았소. 앞으론 당신을 더 이상 내 마음 밖에서 떨게 하진 않겠소! 날 용서해 주시오, 소빈."

"아아……!"

벼락을 맞은 듯한 능소빈이 장천호의 품속으로 쓰러졌고 장천호가 능소빈을 힘주어 안았다.
 시간이 멈추고 온 우주의 운행이 멈추었다.
 숨도 쉬지 못하게 꼭 안긴 능소빈이 장천호의 입술을 찾았고 장천호가 흠칫 놀라며 능소빈의 입술을 맞았다.
 "두령! 너무 미워요! 미워 죽겠어요!"
 능소빈이 오열하며 외쳤고 장천호가 능소빈의 등을 쓰다듬었다.
 "마음껏 미워하시오. 언제 어떻게 생을 마감할지는 모르지만 그 모든 시간을 바쳐서 당신의 미움을 받아주겠소!"
 능소빈이 장천호의 목을 더 힘껏 껴안았고 장천호도 더욱 팔의 힘을 가했다.

 "정말 기가 막히게 익었구나!"
 정휴가 달려나오며 능소빈의 손에서 빼앗다시피 받아 든 술독을 들여다보며 고함을 질렀다.
 정휴의 뒤를 따라 화천옥, 신도기문, 유자추, 모진성 등도 따라와 장천호와 능소빈이 들고 오는 술독을 받아 들었다.
 "술은 역시 청석골에서 익은 술이 최고야. 이 술 맛을 못 잊어 난 흑수채를 평생 떠날 수 없을 거야, 아마!"
 연신 코를 킁킁거리며 술독에 모든 관심을 집중한 듯했지만 실상 모두의 관심은 능소빈의 기색을 살피는 데 있었다.
 진소혜의 속 깊음과 영리함에 또 한 번 감탄한 그들은 두령과 능소빈 단둘이서 청석골을 향했을 때 그동안 애타게 기다렸던 능소빈의 사랑이 결실을 맺기를 간절히 바랬다.
 "못 말리는 술 벌레들!"

자신의 얼굴을 끊임없이 힐끔거리는 시선들이 부담스러웠는지 능소빈이 괜한 푸념을 하며 빠른 걸음으로 안채로 들어갔고 장천호도 무심한 표정으로 능소빈의 뒤를 따라갔다.

"뭐야, 이거! 둘 다 말 한마디 않고 술만 들고 온 거야?"

모진성이 어이없다는 표정으로 모두를 둘러보았다.

"그러기엔 시간이 좀 더 걸린 것 같은데."

화천옥이 고개를 갸웃거렸다.

"후후!"

신도기문이 의미심장한 웃음을 흘렸다.

"자식아, 넌 뭐가 좋다고 실실거리는 거냐?"

모진성이 기대 섞인 눈빛으로 신도기문을 바라보았다.

"네놈들이 마치 종마꾼 같아 보여서 그런다!"

"조, 종마꾼! 이런 저속하기 짝이 없는 놈! 두어 달 철도정, 그놈과 함께하더니 생각하는 것 하고는……."

"나무관세음보살!"

정휴가 불호를 읊조렸고 형일비와 모진성이 사생결단을 내겠다는 듯 신도기문을 쫓았다.

"자식들아! 두령과 능소빈이 술통만 들고 오든 만리장성을 쌓고 오든 이젠 당사자들 간의 일이다. 네놈들이 옆에서 얼쩡거려 봤자 역효과만 날 뿐이야!"

신도기문이 형일비와 모진성의 발길질을 피하며 소리를 질렀다.

"그리고 눈은 뒀다 어디에 쓰는 거냐? 네놈들은 정말 능소빈의 발갛게 부은 눈 주위를 보지도 못했단 말이냐?"

신도기문이 다시 한마디 하자 형일비가 발길질을 멈추고 걱정스런 표정을 지었다.
"뭐야, 그럼? 두령이 이별이라도 선언했다는 거냐?"
정휴가 궁금해 죽겠다는 듯이 다그쳤다.
"중놈, 넌 빠져라. 네가 낄 곳이 아니다."
"어허, 이놈이! 중생의 아픈 마음을 구석구석 쓰다듬는 게 부처님의 자비이거늘!"
"쓸데없는 소리들 말고 시원스럽게 말해 봐라! 정말 두령이 능소빈에게 이별 선언을 하고, 그래서 능소빈이 눈이 퉁퉁 붓도록 울었단 말이냐?"
모진성이 답답한 듯 외쳤다.
"그렇게들 상황 파악이 안 되냐? 정말 그랬다면 능소빈, 그 계집애 성격에 머리 깎고 절로 들어가든지 절벽에서 뛰어내리든지 하지 뭘 얻어먹겠다고 술통을 들고 두령 뒤를 졸졸 따라온단 말이냐?"
"그럼 눈이 퉁퉁 붓도록 울긴 왜 울어?"
이번에는 유자추가 나섰다.
"휴우~ 이놈들하고 말을 하고 있는 내가 바보지! 사람이라는 게 꼭 슬퍼야만 우는 존재가 아닌 것이야!"
"그럼?"
"희열에 온몸을 떨며 울 수도 있는 것이지!"
신도기문이 그 말을 끝으로 술독을 들고 휘적휘적 안으로 들어갔다.
"우와~!"
뒤늦게 상황 판단이 된 무리들도 환호성을 지르며 술독을 들고 안채로 달려갔다.

제21장
혈영의 준동

"이 정도면 내 할 일은 거의 마쳤군. 켈켈켈."

신보단의 한 비밀 석실 안에서 기괴한 웃음소리가 울려 퍼졌다. 석실 사방에 밝혀진 햇불이 이따금씩 미세한 공기의 흐름에 따라 일렁거렸고 그때마다 난쟁이 괴물의 그림자도 함께 춤을 추었다.

석실 가운데 있는 탁자 위에는 깨끗하게 제본된 서책 몇 권이 놓여져 있었다.

서책의 표지에는 한 시대를 풍미했던 대문장가들의 이름이 큼직하게 쓰여져 겉표지만으로는 그들의 작품집쯤으로 짐작되었다.

"이것은 무당의 손자겸, 이것은 공동의 호법 등평부, 남궁세가의 총관 막염석, 또 이것은 철가장의 집사 국상진에게, 이것은 화산의 낙월봉에게……."

난쟁이 괴물의 조막손이 다섯 권의 서책을 골고루 분배했다.

"마지막으로 이놈은 어느 서점에 꽂아놓으면 되겠군. 어떤 사람 손에 들어가든 한 번만 주의 깊게 읽어보고 단 몇 동작만 따라하다 보면 엄청나게 달라지는 자신을 느끼게 되고 그 속에 빠져들지 않을 수 없지. 그럼 잠마혈경은 다시 부활하는 거야. 이놈은 그렇게 만들어진 나 율자춘의 최고 걸작품이지. 크—헤헤헤."

넘어갈 듯 웃던 율자춘이 문득 웃음을 멈추고 형형한 눈빛으로 앞을 쏘아보았다.

"마도라는 게 꼭 저 깊은 지옥의 유부에 존재하는 것이 아니라 바로 인간들 마음속에 도사리고 있는 것이야. 언제든지 세상 밖으로 튀어나올 만반의 준비를 한 채……."

아무도 모르는 비밀을 자신만이 알고 있는 것처럼 득의에 찬 미소가 난쟁이의 얼굴에 흘러넘쳤다.

"조금만 이용하면 그놈들은 아주 쉽게 밖으로 기어나와 세상을 자기가 좋아하는 피로 물들이지. 크—하하하. 바보 같은 인간들은 자신들 내부에 있는 악마는 단속하지 않고 오로지 마교니 밀교니 하는 자신들과 조금도 다르지 않는 인간들을 찾아 온 세상 구석구석을 들쑤시고 다니더군. 멍청한 족속들……."

율자춘의 얼굴에 비웃음이 한층 더 진해졌다.

"후후, 어쩌면 그들이 마교 무리라서 그렇게 필사적으로 쫓는 것이 아니라 그 마교인들이 자신들과 별반 차이 없다는 것이 세상에 알려지고, 그래서 자신들이 오히려 더 잔혹한 마도일 수 있다는 사실이 들통날까 봐 서둘러 마도를 척살하는지도 모르지. 어리석은 인간들! 다 똑같아. 마교를 소탕한다는 척마의 미명 아래 온 중원 구석구석을 누비고 다니며 아무것도 모르는 촌가의 쌀 뒤주를 마르게 하고 그들의 터전을 짓밟는 너희들도 똑같이 패악한 무리들이야. 크크크."

한참을 그렇게 넋두리하던 율자춘이 앞에 놓여진 책들을 자랑스럽게 쳐다보았다. 그리고 한 권을 집어서 천천히 넘겼다.

첫 장 몇 장은 제목대로 문장가의 작품이 쓰여져 있었다. 그러나 몇 장을 더 넘기자 거기에는 척마단주와 단리웅호에게 준 것과 같은 도해서가 그려져 있었다.

"크크, 기특한 놈들! 온 중원 사방팔방으로 훨훨 날아가서 악마의 싹을 틔우거라. 그래서 나의 피맺힌 절규를 터뜨려 다오. 크하하하!"

웃음과 함께 율자춘이 서책들을 한 권 한 권 목함 속에 넣고 행여나 파손되지 않게 뚜껑에 못질까지 한 후 보자기에 쌌다.

"자, 이제 이것들은 신보단 전령을 시켜 목적지로 보내면 될 것이고……."

한동안 포장을 하느라 열중하던 난쟁이의 커다란 머리통이 천천히 들어 올려졌다.

체구에 비해 너무나 부자연스럽게 크고 앞으로 튀어나온 머리통은 그렇게 천천히 움직이지 않으면 사뭇 중심을 잃고 뒤로 자빠질 것 같았다.

"어디 보자!"

율자춘이 쳐다보는 앞쪽 벽에는 온 벽면을 가득 채울 만큼 커다란 목판이 붙여져 있었고 그 목판에는 온갖 숫자와 문자가 가득 쓰여져 있었다.

그 문자들 중간중간에 있는 몇몇 글자들을 제외하고는 모두 암호화된 듯 누구도 읽을 수 없는 이상한 기호였다.

"멍청한 놈들!"

율자춘의 얼굴이 일그러졌다.

"빠르면 두 달, 늦어도 세 달이면 끝날 것 같던 수련이 넉 달이 다 되어가도 오리무중이니 내가 단리웅호 그놈을 과대평가했군. 그놈 형의 자질이 하도 뛰어나 안목이 잠시 흐려졌던 모양이야. 그놈은 정말 호부(虎父)에게서 태어난 견자(犬子)야."

율자춘이 설레설레 머리를 흔들었다.

"나백상, 그 영감이야 어차피 범인의 피를 받고 태어난 인간이니 그렇다 치더라도 단리웅호, 그놈은 단리세가의 그 천부적인 무골의 혈통을 거의 이어받지 못한 모양이군."

답답하다는 듯 한숨을 쉰 율자춘이 의자를 끌어다 전면 벽에 펼쳐진 목판 앞에다 놓고 작은 먹물 통에 붓을 넣어 그 속에 있는 액체를 붓에 듬뿍 적셨다. 그리고 목판에 쓰여진 어지러운 글자 중 몇 자에 쓰윽 문지르자 붓이 지나간 자리의 글자들이 깨끗이 지워지고 원목 그대로의 무늬결들이 생생히 살아났다.

"벌써 몇 번째의 수정인가, 그 멍청한 두 놈 때문에."

지워진 목판의 몇 군데에 수정을 가한 율자춘이 의자를 끌고 가운데로 돌아와 탁자 앞에서 의자에 앉았다. 그리고 탁자에 양팔을 걸친 채 전면 석판을 뚫어지게 응시했다.

'안광(眼光)이 지배(紙背)를 철(徹)' 한다는 말이 무색하게 하는 눈빛이었다.

비록 뒤틀리고 일그러진 사악한 본성이 고스란히 담긴 눈빛이었지만 지금 전면 목판을 주시하는 율자춘의 모습은 어떤 현자도 고개를 숙이지 않을 수 없을 정도로 현현하고, 벼락이 떨어져도 흔들리지 않을 고도의 집중력이 엿보였다.

세상만사의 예측 불허한 변화와 인간군상의 복잡한 심계들을 정확히 예측하는 듯 그의 눈빛은 때로는 목판 한구석을, 때로는 목판의 한복판을 훑고 다니다 조용히 눈을 감았다. 그리고는 다시 한동안을 움직일 줄 몰랐다.
　"흐음!"
　율자춘의 감았던 눈이 조용히 떠졌다.
　"어쨌든 너희 둘은 조만간 나에게 올 것이다. 그때가 바로 파천대란(破天大亂)의 도화선이 당겨지는 날이지."
　난쟁이 곱추의 얼굴에 잔인한 미소가 어렸다.
　그러다 뭔가 갑자기 생각난 듯 다시 중얼거렸다.
　"구대문파와 사대세가의 후예들이 녹림에 숨어 산적 두목 노릇이나 하고 있었단 말이지. 푸―하하하. 정말 기발한 발상이야. 세상 곳곳을 다 뒤졌지만 그곳은 생각 못했군. 하지만 이젠 너희들의 존재는 죽든 살든 별 의미가 없어."
　미소가 사라지고 툭 튀어나온 이마에 주름이 잡혔다.
　"이 년 전 척마단 서른 명을 척살하고 사라진 무영마도, 그놈이 아무래도 피래미 놈들과 관련이 있는 것 같은데… 풍림방과 은하전장에 모습을 다시 드러냈다면 머지않아 벌어질 파천대란 속으로 합류하겠지! 그럼 훨씬 더 재미있어지겠군!"
　넘어갈 듯 괴소를 터뜨리던 율자춘이 비밀 석실을 빠져나왔다.
　"자, 이젠 슬슬 혈영을 움직여 볼까!"
　전서구들에게 모이를 주며 난쟁이 괴물이 속삭였다.

*　　　*　　　*

혈영의 준동　203

"휴, 많이도 날아다니는군! 예전에는 이런 적이 없었는데 아무래도 무슨 일이 일어나고 있는 모양이야."

제왕성이 바라보이는 작은 야산 꼭대기 덤불 속에서 어깨와 등에 잔뜩 나뭇가지를 꽂아놓아 가만있으면 마치 한 그루의 잡목인 듯한 사내가 한 손으로 태양 빛을 가리면서 제왕성 높은 누각에서 날아 나오는 전서구들을 쳐다보고 있었다.

"아직도 내 신호를 알아듣는 놈들이 있을까?"

사내가 중얼거리며 꼭대기에서 약간 아래쪽으로 제왕성이 보이지 않는 곳으로 내려와 어깨와 등에 꽂아놓았던 나뭇가지를 모두 뽑아 던졌다.

관옥 같은 얼굴에 짓궂은 미소를 띤 단리웅천이 손가락 두 개를 입에 넣었다.

삐이— 삐익—

긴 휘파람 소리가 창공을 향해 울려 퍼졌다.

제왕성의 누각에서 날아 나와 창공을 선회하며 방향을 잡던 전서구들 중 몇 마리가 잠시 주춤거리며 날개를 퍼덕거리다 양팔을 활짝 벌리고 서 있는 단리웅천의 어깨와 손바닥 위로 쏟아져 내렸다.

"하하, 이놈들, 반갑구나!"

단리웅천이 자신의 팔 위에서 날개를 퍼덕거리는 몇 마리의 비둘기를 손으로 바닥에 내려 목을 쓰다듬으며 옆에 준비해 두었던 벌레들을 풀었다.

비둘기들이 게걸스럽게 그 벌레들을 쪼아 먹었다.

"그래, 그래, 아무렴 비쩍 마른 제왕성 신보단의 먹이보다 내가 주는 싱싱한 이 먹이가 훨씬 맛있지. 하하."

비둘기들을 쳐다보는 단리웅천의 눈에 회상의 빛이 떠올랐다.

어린 시절 화노가 제왕성의 화단을 손질하며 잡아낸 벌레들을 제왕성의 모든 정보을 담당하는 신보단(新報團)의 어린 비둘기들에게 갖다 주었고, 따라간 단리웅천은 사람 손에 길러져 사람을 겁내지 않는 새끼 비둘기들과 금방 친해졌다.

단리웅천은 단리장영과 함께 벌레들을 잡아 수시로 신보단 전서구들에게 갖다 먹이며 비둘기들과 놀았다.

백도의 우상으로 모든 사람이 우러러보는 제왕성이 정작 그 안에 사는 자신들에게는 반감옥이나 마찬가지였다.

호위들이 없이는 한 발짝도 밖으로 나갈 수 없었고 그렇게나마 나갈 일도 흔하지 않았다.

그래서 온 세상을 훨훨 날아가는 비둘기들이 한없이 부러웠고 비둘기들과 노는 게 즐거웠다.

그러다 '수련은 하지 않고 미물들과 노닥거리기나 한다' 는 호통을 받은 후부터는 그 놀이마저도 박탈당했다.

시무룩하게 기가 죽은 단리웅천에게 화노는 비둘기 새끼 몇 마리를 슬쩍 숨겨와 단리웅천의 방에 풀어놓았고 반색을 한 단리웅천이 방 안에서 비둘기들과 몰래 놀았다.

그렇게 정이 들었던 새끼 비둘기들이 성장을 하여 날아다니게 되자 그놈들은 스스로 단리웅천의 처소로 날아들었다.

그때마다 단리웅천은 먹이를 먹여 보냈고 그것은 자신과 화노만이 아는 비밀스런 즐거움의 하나였다.

처음에는 한두 마리 날아들던 것이 그놈들도 친구를 사귀는지 몇 마리 더 같이 왔고, 전서구 역할을 할 때에는 전통을 찬 채 날아들기도 했다.

단리웅천은 그놈들의 전통을 슬쩍 열어 제왕성의 내부 사정을 어느 정도 깊은 부분까지 알게 되었다.

제왕성에 대한 지독한 환멸의 시작은 그때부터인 것 같다.

그 후로 비둘기들을 자신의 신호에 응답하도록 비밀리에 훈련시켰고 가만히 앉아서 제왕성의 비사를 꿰뚫을 수 있게 됐다.

제왕성을 떠날 때 훈련시켜 두었던 그놈들이 아직 몇 마리 남아 있었나 보다.

먹이를 쪼아 먹는 비둘기들의 발목에서 전통을 열어 얼른 내용을 읽어 나갔다. 그리고 암호화된 내용들을 재빨리 옮겨 적었다.

"자, 이젠 가던 길로 어서 가보아라."

전통을 닫은 단리웅천이 비둘기들을 날려 보냈다.

새까맣게 그을린 채 며칠 만에 들어온 단리웅천을 보고 구양영경은 눈살을 찌푸렸다.

땀 냄새와 먼지를 잔뜩 뒤집어쓴 모습이 거지 중에 상거지였다.

"그동안 무슨 일을 하고 다닌 건가요, 오라버니?"

"그럴 일이 좀 있었소."

단리웅천이 들고 들어온 책들을 풀어놓으며 급히 펼쳐 들었다.

"아무리 급해도 좀 씻고 시작하세요! 무슨 난리가 난 것도 아닌데."

그제야 단리웅천이 얼굴을 들어 구양영경을 쳐다보았다.

며칠 동안 집을 비운 자신에게 화가 났는지 샐쭉한 얼굴에 날카로움이 엿보였다.

'이거 벌써부터 공처가 신세로구먼.'

"알겠소, 그렇게 할 테니 목욕물이나 좀 준비해 주시오."

목욕을 마친 단리웅천은 글자와 숫자가 어지럽게 적힌 여러 장의 종이들을 탁자에 펼쳐 놓았다. 그리고 그것들을 가져온 책들과 한 자 한 자 대조하며 열심히 뭔가를 써 나가기 시작했다.

옆에서 단리웅천의 행동을 지켜보는 구양영경은 '며칠 만에 집에 들어왔으면 잠시라도 나와 눈을 맞추고 담소라도 나눠주면 얼마나 좋아' 하는 생각으로 입을 삐죽거렸다. 그러나 한번 뭔가에 집중하면 무섭게 빠져드는 단리웅천의 성격을 잘 알기에 구양영경은 멀찍이서 한숨을 한번 쉬고는 저녁을 준비하러 밖으로 나갔다.

근 한 시진 동안을 여러 종류의 책장을 뒤적거리며 뭔가를 열심히 적던 단리웅천은 작업이 끝났는지 허리를 쭉 폈다.

"휴~ 복잡하군. 제왕성의 암호 사용 방식을 알고 있는 나로서도 이렇게 혼란스러운데 모르는 사람이라면 절대로 해석할 수 없겠군. 좌우간 율자춘, 그 사람은 괴물 중의 괴물이야!"

단리웅천이 머리를 설레설레 흔들었다.

"자, 이제부터는 이 조각조각의 단편적인 낱말들을 각각 연결해서 서로의 개연성을 찾아야 하는데… 한 이 년 중원의 상황과 동떨어져 살다 보니 그것도 쉬운 일이 아니겠군."

"오라버니, 저녁 드세요."

구양영경이 저녁상을 차려 들고 들어왔다.

"벌써 그렇게 됐소?"

단리웅천이 고개를 쭉 빼서 창밖을 쳐다보았다.

늦여름의 햇살이 땅거미를 지우며 사라지고 있었다.

밥상을 놓고 마주 앉은 구양영경의 얼굴에 아직도 풀리지 않은 날카로움이 남아 있었다.

'제왕성의 최근 움직임을 파악하느라 정신이 없어서 너무 무심했군. 세상천지에 의지할 곳이라고는 나 하나밖에 없는 해바라기 같은 여자이거늘.'

단리웅천의 얼굴에 따사로운 미소가 어렸다.

"경 매, 내 깜박한 게 있소."

구양영경이 눈을 들어 단리웅천을 쳐다보았다.

한없이 부드럽고 인자하면서도 언제나 짓궂은 장난기를 잃지 않는 단리웅천의 미소를 대한 구양영경이 아찔한 현기증을 느끼며 눈빛이 아득해졌다.

"저기 보자기 속에 작은 목갑이 하나 있을 것이오. 그걸 가져와 보시오."

구양영경이 조심스럽게 보자기를 열어 예쁘게 포장된 작은 목갑을 단리웅천에게 내밀었다.

"선물이오."

단리웅천이 받지 않고 고개를 흔들며 말했다.

눈이 화등잔만해진 구양영경이 서둘러 보자기를 풀며 단리웅천을 바라보았다.

"이게 뭔가요, 오라버니?"

"하하, 풀어보면 알 게 아니오."

빙그레 웃는 단리웅천의 눈빛을 마주한 채 구양영경이 목갑을 열었다.

"아—"

목갑 안에는 찬란한 빛을 발하는 장신구 하나와 뚜껑이 있는 작은 도자기 종지가 하나 들어 있었다.

"그 종지도 한번 열어보시오."

정신을 잃고 목갑 속을 쳐다보는 구양영경을 보고 단리웅천이 다시 입을 열었다.

이번에는 아예 넋을 잃은 구양영경이 아무 소리도 못 내고 입만 벌린 채 뛰는 가슴을 진정시키느라 숨을 몰아쉬었다.

뚜껑을 연 작은 도자기 종지 안에서 풍겨져 나온 사향 냄새가 온 방에 진동했다.

"경 매에게 잘 어울릴 것 같아 내 잠시 장에 들러 사 온 거라오."

"오라버니!"

구양영경이 토끼처럼 단리웅천의 품속으로 뛰어들었다.

'정말 이해할 수 없는 게 여자야. 이렇게 단순한 듯하면서도 어떤 때는 도저히 예측할 수 없이 복잡해지니!'

저녁상을 물리고 자신의 처소에 혼자 있게 된 단리웅천은 몇 장의 종이에 적어놓은 내용들을 이리저리 맞춰보며 깊은 생각에 잠겼다.

"뭔가, 이건? 손자겸이라면 현 무당의 장문인이 아닌가. 그리고 막염석은 또 누군가? 그렇군. 이 글자를 보면 남궁세가의 인물이겠군. 혈영이라! 그런 단체도 있었던가? 그리고 이건!"

지면의 어느 곳을 주시하던 단리웅천의 눈빛이 종이를 태울 듯 강렬해졌다.

(혈경의 완성, 혈영, 배급, 협조.)

자신이 원하던 내용이 언급되고 있는 것이다.

혈경이란 틀림없이 잠마혈경일 것이다.

그리고 앞에서 언급됐던 두 사람과 혈영이라는 이름은 잠마혈경과 무슨 연관이 있는 것이다.

미동도 않고 지면의 내용들을 훑어보는 단리웅천의 얼굴에 언제나 붙어 다니던 짓궂은 장난기는 흔적도 없이 사라졌다.

"도대체 무슨 일을 꾸미고 있는 건가, 이 괴물은!"

다른 한 장의 종이를 펼쳐 든 단리웅천의 눈빛이 여러 차례 복잡하게 변했다.

"타고난 운명이 불쌍하여 동정심이 들기도 하지만 세상을 너무 어지럽히는군."

단리웅천이 마지막 종이 한 장을 펼쳐 들고 다시 깊은 시름에 잠겼다.

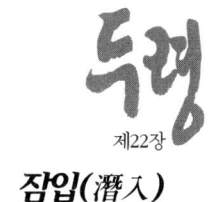

제22장
잠입(潛入)

깎아지른 절벽 위를 새처럼 가볍게 한 인영이 날아올라 칼끝 같은 바위 위에 우뚝 섰다. 그 뒤를 따라 가벼운 신법으로 두 명의 인영이 더 날아올라 처음의 인영이 선 자리 옆에 섰다.

"이곳이오?"

따라온 두 인영이 먼저 온 한 인영을 향해 나지막하게 질문을 하자 먼저 온 인영이 무겁게 고개를 끄덕였다.

"사람의 흔적이라고는 느껴지지 않는데."

두 사람이 고개를 갸웃거리며 안력을 돋우었다.

"이 아래로부터 저 앞 끝없이 펼쳐진 계곡 전체가 옛 흑유부의 비밀 거처지요."

한영이 그리움과 한이 담긴 음성으로 같이 온 형일비와 화천옥에게 설명했다.

"계곡의 틈 사이사이로 교묘하게 위장되어 결코 사람이 살고 있을 것이라고는 상상도 할 수 없는 모양새지만 그 위장의 그물을 걷어내면 어떤 큰 문파의 장원 못지 않은 연무장과 구석구석 거처가 마련되어 있소."

"정말 천연의 요새로군! 알고도 어찌해 볼 수 없는 곳이야!"

형일비가 앞에 펼쳐진 까마득한 절벽을 쳐다보며 혀를 내둘렀다.

"이런 곳에 어떻게 무사히 접근할 수 있겠소?"

"길은 몇 군데 있지만 경비가 없는 곳은 이곳뿐이오."

"이 아래로 내려간단 말이오?"

화천옥이 목소리를 높였다.

"그렇소. 이곳 외엔 쥐새끼 한 마리 드나들 수 없는 곳이오."

한영이 빙그레 웃으며 고개를 끄덕였다.

"우리가 무슨 새인 줄 아시오?"

형일비가 말도 안 된다는 듯 멍하니 한영을 바라보고 푸념했다.

"두령에게서 배운 마환보는 어디다 써먹을 거요?"

한영이 계속해서 머리를 내젓고 있는 형일비에게 장난스레 반문했다.

"그것도 어디 비빌 곳이 있어야 써먹을 게 아니오!"

"저기 수풀 사이를 보시오."

한영이 가리킨 우거진 잡초 사이로 형일비와 화천옥이 안력을 돋우었다.

"썩은 나뭇가지 하나가 삐죽 나와 있소만."

"나뭇가지가 아니오. 예전에 내가 박아놓은 쇠말뚝이오."

한영이 입가에 미소를 띠었다.

"저걸 직접 박았단 말이오?"

"그렇소."

형일비가 멍한 눈으로 한영을 쳐다보았다.

"색다른 취미가 있으신가 보군요."

화천옥이 표정없는 얼굴로 능청을 떨었다.

"하하, 화 공자의 엉뚱함에는 당할 수가 없구려!"

한영이 머리를 설레설레 흔들고 난 후 다시 설명했다.

"내가 예전에 이곳 부주의 아들이었다는 것은 아는 사실일 테고 그런고로 난 이 흑유부에서 운신이 자유로웠소. 하지만 그것은 이곳에 한해서만 그랬소. 날 때부터 이십 년이 넘도록 한 발짝도 이곳 밖으로는 나가보지 못했소. 그 기분이 어떨지 상상이 가오?"

한영이 약간 억울하다는 목소리로 말을 이었다.

"그래서 어느 날인가부터 난 탈출을 꿈꾸었소."

"훌륭하오. 그 어린 나이에 가출을 꿈꾸다니!"

"야, 이 자식아! 지금 이 판국에도 빈정거릴 기분이 나는 거냐?"

형일비가 소태 씹은 표정으로 화천옥을 쏘아보았다.

"유일하게 아무 제지도 받지 않고 접근할 수 있는 곳은 이곳뿐이었소."

"아무리 그래도 이곳은 접근이 불가능해 보이는데."

형일비가 다시 한 번 아래쪽으로 시선을 돌리다 눈을 질끈 감고 머리를 흔들었다.

"평소에는 그렇소. 그러나 겨울 한철 비가 오고 난 후 바위틈으로 흘러내린 물이 얼어붙는 기간이 되면 그게 완전히 불가능하지도 않소. 일 년에 한 개씩 저 아래까지 총 일곱 개의 말뚝이 같은 간격으로 박혀 있소."

"정말 존경스러운 집념이오. 나 같으면 차라리 술 마시고 고함을 질러 계곡이 무너지길 기다릴 텐데."

화천옥이 다시 느물거렸다.

"미처 그 방법은 생각해 보지 못했소."

한영이 맞받아쳤다.

"차라리 밧줄을 이용하여 내려가는 게 낫지 않을까요?"

형일비가 아무래도 자신이 없다는 듯 중얼거렸다.

"바위들을 보시오! 칼보다 더 날카롭소. 반도 내려가기 전에 끊어질 거요!"

그 말을 마치고 나서 한영이 운기하여 몸을 가볍게 했다.

"아래쪽에 박힌 것은 공력이 모자랄 때의 것이라 깊이 박아 넣지 못한 것이니 조심하시오!"

한영이 뛰어내릴 준비를 하였다.

"잠깐! 잠깐! 만약 중간에 한 개라도 빠졌다면 어떻게 하오?"

"그럼 죽어야지!"

한영이 절벽 아래로 훌쩍 뛰어내렸다.

"야! 칼 든 공자! 아무리 공자 왈 맹자 왈 따져도 다른 길이 없을 테니 뛰어내려라."

화천옥마저 아래로 사라지자 형일비도 포기한 듯 훌쩍 절벽 아래로 몸을 날렸다.

"이럴 수가!"

한영이 나지막하게 경악성을 질렀다.

"왜 그러시오, 한영 대협?"

화천옥이 놀란 입을 다물지 못하는 한영 곁에 쭈그리고 앉아 낮게 속삭였다.

"이곳은 흑유부가 아니오!"

"길을 잘못 든 거요?"

"그게 아니라 처음부터 끝까지 완전히 변했소!"

"십 년이면 강산도 변한다고 하지 않소."

"그 정도가 아니오. 여긴 더 이상 살수문이 아니라 정벌군의 기지 같소!"

한영의 설명에 화천옥과 형일비도 고개를 끄덕거렸다.

"그러고 보니 이상하긴 한데? 살수라면 최대한 가벼운 차림으로 은밀하게 행동해야 하는데 무슨 갑옷이 저렇게 많아. 야, 너 갑옷 입고 설치는 살수 봤어?"

화천옥이 혀를 내두르며 형일비를 쳐다보았다.

형일비 역시 심각한 표정으로 계곡 구석구석을 살폈다.

"아무래도 여긴 살수의 은신처가 아니라 군대의 병참 기지 같은데!"

"그래, 그 말이 딱 어울리는군. 그렇다면 저것들을 사용할 사람들은 어디 있는 거야?"

화천옥이 두리번거리는 사이 저 앞 모퉁이를 돌아 두 명의 흑의인이 바쁘게 어디론가 향했다.

"저긴 부주의 처소인데……."

한영이 자신이 자란 곳으로 들어가는 흑의인들을 보며 조용히 말했다.

"따라가 봅시다. 그러면 내막을 알 수 있겠지요."

세 사람은 주위를 살피며 계곡 한쪽에 있는 전각 안으로 그림자처럼 스며들었다.

"시기가 무르익은 것 같소!"
희미한 유등 불빛 아래 두 사람이 머리를 맞대고 밀담을 나누고 있었다.
언뜻 보기에도 두 사람의 기도가 범상해 보이지 않았고 자욱이 피어오르는 민감한 감각이 숨어서 지켜보던 화천옥 일행을 긴장시켰다.
"무슨 연락이라도 있었소?"
"조만간 남궁세가에서 첫 신호탄을 터뜨릴 모양이오."
남궁세가라니! 하마터면 기색을 내비쳐 발각될 뻔한 형일비가 다시 자신의 기운을 대기 속으로 흩어버렸다.
"특별히 남궁세가를 지목한 이유는?"
"그곳의 총관 막염석이 제일 빨리 일을 진척시킨 모양이오."
"똑똑한 가신을 두어서 오히려 제일 먼저 멸문을 당하겠군. 정말 인간사 세옹지마야!"
"여기 약속한 비급이오."
"흐흐… 고맙소."
떨리는 손이 흑의인이 내민 한 권의 비급을 받아 들고 이글거리는 눈빛으로 바라보았다.

"아는 사람들이었소?"
"아니오! 흑유부의 인물이 아니었소!"
은밀히 빠져나와 은신한 세 사람이 긴장된 눈빛으로 이야기를 나누었다.

"아까 그곳이 부주의 처소라 하지 않았소?"

형일비가 한영을 향해 질문을 던졌다.

"그랬소. 그런데 그는 아버지가 아니었소. 일면식도 없는 사람이었소."

한영이 답답한 심정을 나타내듯 억눌린 목소리로 말했다.

"말이나 행동이 꼭 이곳의 책임자 같던데……."

형일비가 계속 의문스럽다는 듯 중얼거렸다.

"해가 뜨고 있으니 저녁까지 이곳에 은신하며 상황을 파악하다 저녁에 다시 캐보기로 하지. 그동안 잠이나 좀 자둬."

화천옥이 바위에 기대어 눈을 감았다.

"자식아, 지금 잠이 와? 아까 그놈들이 하던 말 못 들었어? 제일 먼저 남궁세가를 멸문시킨다고 하지 않았어!"

형일비가 화천옥을 보며 씩씩거렸다.

"그래서 어쩌겠다는 거냐? 지금 당장 뛰쳐나가 남궁세가는 내 친구 집이다. 그러니 내 칼을 받아라 하며 한바탕 하겠다는 거냐?"

화천옥이 감았던 눈을 조금 뜨고 느긋이 대답했다.

"우리가 여기서 무사히 빠져나가야 남궁우현, 그놈 집도 구하고 술도 마실 수 있는 거야. 지금 현재로써는 기력을 비축해 놓는 게 최선의 방법이야. 재수없으면 한밤중에 칼춤 출지도 모르니 말이다."

화천옥이 다시 눈을 감고 온몸에 힘을 뺐다.

'대체 이놈하고 신도기문 그놈 뱃속엔 뭐가 들어 있는지 알 수가 없군!'

형일비가 끄응 신음을 하며 곁에 기대고 누웠다. 한영도 천천히 바위에 등을 기대며 눈을 감았다.

"야! 저기 저놈들 좀 봐!"
한나절을 그렇게 꼼짝 않고 눈을 붙이고 있다가 소란스런 기합 소리에 눈을 뜬 형일비가 화천옥을 흔들며 나직이 소리쳤다.
"알고 있어."
화천옥이 천천히 고개를 돌렸다.
"저놈들 칼이 저번에 네가 보여준 양피지에 있던 검결과 비슷한 것 같은데."
형일비의 지적에 화천옥도 무겁게 고개를 끄덕였다.
"저런 놈들이 얼마나 더 있을까? 백 명만 모인다면 한 문파는 봉문을 해야 되겠는데!"
어디서 나타났는지 넓은 연무장에서 수십 명의 흑의인들이 칼을 맞대고 비무를 하고 있었다.
비록 화천옥이 들고 있던 양피지에 그려진 악마적인 검결만큼은 되지 않았지만 분명히 같은 뿌리에서 나온 검로를 따라 검이 춤을 추고 있었다.
'무서운 일이군!'
화천옥이 서늘해져 오는 가슴을 달래며 눈빛을 빛냈다.
제왕성에서 흘러나와 백도 세가의 가주들과 많은 장문인들을 꼼짝 못하게 옭아맨 그 검결이 이 깊고 음습한 계곡에서 펼쳐지고 있는 것이다.
지금 현재로는 저들의 목적이 무엇인지 알 수 없지만 결코 정의로운 무리들일 리는 없다. 그런 무리들이라면 이런 깊고 비밀스런 곳에서 은밀히 행동하지는 않을 것이다.

'도대체 제왕성은 어떤 곳인가? 백도의 태산북두인가, 아니면 복마전인가?'

화천옥의 가슴속에 불덩이가 타올랐다.

'어떤 곳이든 상관없다.'

자신의 목적을 위해서 수단과 방법을 가리지 않는 무리들이라면 그들이 바로 마도이자 악마들이 아닌가!

두령이 아니었더라면 비밀을 알고 있는 자신들 열네 명을 하룻밤 새 감쪽같이 없애고 양의 탈을 계속 쓴 채 양의 우리 속에서 한 마리 한 마리 양을 잡아먹었을 것이다. 풍림방과 은하전장의 사건이 그랬고 이제는 남궁세가에 마수를 뻗치려 하고 있다.

'모든 건 뿌린 대로 거두는 법, 너희들이 뿌린 씨앗은 결국 너희들이 거두게 될 것이다.'

쉬익—

"으윽."

억눌린 신음과 함께 방뇨의 후련함을 만끽하고 바지춤을 추스르던 흑의인이 순식간에 여러 군데의 혈도를 점령당하고는 뻣뻣한 자세로 쓰러졌다.

쓰러지던 신형이 땅에 닿아 둔탁한 소음을 울리기 전에 가볍게 그를 받아 든 화천옥이 수풀과 바위가 우거진 계곡 한쪽 구석으로 사라졌다.

'으악—'

겁에 질린 사내의 두 눈이 찢어질듯 커졌다.

자신을 급습하여 잡아온 사내의 하는 행동이 도저히 종잡을 수 없었다.

처음에는 은밀히 이곳에 숨어들어 자신들의 목적이나 뭐 그 딴 것을 캐내려는 자인 줄 알았다. 하지만 자신들은 그런 일에 대비해서 철저히 훈련받지 않았던가? 혹시라도 감당할 수 없는 최악의 경우에는 입 속에 든 독단을 깨물어 자결을 하게끔 세뇌되어 왔다.

그런데 저자의 목적은 그런 것이 아닌 모양이다.

납치해 온 자신에게는 별로 신경 쓰지 않고 한참 동안 혼자의 일에 열중했다.

긴 두루마리 종이를 꺼내 펼쳐 놓고 그 위에 숯으로 그림을 그릴 준비를 하였다. 그리고 몇 가지 약초와 병들을 꺼냈다. 마지막으로 칼날이 시퍼렇게 살아 있는 소도를 하나 꺼내 들었다.

"간의 모양새를 정확히 보려면 이쯤을 절개하면 되겠고."

사내가 중얼거리며 자신의 갈비뼈 아랫부분을 탐욕스런 눈으로 쓰다듬었다.

"쓸개는 이쯤에서 꺼내면 되고."

연신 중얼거리며 펼친 두루마리에 자신의 상체를 그리기 시작했다. 그리고 절개할 부위도 그곳에 그려 넣었다.

'해부!'

정체 불명의 사내가 자신의 상의를 한 겹 한 겹 벗겨낼 때 쓰러져 꼼짝 못하고 있는 흑의인의 뇌리에 번개같이 스쳐 간 단어였다.

뒤따라 많은 생각들이 이어졌다.

'이자는 날 해부하여 무엇인가 실험을 할 모양이다!'

미친놈! 왜 하필 이곳에 와서 날 상대로 이런 해괴한 짓을 한단 말인가!

사내의 두 눈이 미친 듯이 흔들렸다.

"뭐야, 이놈? 무슨 할 말이 있는 모양인데? 좋아, 죽기 전에 소원 한 가지 정도는 들어줘야 나중에 원귀가 되어 돌아오지 않겠지."

화천옥이 소도를 목에 대고 흑의인의 아혈을 풀어주며 속삭였다.

"만약 조금이라도 목소리를 크게 냈다간 산 채로 해부할 거야!"

"아, 아, 알겠소!"

사내가 다급성을 질렀다. 그리고 다시 낮은 목소리로 질문했다.

"당신 누구시오? 그리고 나에게 무슨 짓을 하려는 거요?"

"나? 보시다시피 의생이야. 수많은 의서를 탐독하여 더 이상 읽을 것이 없을 정도로 공부했지만 정작 산 사람의 내장들은 보지 못했거든. 그래서 궁리 끝에 깊은 산속에서 죄를 짓고 숨어 사는 놈 하나 잡아 궁금증을 풀려 생각했지. 어차피 죄를 진 놈이니 죽여도 큰 자책을 느낄 필요도 없고."

화천옥이 빙글거리며 누워 있는 사내를 내려다보았다.

"며칠을 찾아다녔는데 이곳에 은밀히 활동하는 놈들이 많더란 말이야. 그렇게 은밀히 행동하는 걸 보면 분명히 나쁜 놈들일 거야! 그러니 아까 얘기한 조건들과 딱 맞아떨어지지."

화천옥이 슬슬 사내의 상체를 손바닥으로 문질렀다.

"정말 건강한 상체야! 외형이 이렇게 건강하면 안에 있는 내용물도 싱싱할 거야."

화천옥이 내용물을 꺼내보고 싶어 안달이 난다는 듯 쳐다보자 사내는 뱀이 지나가는 듯 화천옥의 손을 쳐다보며 입술을 달싹거렸다.

"도대체 여기가 어딘 줄 알고 이런 미친 짓이냐?"

사내는 어서 이 미친놈에게 이곳의 무서움과 엄청난 힘을 알려주어이 미친놈이 도망가게 해야겠다는 생각이 간절했다.

"어떤 곳인데?"

"이곳은 혈영이란 곳이다."

"혈영? 그게 뭔데?"

화천옥이 시른둥하게 반응하자 사내가 답답한 듯 눈을 굴렸다.

"혈영이란 앞으로 온 무림을 장악하기 위해 엄청난 계획을 꾸미고, 또 엄청난 무공으로 무장된 무서운 곳이다. 그런데 이곳이 어디라고 숨어들어 미친 짓을 하는 것이냐!"

사내가 숨도 쉬지 않고 비밀을 폭로했다.

"우와— 정말 그런가? 그럼 내가 이거 호랑이 굴에 들어온 거군!"

화천옥이 짐짓 놀란 표정을 짓자 사내는 더욱 조바심이 났다.

자신들의 내막을 최대한 상세히 알려주어서 이놈이 겁을 집어먹고 사라져야 자신의 목숨도 살아날 수 있는 것이다.

"그렇다. 네놈이 어떻게 이곳에 들어왔는지 모르지만 이곳은 호랑이 굴이다. 마침 지금은 이곳이 제일 한가한 시간이다. 그러니 어서 달아나거라."

화천옥이 잠시 생각에 잠긴 듯하더니 다시 눈에 힘을 넣었다.

"에이— 아무래도 못 믿겠는걸! 내 잘은 모르지만 무림에는 제왕성이 있는데 어떻게 혈영이 무림을 장악한다는 거냐?"

사내의 눈빛이 다시 흔들리기 시작했다.

이놈이 자기 말을 믿지 않는다면 자신은 죽음의 문턱에 점점 가까워지는 것이다.

"혀, 혈영이 익힌 무공은 제왕성의 무공이다. 당장 제왕성과 싸워도 조금도 밀리지 않을 것이다."

"그건 정말 더 못 믿겠는데! 어떻게 혈영이 제왕성 무공을 익힌단 말인가?"

화천옥이 말도 안 된다는 표정으로 사내를 쳐다보았다.

"그것까지는 나도 모른다. 아주 오래전부터 우린 이곳에서 그런 목적으로 훈련받았고 또 그렇게 들었다."

"그래? 그게 언제부터인데?"

"오 년도 넘었다. 그전에는 우리 모두 살수였는데 어느 날 문주의 명령에 의해 하나로 합쳐졌고 이곳으로 자리를 옮겨 훈련을 거듭했다."

"그럼 예전에 이곳도 살수문이었나?"

화천옥이 별 흥미 없다는 듯 다시 한 번 사내의 상체를 쓰다듬었다.

그의 표정에는 이런 시시한 얘기는 그만두고 자신이 잡은 포획물을 어서 해부해 보고 싶다는 생각이 간절해 보였다.

그런 화천옥의 표정을 본 사내는 정말 애가 타는 표정이 되어 어서 한마디라도 더 떠들어 이놈의 관심을 딴 데로 돌리고 싶었다.

"예전에 이곳은 흑유부라는 살수문이었다. 지형지세가 우리의 목적에 완벽하게 맞아 이곳 부주를 죽이고 이곳에 터를 잡았다."

화천옥이 흠칫 고개를 들었다.

옆에 숨어 얘기를 듣고 있던 한영의 눈이 절망으로 감겼다.

"왜 죽였나? 이곳 부주도 같이 일을 도모했으면 될 텐데?"

"잘은 모르나 자신의 아들을 도망시켰다. 그래서 죽일 수밖에 없었다."

화천옥의 표정이 굳어졌다가 얼른 심드렁한 표정을 지었다.

"그래? 그럼 지금 이곳의 두목은 누구냐?"

사내가 대답에 약간 뜸을 들이자 화천옥이 다시 사내의 상체를 쓰다듬었다. 그러자 사내가 반사적으로 입을 열었다.

"혈영의 영주는 아무도 본 적이 없다. 다만 제왕성 사람이라는 짐작밖에 할 수가 없다. 그곳에서 정기적으로 지시와 함께 무공비급이 보내진다."

'율자춘이군!'

화천옥이 내심 이를 갈았다.

"이제 더 이상 할 얘기가 없으면 내 일을 시작할까 하는데?"

화천옥이 슬쩍 두루마리 종이에 시선을 주자 흑의 사내의 눈이 요동을 쳤다.

"지, 지금 날 죽이고 이곳에서 시간을 지체하면 넌 오늘 절대로 이곳에서 빠져나가지 못한다."

"그건 또 왜 그런가?"

"오늘 저녁에는 이곳의 인원이 몇 배로 늘어날 것이다."

"어째서?"

"며칠 후 우리는 남궁세가를 칠 것이다. 그래서 장강수로연맹의 많은 동지들이 이곳으로 모여 무장을 하고 떠날 것이다."

"남궁세가를 친다? 거긴 왜 치려는 건가?"

"자세한 건 모른다. 단지 무림 장악의 한 포석일 뿐이다."

"언제 친다는 거야?"

"며칠 후에 다시 연락이 올 것이다. 그때까지 우린 이곳에서 만반의 준비를 할 것이다."

"그런가? 장강수로연맹과 또 어떤 곳이 너희들과 같은 세력이냐?"

화천옥이 다시 구미가 당기는 표정으로 사내를 쳐다보았다.

"장강수로연맹과 백도문파 곳곳에도 우리의 동조자가 있다."

"그래? 정말 대단한데! 어떤 놈들일까, 그런 놈들은? 그렇게 양심없는 놈들은 아마 해부해 보면 심장에 털이 숭숭 나 있을 거야. 그거 되게 궁금한데! 혹시 알려줄 수 없겠나? 내 언젠가 기회가 닿으면 그들 시신이라도 해부해서 확인을 해보고 싶은데 말이야! 확실히 너보다는 그놈들 내부가 더 궁금해!"

화천옥이 최초로 자신에게서 관심이 멀어지는 듯해 보이자 사내가 온 힘을 다해 기억을 짜냈다.

"내가 알고 있는 것은 이번 일에 관련된 남궁세가의 막염석이란 이름뿐이다."

"아쉬운 대로 그 이름으로 만족하지!"

화천옥이 이제까지 약간 편집광적인 의생의 모습에서 본래의 모습을 돌아왔다.

"결국 네놈들은 그 첩자들을 이용하여 어떤 식으로든 무림 전역에 내분을 일으키고 어부지리를 얻을 계획을 세웠군!"

사내의 눈이 부릅떠졌다.

"네, 네놈은 의생이 아니구나?"

"너무 늦게 알았다!"

화천옥이 사내의 천령개를 누르며 공력을 주입했다.

"지옥에서 다시 만나자."

고개가 꺾인 사내를 차갑게 내려다보며 화천옥이 시신을 덤불 속 깊이 숨겼다.

"이제 그만 떠나자! 조금 후에 이놈 말대로 많은 인원들이 모일지도 모르니."

"누구냐?"

날카로운 목소리가 뒤쪽 통나무 거처에서 울려 퍼졌다.

"젠장, 방심했군!"

비밀을 캐내는 데 너무 열중하고 그 비밀의 내용에 몰두한 나머지 뒷쪽 계곡 중턱에 위치한 통나무 거처에 신경을 잠시 늦춘 것이 화근이었다.

"아까 왔던 절벽으로 최대한 빨리 뛰어!"

화천옥이 다급하게 외치며 신형을 일으켰다.

"제기랄!"

화천옥 일행을 발견한 사내의 고함 소리에 계곡 양쪽에서 수십 명의 사내들이 몰려나왔다.

두령이었다면 단번에 계곡 중턱까지도 가능하겠지만 내려왔던 계곡까지는 아무런 장애물 없이도 두 번은 경공을 펼쳐야 할 거리이다.

"내가 반대 편으로 저놈들을 유인할 테니 두 사람은 어서 계곡 끝으로 뛰어가!"

형일비가 칼을 뽑으며 외쳤다.

"그건 내가 할 소리야, 자식아!"

화천옥도 칼을 뽑으며 악에 받친 소리를 질렀다.

"지금 이런 일로 다툴 시간 없어. 어서 가, 자식아! 나보다 네가 살아남는 게 우리 모두에게 훨씬 나아. 어서 빠져나가서 남궁세가의 혈겁을 막아!"

형일비가 훌쩍 몸을 날려 무리들 속으로 뛰어들었다.

"미친 자식! 널 여기 두고 나 혼자 빠져나가 평생 술독에 파묻혀 살란 말이야?"

화천옥이 잇새로 중얼거렸다.
"한영 대협, 대협께 모든 걸 맡기겠소. 어서 두령에게 비밀을 전하시오."
망연해 있는 한영의 어깨를 억세게 흔들고는 화천옥 역시 형일비가 싸우고 있는 혈전 속으로 뛰어들었다.
"야이, 미친 자식아! 항상 똑똑하더니 이럴 땐 왜 이렇게 멍청한 거냐? 우리 모두 죽고 나면 누가 비밀을 전한단 말이냐?"
"한영 대협이 알아서 할 거야!"
"꿈꾸고 있네!"
형일비의 외침에 화천옥이 고개를 돌렸고 자욱한 살기를 피우며 다가오는 한영의 모습이 눈에 들어왔다.
"이런 머저리 같은!"
어깻죽지에 작은 상처를 입으며 화천옥이 소리쳤다.
이미 열너덧 명의 흑의인들을 베어 나갔지만 모여들고 있는 숫자가 훨씬 많았다.
'죽어서도 남궁, 네놈 볼 낯이 없겠구나!'
형일비도 허리 쪽에 화끈한 통증을 느끼며 이빨을 앙다물었다.

"정말 이상한 놈들이군!"
계곡 중턱에 있는 바위 뒤쪽에서 한 인영이 아래의 난장판을 내려다보며 고개를 설레설레 흔들었다.
"한 놈이 길을 터주면 다른 놈은 그 길로 빠져나가는 게 병법의 기본이건만 저런 멍청한 놈들이 다 있어? 아예 같이 죽을려고 작정을 했군! 죽어도 싸다, 싸!"

느긋하게 아래를 내려다보던 단리웅천의 눈빛이 급격히 굳어졌다.

"저 칼은?"

낙양성 근처 객잔에서 구양영경을 괴롭히던 건달을 일도양단하고 순식간에 사라진 그 칼이었다.

"빌어먹을!"

단리웅천의 얼굴이 찌푸려졌다.

"조용히 왔다 조용히 빠져나가려 했건만! 이놈의 팔자는 어딜 가나 이 모양이군!"

천천히 바위 뒤에서 몸을 빼낸 단리웅천이 훌쩍 신형을 날렸다.

"크악—"

순식간에 너덧 명의 흑의인들이 피떡이 되어 날아갔다.

갑작스런 상황 변화에 어지럽게 섞이던 칼들이 일순 멈추고 뛰어든 회색 장삼을 걸친 복면인을 주시했다.

화천옥 일행도 휘두르던 칼을 멈추고 괴사내를 바라보았다.

"빠져나갈 길은 마련해 놓고 이러는 거요?"

단리웅천의 난데없는 말에 화천옥이 어이없는 웃음을 띠었다.

"그러는 당신은?"

"당신들 때문에 내 길은 막혀 버렸소!"

흑의인 한 명을 더 날려 버리며 단리웅천이 답했다.

"보고만 있을 거요?"

화천옥 일행을 상대하던 모든 칼들이 자신에게로 몰리자 짐짓 겁에 질린 목소리로 단리웅천이 엄살을 피웠다.

"저 계곡 끝까지만 갑시다. 그 벼랑 중간중간에 쇠말뚝이 박혀 있소. 그곳으로 빠져나가면 되오!"

"그럼 망설일 필요가 없군!"

단리웅천이 계곡 쪽으로 방향을 잡으며 쌍장을 내밀었고 펑 하는 폭음과 함께 또 몇 명의 흑의인이 날아가고 그와 함께 화천옥 일행도 가세하자 순식간에 길이 열렸다.

네 명의 인영이 비조처럼 벼랑을 뛰어올랐다.

한참 고함을 지르며 쫓아오던 혈영의 무리들은 닭 쫓던 개 지붕 쳐다보듯 까마득한 벼랑 끝만 쳐다보았다.

설마 이곳에 쇠말뚝이 징검다리처럼 놓여져 있을 것이라고는 생각지 못한 몇몇 우두머리들이 쇠말뚝을 발견했을 때는 모든 상황이 종료된 후였다.

"귀하는 누구요?"

"그러는 귀하들은?"

"우린 아까 그놈들의 정체가 궁금해서 오늘 새벽 이곳으로 숨어든 사람들이오."

"오호, 그렇소? 나 역시 같은 목적으로 어젯밤부터 이곳에 숨어 동태를 지켜보던 중 당신들 때문에 다 망쳐 버렸소!"

혈영의 거처를 빠져나와 한참을 더 달려온 단리웅천과 화천옥 일행이 숲 속 바위 뒤에 걸터앉아 일문일답을 나누고 있었다.

"우리 피차 자신의 소개는 솔직히 그렇게 하고픈 입장들이 아닐 테니 생략하고 이 복면들은 벗고 얘기합시다. 좀 갑갑하지 않소?"

단리웅천의 제의에 모두 고개를 끄덕이며 복면을 벗었다.

"히유—"

노을 빛 아래 드러난 단리웅천의 용모를 본 형일비가 저도 모르게 감탄사를 뿜었다. 세상 여자들 애간장을 다 녹일 만한 외모였다.

화천옥과 한영도 단리웅천의 얼굴에서 한참 동안 눈을 떼지 못하였다.

"세 분 다 아주 이상한 취미가 있는 건 아니겠지요?"

자신을 뚫어지게 쳐다보는 세 명의 넋 나간 눈길을 피하며 닭살 돋는 듯한 표정으로 단리웅천이 이마를 찡그렸다.

"하하."

형일비가 호쾌한 웃음을 터뜨렸다.

"네놈 천적이 여기 있었군!"

화천옥을 쳐다본 형일비가 다시 한 번 통쾌하게 웃었다.

"혹시 먹을 것 좀 없소?"

단리웅천이 입맛을 다시며 쳐다보자 화천옥이 고개를 설레설레 흔들며 육포와 호리병 하나를 건네주었다.

"이게 웬 떡이냐!"

와락 달려들어 빼앗듯이 호리병을 낚아챈 단리웅천이 육포는 쳐다보지 않고 호리병을 입에 물고 나발을 불었다.

순식간에 술 한 병을 남김없이 들이킨 단리웅천이 화천옥의 전신을 사냥개가 먹이를 찾는 눈빛으로 훑어 내려갔다.

"더 없소?"

화천옥이 어이가 없는지 헛바람을 내쉬었다.

"이것 보시오! 목이 마르긴 우리도 마찬가지였소."

"허어! 이거 실례했소! 술만 보면 다른 건 아무것도 보이지 않는 체질이라!"

단리웅천이 입맛을 다셨다.

'뭐 이런 인간이 다 있어!'

화천옥이 피 같은 술을 한 모금도 남겨주지 않고 다 마셔 버린 단리웅천을 못내 괘씸한 듯 처다보았고 그런 화천옥의 모습이 고소하다는 듯 형일비가 박장대소했다.

"일어섭시다. 저 산 너머 주막이 있으니 내 그곳에서 밤새도록 마시게 해주겠소!"

형일비가 신형을 일으키자 단리웅천은 뒤도 돌아보지 않고 냉큼 형일비를 따랐다.

"한영 대협, 그만 상심하시고 마음을 독하게 가집시다. 그래야 복수할 것이 아니오!"

형일비가 고주망태가 된 채 허물어진 한영을 침상에 눕히며 위로했다. 그 목소리를 듣는지 못 듣는지 한영이 죽은 듯이 침상 속으로 파묻혔다.

"휴우—"

형일비가 긴 한숨을 내뿜었다.

자식의 미래를 위하여 죽음을 택한 흑유부 부주의 부정이 가슴에 전해져 왔다.

"부모님들과 사부님들은 모두 잘 계실까?"

그동안 애써 잊고 지냈던 많은 얼굴들이 주마등처럼 스쳐 갔다. '곧 만나게 되겠지! 그때는 날 반기실까, 아니면 마도로 내몰고 쫓아올까? 어쨌든 난 내 길을 갈 뿐이다!'

형일비가 아랫입술을 가볍게 깨물며 방문을 닫았다.

'이거 완전히 술고래군!'

잠입(潛入) 231

화천옥이 어이없는 표정으로 걸신들린 듯 술을 퍼붓고 있는 단리웅천을 쳐다보았다.

세상에서 자신과 정휴보다 더 술을 좋아하는 인간이 또 있을 줄 몰랐다.

그런데 앞에 있는 이 인간은 술을 좋아하는 정도가 아니라 아예 술독에 빠져들고 있었다.

'생긴 건 계집애 뺨치게 생긴 놈이 무슨 술을 이렇게 잘 마시는 거야? 젠장, 벌써 바닥났군!'

"점소이, 여기 술 두 동이 더! 그리고 오리 고기도 한 마리 추가!"

점소이도 신기하다는 듯 일행을 쳐다보며 주방으로 들어갔다.

"이것 보시오! 숨은 쉬면서 마시는 거요?"

다시 자리한 형일비가 단리웅천을 쳐다보며 웃음 띤 눈으로 질문을 던졌다.

"하하, 아무럼 어떻소! 크윽."

단리웅천이 게슴츠레한 눈으로 두 사람을 쳐다보았다.

"그동안 바쁜 일이 많아서 술 마실 기회가 없었소. 그리로 또 술이라면 이젠 질색을 하는 사람과 동행하다 보니 더욱더 못 마셨지요."

단리웅천이 처음으로 안주 한 점을 집어 입에 넣었다.

"피차 자세한 소개는 안 하기로 했으니 이름 자는 필요없고 성씨라도 압시다. 그래야 뭐라고 부를 수 있을 게 아니겠소?"

단리웅천이 혀 풀린 소리로 지껄이고는 자신을 먼저 소개했다.

"내 성은 단이오."

"난 형, 그리고 이 자식은 화씨니 그렇게 부르시오."

"네! 형 형, 화 형! 앞으로 그렇게 부르면 되겠군요. 그런데 두 분 칼

솜씨가 예사롭지 않던데 세외에서 오셨소?"

단리웅천의 질문에 화천옥이 눈빛을 빛냈다.

"왜 세외에서 왔다고 생각하오?"

"그야, 뭐, 이제껏 본 적이 없는 무공은 대개 세외에서 온 것이 아니오?"

단리웅천이 또 한 사발의 술을 가득 떠서 게눈 감추듯 삼켰다.

"그러는 단 형의 무공이야말로 세외에서 온 것 아니오?"

"뭐, 굳이 따진다면 중원 것은 아니니 그럴 수도 있지요."

단리웅천이 대수롭지 않게 웅얼거리며 서서히 눈이 풀려갔다.

'뭐 하는 자일까?'

덜렁거리는 모습 속에 감춰진 진면목은 결코 자신들의 아래가 아니었다. 어쩌면 두령과도 맞먹을 만한… 그런 본능적인 판단이 섰다.

형일비 역시 그런 생각이 들었는지 긴장을 늦추지 않고 단리웅천을 흘깃거렸다.

"두 분 노형들은 아무래도 내가 남자로 보이지 않는 모양인데 나 여자라면 사족을 못 쓰는 진정한 남자라오."

단리웅천이 긴장을 늦추지 않고 이따금씩 자신의 얼굴을 주시하는 화천옥과 형일비의 시선을 느끼고는 비틀비틀 일어서며 상의를 위로 치켜 올렸다.

"이것 보시오! 여자들이 달고 다니는 그 거치장스러운 물건은 없지 않소?"

"푸하하―"

엉뚱하기 짝이 없는 단리웅천의 행동에 형일비가 배를 잡았고 화천옥도 기가 막힌 듯 고소를 지었다.

"어허! 누가 뭐랬소. 그만 하고 앉으시오."

"화 형! 그리고 형 형! 술 마실 땐 술만 마시면 되는 거요! 우리가 친구일지 적일지는 술이 깨고 난 다음 따져 보아도 늦지 않소. 노형들이 그러고 있으니 이 좋은 술 맛이 반감되지 않소!"

"하하하."

화천옥이 결국 너털웃음을 터뜨렸다.

"좋아! 좋아! 술 마실 땐 술에만 전념하자구. 친구일지 적일지는 술 깬 후에 따지기로 하고… 하하하."

드디어 화천옥의 술벌레가 숨통을 트며 뱃속에서 기어나왔다.

새벽까지 술을 마시다 곯아떨어진 화천옥 등은 늘어지게 잤고 해가 중천에 떠올랐을 때 비실거리며 기어나온 단리웅천이 화천옥과 형일비를 향해 입을 열었다.

"두 분 성씨가 어떻게 되시는지 다시 한 번 말씀해 주시겠소? 도통 기억이 나지가 않소!"

단리웅천이 퀭한 눈으로 미안한 표정을 지었다.

"나는 화, 이놈은 형, 그리고 형씨는 단이라 하지 않았소!"

"칼날 같은 기억력이오!"

"그런 건 아니고 단 형이 우리보다 술을 더 많이 마셨기 때문이오."

고개를 끄덕거리며 한곳을 쳐다보던 단리웅천이 귀찮은 표정을 지었다.

"젠장, 꼼짝도 하기 싫은데!"

"우리 역시 마찬가지오."

화천옥의 음성에서도 피곤이 묻어났다.

"몇 놈이나 될 것 같소?"

단리웅천의 물음에 형일비가 시선은 앞에다 두고 신경을 곤두세운 채 주위를 살폈다.

"저 앞쪽에 네 명, 지붕 위에 세 명, 뒷쪽 나무 위에 네 명, 그리고 저 바위 뒤에 네 명. 도합 열다섯 명이오."

형일비의 말에 단리웅천이 천천히 고개를 끄덕이며 더 멀리 떨어진 야산 기슭을 턱으로 가리켰다.

"저놈들도 혈영의 무리들이겠지요?"

화천옥이 같이 고개를 끄덕이다 얼른 단리웅천을 쳐다보았다.

"혈영을 알고 있소?"

단리웅천도 그제야 자신이 뱉은 말을 되새기고 씨익 웃으며 화천옥을 쳐다보았다.

"잘하면 친구가 될 수도 있겠소!"

"일단 여기서 살아 나가야 그것도 가능하겠지!"

형일비가 엉덩이를 툭툭 털며 일어섰다.

"천라지망이라는 건가?"

멀리 양 사방의 산과 들에 그물처럼 포위한 무리들을 보고 한영이 손바닥에 침을 퉤 뱉고는 칼자루를 말아 쥐었다.

"오히려 고맙다고 해야겠군! 피 냄새라도 맡지 않으면 미칠 지경이었는데!"

한영의 눈에 핏발이 섰다.

"혈영에 대해서는 얼마나 알고 있소?"

화천옥이 이젠 은신이 필요없다는 듯 나무에서 내려와 천천히 다가오는 흑의인을 쳐다보며 단리웅천에게 질문을 던졌다.

"글쎄, 어디부터 얘기해야 하나… 저들은 제왕성의 총사 율자춘이 만든 단체요."
"역시 그랬군!"
화천옥이 천천히 일어서며 중얼거렸다.
"그리고 저들과 관계된 사람들의 이름도 몇 명 알고 있소만."
"그렇소? 나도 막염석이라는 이름은 알고 있소! 그리고 저들은 장강수로연맹을 손에 넣었소."
단리웅천이 고개를 끄덕거렸다.
"무서운 일이군! 아까 그 이름에다 손자겸, 등평부… 등을 보태시오."
화천옥과 형일비의 눈이 커지는 것을 쳐다보고 단리웅천이 천천히 일어섰다.
"살아나서 헤어지게 되면 낙양의 은하전장에 장 공자 이름으로 서신을 맡기시오. 우리가 거래하는 곳이니 연락이 될 거요."
화천옥이 혹시 모를 일에 대비해 후일을 기약했다.
"그러지요."
단리웅천의 대답이 끝나기도 전에 한영이 먼저 제일 앞의 흑의인을 향해 흐릿하게 신형이 흩어지며 쏘아져 갔다.
부친의 죽음을 확인하고 폭음으로 하룻밤을 지샌 이후라 진기의 흐름이 제대로 이어지지 않을 몸 상태이지만 가슴속의 격정이 그를 광분하게 했다.
"위험하오!"
찬리단리웅천이 한영의 성급한 행동을 보며 급히 품속에서 옥소(玉簫)를 꺼내어 한영이 있는 방향 한곳으로 휘둘렀다.
파앗—

단리웅천의 옥소에서 쏘아져 나간 새파란 강기가 한영의 좌측에서 한영을 향해 칼을 내리찍던 사내의 가슴을 관통했다.

엄청난 거리를 격하고 펼쳐진 단리웅천의 공격에 다가들던 사내들은 물론 화천옥과 형일비도 멍하니 공격을 당해 쓰러지는 사내를 쳐다보았다.

가슴을 관통당한 사내는 강기에 상처마저 타버렸는지 피 한 방울 흘리지 않고 자는 듯이 누워 있었다.

'무서운 녀석이다!'

형일비의 가슴이 서늘해져 왔다.

"타앗―"

길게 놀랄 틈도 없이 빠르게 다가온 사내들이 칼을 휘두르며 달려들었고 형일비와 화천옥도 얼른 칼을 맞받아 치며 혼전 속으로 뛰어들었다.

쨍― 쨍강―

"크윽."

"아악!"

금속성과 비명성이 난무하는 가운데 형일비와 화천옥의 칼에 포위망을 좁히던 사내들 다섯이 쓰러진 후 한소리 외침과 함께 공격하던 사내들이 눈빛을 교환한 후 빠르게 움직이며 뒤로 물러서자 그 뒤에서 수십 발의 화살이 갑자기 튀어나왔다.

앞에 있던 사내들이 뒤로 물러서며 잠시 시야를 가려준 사이 뒤에 있던 사내들이 순식간에 활을 겨누고 시야를 가려준 사내들 옆으로 튀어나오며 화살을 날린 것이다.

"허억―"

갑작스레 튀어나온 화살 세례를 받고 그 상황에서 화살들이 날아오리라고는 생각지도 못한 화천옥과 형일비가 외마디 비명을 지르며 날아오는 화살들을 쳐냈지만 화천옥의 왼쪽 어깨에 화살 한 개가 깊숙이 박혀들었다.

"더럽게 아프군!"

화천옥이 박힌 화살 중간을 잘라내며 인상을 썼다.

"지금 그걸 음미할 상황이 아니야."

다시 수십 발의 화살이 날아왔고 형일비가 칼로 화살들을 쳐냈지만 날아오는 화살의 수가 너무 많았다.

타다닥—

언제 나타났는지 단리웅천이 상의를 벗어 날아오는 화살들을 향해 풍차처럼 돌리기 시작했다.

"혈우흡인(血雨吸引)."

우우웅—

단리웅천의 기합 소리와 함께 풍차처럼 돌리던 상의에서 묵직한 진동음이 들리며 날아오던 화살들이 모두 상의 속으로 빨려들기 시작했다.

그렇게 불을 향해 달려드는 불나방처럼 빨려든 화살들이 단리웅천이 돌리는 상의를 따라 허공에 커다란 원을 그리며 회전했다.

"탄(彈)."

한참을 그렇게 웅웅거리며 빨아들인 화살들을 소용돌이 속의 나뭇잎처럼 허공에서 회전시키던 단리웅천이 일갈과 함께 상의를 앞으로 뿌렸다.

피피핑—

강력한 흡인력에 끌려 제 기능을 상실하고 있던 화살들이 무서운 속도를 내며 왔던 곳으로 다시 날아갔다.

쨍. 쨍.

"으아악!"

"아악!"

단리웅천의 무위에 넋을 잃고 있던 사내들이 깜짝 놀라며 자신들을 향해 날아오는 화살들을 쳐내기 시작했지만 화살의 속도는 자신들이 쏘아낼 때보다 배는 더 빨랐다.

순식간에 앞 열에서 화살을 다시 재우던 사내들이 고슴도치가 되어 쓰러졌다.

"웃통 벗은 남자 처음 봤소? 저들이 다시 화살을 날리기 전에 어서 베고 빠져나갑시다!"

단리웅천이 넋을 잃고 자신을 쳐다보는 한영과 형일비를 보고 소리를 지르고는 벗어 휘두르던 웃통을 몸에 걸쳤다.

단리웅천의 고함 소리를 들은 한영과 형일비가 단리웅천의 공격에 큰 피해를 입고 우왕좌왕하는 혈영의 무리들을 향해 세 방향으로 산개하며 공격해 들어갔다.

불시에 활을 사용하여 승기를 잡았던 혈영의 무리들은 단리웅천의 활약으로 자신들의 공격이 무위로 돌아가자 활을 내던지고 다시 칼을 들고 네 사람을 에워쌌다.

"이젠 해볼 만하겠지요?"

단리웅천이 세 사람을 쳐다보며 말했다.

자칫했으면 저들의 기습적인 화살 공격에 승기를 빼앗기고 위험할 뻔했지만 이렇게 뒤섞여서 칼을 맞대고 있으면 문제가 없는 것이다.

"고맙소! 덕분에 위기를 넘겼소. 이젠 술도 깼으니 아침 운동 삼아 마음껏 놀아보아야겠소."

화천옥이 이빨을 갈며 자신들을 둘러싼 무리들을 잡아먹을 듯이 쏘아보았다.

이놈들은 이제껏 볼 수 없었던 괴이한 무리들이었다.

칼도 그랬고 싸우는 방법도 그랬다.

개별적인 공격에도 무서움을 느낄 정도의 실전적이고 살인적인 칼을 휘둘렀고 또 집단적인 공격에도 능수능란하게 대처했다.

처음 칼을 마주하다 조금 불리해지자 마치 짜맞춘 듯 순식간에 물러서며 시야를 가려주고 그 순간 다른 놈들이 화살들을 날렸다.

어제 오후 뜻하지 않게 만났던 저 괴물 같은 녀석이 아니었다면 일순 허둥대다 화살 받이가 되고 말았을 것이다.

"한 놈도 살려 보내지 않겠다!"

화천옥이 으르렁거리며 사내들에게 쇄도해 들었다.

"크악!"

"크윽!"

피보라가 일고 비명성이 난무했다.

상처 입은 야수가 된 화천옥이 지옥도를 펼쳤고 아침까지 마셨던 술기운이 이젠 완전히 빠져나간 형일비도 그 지옥도에 동참했다.

만천화우(滿天花雨)가 아닌 만천혈우(滿天血雨)의 광경이 펼쳐졌다. 하늘로 튀어 오른 핏줄기들이 만천혈우가 되어 떨어졌다.

'악귀들이다!'

단리웅천은 자신에게로 날아오는 칼을 쳐내면서도 두 사람의 모습을 살피며 속으로 중얼거렸다.

처음에는 술이 덜 깬 상태에서 기습적인 혈영의 화살 공격에 본실력을 제대로 발휘하지 못했지만 몇 번의 칼부림으로 살기가 충천해지자 마치 피에 굶주린 야수처럼 상대를 도륙하고 있었다.

"너무 잔인하다고 생각하지 않소?"

마지막 남은 한 명마저 베어낸 화천옥을 보고 단리웅천이 말했다. 단리웅천이 상대한 무리들은 대부분 기절을 했거나 피치 못할 급박한 상황에서 공격한 자들은 심한 부상을 입었지만 화천옥과 형일비에게 칼을 맞은 자들은 시체마저 완전히 보존할 수 있는 자가 몇 되지 않았다.

"칼이란 것이 원래 그런 것이 아니던가요?"

화천옥이 반문하며 단리웅천을 마주 보았다.

"후우—"

단리웅천이 더 할 말을 찾지 못했다. 그리고 멀리 눈을 돌렸다.

"저들도 다시 상대할 생각이오?"

연락을 받고 추가로 달려오는 무리들인지 먼저 베어낸 무리들과 같은 복장을 한 한 무리의 인영들이 저 멀리서 까맣게 몰려오고 있었다.

"굳이 그럴 필요는 없소. 언젠가 모두 베어버려야 할 놈들이지만 지금 당장은 좀 쉬고 싶소."

화천옥이 고통스런 표정을 지으며 칼을 집어넣었다.

"그럼 차후에 다시 봅시다!"

단리웅천이 한마디 작별 인사와 함께 신형을 날려 사라졌다.

"우리도 어서 갑시다."

화천옥과 형일비, 한영도 단리웅천과 반대 방향으로 몸을 날렸다.

"큰 신세를 졌군!"

화천옥이 어깨 깊숙이 박힌 화살을 뽑아내며 고통스런 표정을 지었다.

주막 앞에서의 혈전에서 가까스로 살아 나왔지만 세 사람의 몰골은 말이 아니었다.

설마 그렇게 신속히 자신들을 추적하여 천라지망을 펼칠 줄 모르고 자고 일어나니 지옥 문턱이었다.

"괜찮소, 한영 대협?"

비교적 상처가 심한 한영이 힘들게 고개를 끄덕였다.

"도대체 누구일까? 그가 아니었다면 혈영을 빠져나오지도 못했을 테고 이렇게 살아 있는 것도 힘들었을 텐데……."

화천옥이 심각한 표정을 지었다.

'어쩌면 두령보다 더 강한 사내일지도 모른다!'

풍기는 기운이 결코 사악해 보이지는 않았지만 적이 될 수도 있는 것이다. 그런 자가 적이 된다면 생각만 해도 오싹해지는 일이다.

하지만 혈영과 마주하여 싸웠으니 일단은 적이 아니었다. 우선 그것으로 위안을 삼으며 훗날을 기약할 수밖에!

화천옥과 형일비가 양쪽에서 한영을 부축하며 다시 걸음을 재촉했다.

"혈영의 정체를 알아보려다 뜻하지 않은 인물들을 만났군!"

피를 뒤집어쓴 단리웅천이 온몸 구석구석에 난 작은 상처들에 금창약을 바르며 인상을 썼다.

"경 매가 이 꼴을 보면 잡아먹을 듯이 난리를 칠 텐데."

으흐흐 하고 단리웅천이 몸서리를 쳤다.

"칼보다 더 무서운 게 여자야. 그건 그렇고, 그 사람들 말대로 혈영이 장강수로연맹까지 손아귀에 넣었다면 엄청난 세력인데… 율자춘, 이 괴물은 도대체 무얼 하려는 걸까?"

단리웅천의 눈빛이 어두워졌다.

아까 본 사내들의 칼이 떠올랐다.

저번에 객점에서 본 그 칼이었지만 칼의 주인이 달랐다.

"악마의 칼이었는데 그런 칼이 얼마나 더 있는 것일까? 그리고 그들의 정체는 무엇일까? 혈영의 추적만 아니었다면 좀 더 그들과 지내며 알아볼 수 있었을 텐데."

단리웅천의 얼굴에 아쉬움이 묻어났다.

"오랜만에 맘에 드는 주량을 가진 친구였는데!"

화천옥을 떠올린 단리웅천이 아침에 일어났을 때 머리를 쥐어짜던 숙취의 고통은 잊어버리고 금세 입맛을 다셨다.

"어쨌든 은하전장이라는 한 가닥 끈은 이어져 있으니 다시 만날 수 있겠지. 경 매를 확실한 곳에 맡기고 주변을 정리한 후 그들을 다시 만나봐야겠다. 어쩌면 그들이 서서히 다가오는 혈풍의 한 축이 될지도 모르겠어."

단리웅천이 신형을 날렸다.

*   *   *

남궁세가의 총관 막염석은 아침 일찍 한 통의 서찰을 받고 온몸을 부르르 떨었다.

"드디어, 드디어 때가 왔군!"

막염석의 눈에 눈물이 주르륵 흘렀다.

"이 천형과도 같은 가신의 신분을 벗어버릴 때가 왔어! 아무리 뛰어나고 아무리 노력해도 결국은 남궁가의 가신일 수밖에 없는 이 답답한 신분을 벗어던지고 이젠 거꾸로 막씨 세가의 가신인 남궁씨가 되는 거야. 크하하하―"

화르르―

막염석의 손에 쥐어진 서찰이 삼매진화의 불길에 휩싸여 순식간에 재로 변했다.

"자, 이젠 그들을 맞을 준비를 해야지!"

막염석이 열기가 가득찬 얼굴로 아들 막사명(莫思銘)의 처소로 향했다.

"그게 정말입니까, 아버님!"

막염석의 아들 막사명은 벼락을 맞은 듯이 고개를 치켜들었다.

"그래, 기다리던 때가 도래했구나."

막염석이 벌겋게 달아오른 얼굴로 고개를 끄덕였다.

"드디어, 드디어 때가 왔군요! 실로 긴 기다림이었는데!"

막사명의 주먹이 부르르 떨렸다.

언제부터인가 막씨는 남궁세가의 가신 집안으로서 남궁세가와 운명을 같이하며 남궁세가의 이야기가 세인들의 입에 오르내릴 때면 막씨 가문 역시 어김없이 함께 회자되었다.

막염석의 부친인 막하후(莫霞侯)는 뛰어난 수완과 상술로 남궁세가를 사대세가의 반열에 올려놓았고 그의 아들이 막염석 역시 그에 못지 않게 유능하고 상황 변화에 잘 대응하여 남궁세가는 사대세가 중에서도 수위를 차지하였다.

그러나 그는 부친과 달리 언제나 남궁세가의 뒤를 따라 거론되는 막씨 가문의 이름을 치욕스러워했다. 그런 그를 부친인 막하후는 호되게 꾸짖어 부친 생전에는 어쩔 수 없이 운명의 굴레를 메고 갈 수밖에 없었지만 부친이 죽고 나자 마음 한쪽 구석에는 항상 새로운 앞길을 모색하고 있었다.

그러던 중 어릴 적에는 친구처럼 지내왔지만 가주가 되고 나서부터는 어쩔 수 없이 주인이 된 남궁혁이 이유 모르게 퇴락하자 그의 마음속에 있던 오랜 갈망은 최고조에 달하게 되었다.

어느 날 율자춘이 그 갈망의 틈을 비집고 들어왔고 막염석은 하늘을 우러르며 자신의 굴레를 벗어던질 것을 맹세했다.

"아버님! 그럼 제가 할 일은?"

막사명이 긴장된 눈으로 막염석을 쳐다보았다.

"넌 일이 시작되거든 두 아들을 제압해라. 네 실력이면 혼자서도 두 놈을 충분히 감당할 수 있을 것이다. 되도록 생포하되 최악의 경우에 죽여도 좋다."

막염석의 말에 막사명이 이해 안 가는 표정을 지었다.

"애초에 죽여 버리는 게 후환을 없애는 게 아닌가요?"

"처음부터 그렇게 해서는 안 된다. 그들의 무공을 폐하고 쓸모없는 인간을 만든 후에는 얼마든지 가능한 일이다. 그들의 모든 것을 송두리째 빼앗은 뒤에도 늦지 않는 것이야."

그제야 막사명이 이해가 간다는 듯 고개를 끄덕였다.

"그리고 나는 남궁혁, 그놈의 목을 치겠다. 그놈은 폐인이 되어 이제는 있으나 마나 한 존재니 어려울 건 없을 것이야. 두 아들놈만 손에

잠입(潛入) 245

넣으면 남궁가의 모든 것은 우리의 것이 되는 거지."

막염석의 눈빛이 이글거렸다.

"나머지 식솔들은 어떻게 처리합니까?"

"이미 사 분지 일 이상은 내 편이다. 그들이 기습을 하고 밖으로부터 기다리던 사람들이 가세한다면 모든 것은 순식간에 끝나는 것이다.

그 말을 끝으로 두 부자는 이글거리는 눈으로 서로를 쳐다보다 동시에 광소를 터뜨렸다.

그 시간 남궁가의 안채에서는 안주인 유씨 부인이 새로 들어온 일할 아이 하나를 쳐다보고 있었다.

"정말 예쁘구나. 이름이 뭐냐?"

"삼월이라 하옵니다."

"호호, 얼굴에 비해서는 이름이 너무 촌스럽구나."

남궁세가의 안주인인 유씨 부인은 새로 온 하녀 아이의 인사를 받는 자리에서 온화한 웃음을 띠고 있었다.

가내에서 일하는 아이들이 많다 보니 그들의 인적 변동 사항도 수시로 생기게 되었다. 그들 중 수십 년을 한 식구처럼 살아왔고 죽을 때까지 이 집에서 살아갈 사람들도 있지만 다른 경우도 많았다. 생활이 어려워 어린 나이에 부모들의 짐을 덜어주고 일한 보수로 식구들 생계에 조금이나마 보탬이 되려고 권문세가의 부엌 살림을 거들었다. 이 경우 혼기가 꽉 차면 새로운 삶을 찾아 떠나게 되고 그에 따라 새로 일을 할 아이들이 들어오게 되는 것이다.

사대세가의 하나인 남궁세가는 열심히 일하고 새 삶을 찾아 떠나는 아이들에게 언제나 한살림 장만하여 딸을 시집보내듯 내보냈으므로 그런 처지의 사람들은 자식을 남궁세가에 보내 몸을 의탁하기를 원해 마지않았다.

한때 강호의 여걸로 명성을 날렸던 유씨 부인은 현 남궁가의 가주인 남궁혁과 화촉을 밝힌 후부터는 강호와는 인연을 끊고 평범한 안주인으로 돌아갔다.

슬하에 삼남 이녀를 두고 가내의 모든 대소사를 현명하고도 너그럽게 처리해 나갔으므로 남궁가의 분위기는 언제나 봄바람이 부는 정원과 같았다.

그러나 십여 년 전부터 시작된 예고없는 남편의 쇠락과 이 년 전에 사라진 장남 우현의 변고로 인하여 얼굴에 수심이 가득했지만 식솔들의 처우와 보살핌에는 한 치의 소홀함이 없었다.

가주와 장남의 빈자리에 유씨 부인 자신마저 흔들린다면 남궁세가의 몰락은 불을 보듯 뻔한 터. 한때 무림의 여걸답게 꿋꿋이 남궁가를 지켜 나갔다.

그녀의 그런 기상에 가내의 식솔들도 안심하고 사신의 일에 충실하였고 그런 안으로부터의 견고함이 차남 우민(宇民)과 삼남 우신(宇申)에게도 전해져 남궁가는 예전과 다름없이 사대세가의 위상이 조금도 흔들리지 않았다.

"그래, 올해 나이는 몇 살이냐?"

"열여덟입니다."

유씨 부인의 질문에 삼월이 홍조를 띠며 대답했다.

"명문가에 태어났다면 배필을 구할 나이건만!"

유씨 부인이 안쓰런 얼굴로 삼월을 쳐다보았다.

"남들보다 조금 늦는다고 해서 불행한 건 아니지 않겠는지요?"

삼월의 당찬 말에 유씨 부인이 빙그레 미소를 지었다.
"그래, 산 날보다 살아갈 날이 훨씬 더 많은 나이인데 뭐가 걱정이겠느냐. 나중에라도 좋은 사람을 만나면 누구보다 행복할 수 있는 것이지. 그래, 집안일은 해보았느냐?"
"시켜만 주신다면 뭐든지 성심껏 하겠습니다."
유씨 부인이 고개를 끄덕거렸다.
"처음에는 익숙치 않은 것이 많을 터이니 여기 유모의 말을 잘 듣고 하루빨리 이곳의 가풍과 일을 익히도록 하여라."
"알겠습니다, 마님."
삼월이가 허리를 깊이 숙이고는 한 아이를 따라나갔다.
"저 아이 어디서 왔다고 했나요, 유모?"
유씨 부인이 삼월이 나간 방문을 쳐다보며 장남 우현을 키운 유모에게 물었다.
"며칠 전에 이 집에서 나간 서정이가 친척 동생이라며 소개한 아이랍니다."
"그렇군요. 서정이라면 누구보다 믿을 만한 아이였지. 꼭 내 딸 같은 아이였으니까."
유씨 인의 눈에 출가시킨 딸을 그리워하는 듯한 그리움이 일었다.
"마님, 그런데 왜 그러시는지요?"
"아니오. 그냥 궁금해서 그런 것뿐이오."
유모가 나가고 혼자 남게 된 유씨 부인이 조용히 생각에 잠겼다.
서정이라면 딸만큼이나 정이 들었던 아이였다.
다섯 살이던가 여섯 살의 나이에 아사 직전의 몰골로 이 집에 들어와 잔뼈가 굵은 아이였다.

처음엔 굶어 죽어가는 생명 하나 건져 준다는 생각으로 일하는 여자들 틈에 끼어 살게 했는데 영리하고 붙임성있는 성격으로 금방 모든 사람들의 사랑을 독차지하고 열 살이 되었을 때는 유씨 부인 자신의 눈에도 들어 손수 자신 곁에 두고 지냈던 아이였다.

효성이 지극하여 자신이 받은 돈은 한 푼도 쓰지 않고 부모들에게 보냈고 자신은 그 흔한 머리 장신구 하나 없이 일만 열심히 하였다. 비록 의복은 남루하였지만 언제나 깨끗하고 정갈하였으며 손끝이 여물고 매사에 빈틈이 없었다.

그런데 며칠 전 그 아이가 부모님께 병환이 생겼다는 말과 함께 서둘러 고향으로 내려갔다. 그러면서 먼 친척 동생이라며 아까 본 그 아이를 소개시켰나 보다.

아무리 부모님 병환이 급하기로서니 그렇게 서둘러 떠날 아이가 아니건만 못내 섭섭한 마음이 가슴속에 남아 있었는데 그렇게 떠나면서 자신이 직접 소개해 준 아이마저 뭔가 석연치 않았던 것이다.

잔뜩 자신의 기색을 감추고 움츠린 모습이었지만 풍기는 분위기가 부엌일이나 하며 조신하게 살아온 아이 같지는 않았다. 언뜻언뜻 팽팽한 긴장감이 느껴졌고 은연중에 내비치는 날카로운 기색이 주인인 유씨 부인 자신을 오히려 위축되게 만들었다.

'하지만 눈빛이 맑은 아이였어!'

처음 잠깐 자신을 쳐다보는 그 아이의 눈빛은 마치 오랜만에 친정에 온 딸 같은 눈빛이었다. 아주 잠깐 자신을 그렇게 쳐다보고 얼른 아래로 향했지만 그 눈빛은 유씨 부인의 가슴을 촉촉히 적셔주었다.

'내가 너무 신경이 날카로웠던 게지! 서정이가 어련히 알아서 보냈을려구!'

유씨 부인이 상념을 털어버리며 서책을 꺼내 들었다.

"어서 오지 않고 뭘 그렇게 힐끔거리는 거냐?"
유모가 삼월을 데리고 숙소로 가는 도중에 삼월의 두리번거리는 모습을 보고 낮은 소리로 나무랐다.
"예! 너무 으리으리하고 굉장해서 잠깐 넋이 나갔나 봅니다."
삼월이 쪼르르 달려오며 미소를 지었다.
"사대세가의 위명이 괜한 것인 줄 아느냐? 앞으로 정신 똑바로 차리고 가풍에 위배됨이 없이 행동하도록 해라!"
"그러겠습니다, 유모!"
고개를 조아린 삼월이 조심을 하면서도 틈틈이 주위를 살피기에 여념이 없었다.

"얘! 넌 어디서 살다 왔니?"
"응, 그냥 이곳저곳 떠돌아다녔어."
숙소로 돌아온 삼월이 같이 기거하게 될 여자들과 인사를 나누고는 짐을 정리하던 중 비슷한 또래의 아이에게 질문을 받았다.
"난 홍선이라고 해! 넌 이름이 어떻게 되니?"
"으응, 난 삼월이야."
삼월의 이름을 들은 홍선이 까르르 하고 배를 잡았다.
"꼭 기생 이름 같구나. 호호호!"
"방금 마님에게도 촌스럽다는 말을 들었어. 후후."
삼월도 같이 미소 지었다.
"우리 마님 참 인자하시지?"

홍선이 맑은 눈빛으로 유씨 부인 자랑을 했다.

"그래, 처음 보는 날 꼭 딸처럼 대하시더라."

"그것뿐인 줄 아니? 여기서 너만 열심히 하면 시집갈 때가 되면 좋은 배필을 골라 한 살림 차려주기도 하신단다."

홍선의 눈빛이 기대감으로 빛났다.

"그러니? 정말 좋은 분이시구나!"

삼월이 고개를 끄덕이다 가슴속에서 뭔가를 꺼내어 홍선에게 내밀었다.

"이거 너 가져!"

홍선의 눈이 휘둥그레졌다. 자신으로서는 그림의 떡이나 마찬가지인 예쁜 나비 모양의 머리 장신구였다.

"저, 정말 날 주는 거니?"

"그래, 나도 누구에게 선물 받은 건데 잘 봐달라고 너한테 뇌물 주는 거야."

삼월이 어서 받으라는 듯 손을 더 내밀자 홍선이 주춤주춤 다가와 장신구를 건네받았다.

"이렇게 귀한 걸 정말 내가 받아도 될지 모르겠다!"

홍선이 아직도 믿기지 않는다는 듯 손에 든 장신구를 뚫어지게 바라보았다.

"너한테서 도움 많이 받아 일 잘하고 마님 맘에 들게 되면 이런 게 문제겠니. 그러니 앞으로 날 많이 도와줘!"

삼월이 생긋 웃으면서 말하자 홍선이 삼월의 손을 꼭 잡았다.

"정말 고맙다! 이런 거 하나 꼭 갖고 싶었는데 앞으로 네 일이라면 발 벗고 도와줄게. 그러니 뭐든지 부탁만 해."

홍선이 몇 년만에 만난 친자매처럼 삼월의 손을 잡고 흔들었다.
"그럼 우선 이 집 안의 지리부터 익히게 해줘. 자칫하면 길 잃겠다."
"그래, 그렇게 하자!"
홍선이 신이 나서 앞장섰고 삼월이 천천히 홍선을 따랐다.
"저기가 가주님의 거처야."
홍선이 담장 너머의 남궁가 가주가 머무는 곳을 가리키자 삼월의 눈이 번쩍 하고 빛났다.
"그럼 가주님은 저곳에 계시는 거야?"
"그래. 한 십 년 전부터 무슨 병이 드셨는지 저곳에서 바깥 출입을 안 하시고 술만 드시며 세월을 보내셔."
홍선의 얼굴에 안타까운 기색이 흘렀다.
"그럼 저곳의 시중은 누가 드는 거야?"
"저곳은 주로 마님께서 직접 드나드시고 외부인은 되도록 들지 못하게 하셔."
"그렇구나."
삼월이 무심한 듯 대답하며 가주의 처소를 주의 깊게 살폈다.
"거기서 뭣들 하는 거냐!"
두 사람이 깜짝 놀라 돌아보았다.
"총관님을 뵙습니다!"
홍선이 고개를 숙이며 삼월을 쿡 찔렀다. 삼월도 얼른 고개를 숙였다.
"뭣들 하느냐고 묻지 않았느냐?!"
"얘가 오늘 처음 온지라 가내를 두루 구경시키고 있는 중입니다."
막염석이 천천히 삼월을 쳐다보았다.

"어쩐 연유로 오늘 처음 오게 됐단 말인가?"

"예, 며칠 전 서정 언니가 고향으로 내려가며 친척 동생이라고 소개시켜 주고 간 아이옵니다!"

서정이란 말에 막염석의 표정이 조금 누그러지며 고개를 끄덕거렸다.

"그래, 너도 오늘부터 부지런히 배우고 익혀 서정이 못지 않은 살림꾼이 되도록 하여라."

막염석이 천천히 사라졌고 삼월이 한참 막염석의 뒷모습을 쳐다보다 홍선을 돌아보았다.

"저분이 총관님이시니?"

"그래, 저 사람이 막 총관님이야. 우리 남궁세가를 이만큼 키운 일등 공신이자 지금 현재는 가주님을 대신해 모든 바깥일을 책임지고 있는 분이지."

삼월이 고개를 끄덕이며 다시 질문을 하였다.

"총관님이면 가주와 가장 가까운 곳에 있겠구나. 총관님의 처소는 어디야?"

홍선이 의외라는 듯 삼월을 쳐다보았다.

"왜 그러니? 저 중늙은이에게 관심이라도 있는 거니?"

"그런 게 아니라 어차피 다 알아야 할 것 아냐? 그리고 혹시라도 잘못 보이면 이 집에서 쫓겨날 텐데 막 총관님 처소 근처에서는 특별히 조심도 해야 할 테고."

삼월의 설명에 홍춘도 이해가 간다는 표정을 지었다.

"넌 절에 가서도 고깃국 얻어먹겠다. 우리 모두 주인 마님보다는 저 막 총관님 눈치를 더 많이 보는 실정이야. 워낙 철두철미하고 조금이라도 낌새가 이상하면 다그치니 마주치지 않는 게 상책이야."

홍선이 고개를 설레설레 흔들었다.

"그러니까 가르쳐 달란 말이야. 되도록이면 피해가게."

"그래, 알았어. 저기 가주 처소에서 조금 떨어진 곳에 정자가 있고 그 옆에 있는 전각이 막 총관의 처소야. 거기에 총관의 식구들이 기거하지."

삼월이 다시 한 번 주의 깊게 주변을 살피고 홍선을 따라 다른 곳으로 걸음을 옮겼다.

제23장
파천대란(破天大亂)

'지금쯤 그 사람은 어떻게 변했을까?'

단리장영은 제왕성 깊은 규중 자신의 처소에 있는 정자 위에 앉아 연못 속에서 헤엄치고 노는 비단잉어들을 아련한 눈으로 쳐다보며 생각에 잠겼다.

깊고 무심한 눈빛으로 매사를 정확히 꿰뚫어 보며 온몸은 물속 깊이 잠겨둔 채 목만 수면 위로 내놓고 조용히 떠다니는 빙산처럼 깊이를 알 수 없었던 사내!

애초에 그는 자기 사제의 실종이 제왕성과 관련있다고 짐작하고 자신과 비영단 무사를 철저히 무관심 속으로 대하였다.

처음에는 그 사내의 자신에 대한 무관심이 대수롭지 않았다.

자신 역시 그들 속에 가담한 목적은 큰오빠인 단리웅천을 찾는 것이었기에 그 사내와 협력할 필요도 없고 마찬가지로 무관심하게 자신의 일에 열중하면 되었다.

그러나 어느 순간부터인가 그 사내의 무관심이 못내 섭섭함으로 다가왔다.

같은 조원임을 내세워 억지로 눈을 마주치려 했을 때도 그의 시선은 언제나 자신의 눈동자 저 뒤쪽으로 멀어져 나갔다.

비영단 무사와의 결전을 끝으로 그는 어디론가 사라졌다.

상처를 입은 늑대처럼 고독의 대지 위로 천천히 멀어져 가던 뒷모습을 영원히 잊을 수가 없다.

푸드득—

한 줌 먹이를 던지자 연못 속의 잉어들이 물살을 헤치며 수면 위로 입을 내밀어 먹이를 바쁘게 삼키고는 다시 물속으로 들어갔다.

언젠가 다시 볼 날이 있겠지!

하지만 그때는 철저한 악연으로 다시 만나게 되지 않을까?

요즘 들어 제왕성 곳곳에서 느껴지는 분위기가 심상치 않다.

척마단의 움직임도 그렇고 비영단, 신보단, 모두가 어떤 열기와 긴장감에 싸인 듯했다.

다시 만난다 하더라도 자신과 그 사내는 어쩔 수 없이 서로 칼을 겨누어야 하는 입장이 될 수도 있을 것 같은 예감이 강하게 자리한다.

훌쩍 이 감옥 같은 제왕성을 떠난 큰오빠가 한없이 부럽다.

이제야 큰오빠의 깊은 방황이 절실히 가슴에 와 닿는다.

어떻게 그 어린 나이에 그렇게 깊은 방황을 할 수 있었을까?

자신은 지금에서야 겨우 짐작이나마 할 수 있건만!

'마음을 터놓고 의지할 데 없는 올 겨울은 유난히 지내기 힘들 것 같아. 형산의 좌설연이라도 곁에 있었으면!'

밝고 꾸밈없는 그 성격과 참새처럼 재잘거리는 목소리에 시름을 놓고 한껏 웃고도 싶다.

그리고 그녀에게서 악의없는 너구리 사형 정사청의 험담을 듣고 입을 가리고 킥킥거리고도 싶다.

이곳 제왕성은 봄이 와도 봄볕이 스며들지 않고 여름이 와도 싱그런 풀 냄새가 실려오지 않는 철옹성이고 폭발 일보 직전의 가공할 힘만이 축적된 화약고 같다.

다시 한 줌의 먹이를 집던 단리장영의 시선이 잠시 한곳에 머물렀다.

피식.

자기도 모르게 실소가 흘렀다.

나는 새도 떨어뜨릴 수 있는 제왕성에 은밀히 숨어드는 자가 있었다. 서툰 몸놀림이나 어수룩한 차림새로 봐서 제왕성의 식솔은 분명히 아니다. 그들이라면 가장 경계가 심한 곳 중 한곳인 저곳을 택하지 않을 것이다.

그러고 보니 운도 따르고 재주도 좀 있는 것 같다. 교대 시간에 때맞춰 숨어들었고 그 때문에 아직 발각되지 않은 것 같다.

'무료하고 마음도 울적한데 골탕이나 좀 먹여줄까?'

단리장영의 입꼬리에 짙은 미소가 어렸다.

휘익―

다가오는 장영을 발견하고 쏜살같이 밖으로 쏘아져 나가는 괴한의 신법을 본 장영은 일순 가슴이 쿵 하고 두근거렸다.

신법만으로 봐서 그 괴한은 결코 자신의 하수가 아니었다.

잔가지를 밟고 순식간에 제왕성을 벗어나 까마득히 멀어져 가는 그 신위는 처음의 어설픈 모습으로 웃음을 자아내게 했던 그것이 아니었다.

'뭔가 있군!'

단리장영의 반사적으로 괴한이 쏘아져 갔던 그 방향으로 몸을 날렸다.

'너무 경솔했어!'

거의 무의식적으로 괴한의 행적을 쫓아 숲 한가운데로 들어선 단리장영은 저만치 작은 초지 위에 조용히 서 있는 괴한을 보고 내심 후회했다.

제왕성에 숨어들다 애초에 발각되어 도로 도망 나간 괴한을 자신이 굳이 쫓을 필요는 없었다.

다시는 그런 자가 얼씬하지 못하도록 경비 무사에게 따끔하게 지시를 내리면 되는 일이다. 하지만 지금까지의 상황은 자신의 행동을 깊이 생각할 겨를도 없이 순식간에 일어났다.

괴한의 신법과 행위가 교묘히 단리장영의 호승심을 자극했고 마치 맹견이 곁에 있던 사람이 갑자기 달아나면 반사적으로 그 사람을 쫓듯이 장영을 발견하자마자 뭔가 엄청난 음모라도 있는 듯 극상의 신법으로 쏘아져 나간 그자의 행동이 장영을 자극하기에 시기 적절하고 교묘하였다.

비로소 괴한의 목적이 제왕성에 숨어드는 것이 아니라 자신을 이곳으로 유인하기 위함이라는 것을 알 수 있었다.

초지 한쪽으로 천천히 내려서며 괴한의 얼굴을 쳐다보았다.

"당신은?"

"안녕하시오, 큰아가씨?"

이제 보니 운이 좋은 게 아니라 내부 상황을 잘 알았기에 가능한 일이었다.

경비가 가장 허술한 시간을 틈타 숨어든 곳 역시 교대 시간의 사각지대였다.

"이게 무슨 짓인가요, 척마단주?"

"큰아가씨께 긴한 용무가 있어 이렇게 노구를 움직인 것이니 너무 책망하지 마시구려!"

긴 수염을 쓰다듬으며 여유있게 말하는 모습이 흡사 친손녀의 재롱을 들어주는 듯 인자하기 그지없었다.

"그럼 제 시비를 통해 정식으로 면담을 청할 일이지 이 무슨 해괴한 짓인가요?"

장영이 서릿발 같은 기상으로 나백상을 나무랐다.

'호랑이 새끼라 뭐가 달라도 다르군!'

단리장영의 전신에서 피어 오르는 노도와 같은 기운을 마주한 나백상이 감탄한 얼굴로 잠시 말을 잊었다.

태산을 누를 듯한 중압감을 느끼게 하는 그 기도는 약관의 나이도 되지 않은 소녀의 것이 아니었다.

"그렇게 공식적으로 할 수 있는 일이었다면 내가 왜 이런 수고를 하겠소?"

나백상의 얼굴에 못내 미안하다는 기색이 비쳤다.

"환갑을 훨씬 넘긴 나 단주께서 나에게 무슨 비밀스런 볼일이 있던가요? 최근에는 폐관수련에 들어간 것으로 아는데."

단리장영이 나이를 들먹이며 은근히 격에 맞지 않는 나백상의 행위를 힐난했다.

"하하, 그렇게 따진다면 할 말이 없소. 손녀딸보다 더 어린 큰아가씨에게 내 무슨 흑심이 있는 건 아니고 아가씨 말대로 나는 최근 근 백일이 넘게 폐관수련을 하면서 무공을 연마했지요."

나백상의 얼굴에 언뜻 광오한 미소가 어렸다.

'무슨 큰 진전이 있었던가?'

단리장영이 나백상의 일신 기도를 유심히 살폈다.

그는 제왕성 내에서는 가장 패도적인 기운을 풍기는 사람이었다.

맡은 바 직무가 척마단주이니 척마대전의 최일선에서 피를 뿌리고 피로 목욕을 하다시피 하였기에 자연히 그런 기풍이 몸에 배었고 온 무림을 상대해도 결코 호락호락하지 않을 척마단을 통솔하고 움직이려면 없던 패기도 끌어올려야 했다.

그런데 지금의 모습은 오히려 진원진기를 다 뽑아낸 사람처럼 공허해 보였다. 그리고 그 공허함의 뒤로는 뿌연 안개의 장막이 드리워져 있었다.

'기분 나빠!'

느낌 그대로 현재 나백상의 기도는 정체를 알 수 없는 것이었다.

나백상의 말이 이어졌다.

"그리고 얼마 전에 출관했다오."

"그래서요?"

단리장영이 찌를 듯한 눈빛으로 나백상을 쏘아보았다.

그 눈빛을 받아오는 나백상의 얼굴에는 아무런 변화가 없었다.

단리장영의 칼끝 같은 한줄기 기운은 나백상의 일신에 어린 뿌연 안

개 속으로 빨려들어 흔적없이 사라졌다.

"그런데 나와보니 내 폐관수련의 성과가 궁금하지 않겠소."

"제왕성 내에 단주의 비무 상대 하나 없던가요?"

"후후, 다른 비무 상대는 필요없소. 난 제왕성의 무공을 견식하고 싶을 뿐이오."

나백상의 눈빛에 상대를 찾는 맹수의 탐심이 가득했다.

"그럼 작은오라버니와 겨뤄보면 되지 않나요?"

단리장영이 못마땅한 듯 날카롭게 쏘아붙였다.

"아가씨의 자질이 둘째 공자보다 몇 배는 더 뛰어난 걸로 알고 있소. 물론 속 깊은 아가씨 혼자만의 비밀이겠지만… 그러나 그건 범인들에게나 통하는 얘기고 우리처럼 밥보다 칼의 기운을 더 많이 먹고 사는 사람들에게는 본능적으로 느껴지는 게 있는 법이오. 지금쯤이면 둘째 공자도 그것을 느꼈을 것이오."

맞는 말이었다.

애석하게도 자신이나 수영보다도 단리웅호의 자질이 한참 뒤떨어졌었다.

큰오빠 단리웅천의 퇴락 아닌 퇴락으로 단리웅호의 자질을 서로 비교해 볼 만한 잣대가 없었고 또 장영 자신이나 막내 수영은 무공 수련을 시작한 지 얼마 되지도 않아 비교 자체가 무의미하여 처음에는 잘 몰랐으나 시간이 흐르면서 단리웅호의 성취 속도가 단리장영 자신에 비해 한참 못 미친다는 걸 알았고 그때부터 그것은 자신만의 비밀이 되었다.

어쨌든 당장으로썬 큰오빠 단리웅천의 빈자리를 단리웅호가 메꿔야 하기에 그럴 수밖에 없는 일이었다. 그러나 낭중지추(囊中之錐)의 이치처럼 언제까지 그것이 감춰질 수만은 없었다. 단리웅호 역시 그것을 서서히 깨닫게 되었고 그때부터 자신이나 막내 수영에게마저도 차가운 기색으로 긴장을 늦추지 않았다.

"만약 내가 응하지 않겠다면 어떡하겠다는 거죠?"

단리장영이 살짝 아미를 좁히며 물었다.

"지금은 그것이 불가능한 상황이란 걸 모르겠소?"

"그렇군요. 비무는 핑계이거나 부수적인 목적일 뿐 진정한 목적은 따로 있겠죠?"

단리장영의 몸에서 서서히 살기가 피어 올랐다.

"정말 명불허전(名不虛傳)이오."

나백상이 감탄해 마지않았다.

"진정한 목적은 무엇인가요?"

"글쎄요, 날 이긴다면 다 밝혀주겠소. 반대로 진다고 하더라도 얼마 후면 자연히 알게 될 것이오. 성주의 원대한 계획, 척마단의 진정한 힘의 실체… 얼마 후면 그 모든 것이 자연히 세상 밖으로 표출될 것이오."

단리장영의 눈빛이 어두워졌다.

최근에 제왕성 내부를 감싸고 있는 음울한 분위기와 좀 전에 나백상이 일컬은 뜻 모를 이야기가 연관성이 있는 것 같았다.

대체 무슨 일이 일어나고 있는 것인지 여자로 태어난 자신의 한계가 갑갑하게 느껴졌다.

'저 노인네를 잡는다면 알 수도 있겠지!'

무공은 익히되 쓰지 않고 어머님 말씀대로 조신한 여자로 살아가려 했건만!

문득 빈손으로 뛰쳐나온 자신을 발견하고 후회감이 밀려왔다.

그런 기색을 눈치 챘는지 나백상이 둘둘 말아 안고 있던 보자기를 풀었다. 어느 싸구려 병기점에서라도 구한 듯 똑같이 생긴 두 자루의 칼이 나왔다.

"자, 이건 아가씨 것이오. 평소 애용하던 보검은 아니지만 나 역시 똑같은 것이니 크게 불만은 없을 것이오."

나백상은 한 자루의 검을 단리장영에게로 던졌고 단리장영이 엉겁결에 날아온 칼을 받았다.

"미리 말해 두겠는데 제왕성의 직계에게만 전해지는 비전절기가 아니면 통하지 않을 거요! 내 위치가 제왕성의 다른 무공을 모두 섭렵하고 단원들에게 수련시키는 위치니까."

말하지 않아도 충분히 알고 있는 사실이다.

비밀의 장막 뒤에 있는 제왕성주의 친위대인 수호단의 호법인 수신오위만 제외한다면 제왕성의 가신들 중 무공 서열 일 위나 마찬가지인 척마단주이다.

수신오위조차도 나백상을 이길 수 있을지는 의문이다. 이제껏 한 번도 모습을 드러낸 적이 없으니 짐작도 불가능한 일이다.

"먼저 삼 초를 양보하겠소."

팽팽한 긴장 속에서 나백상이 검을 늘어뜨리고 섰다.

"제왕성의 무공을 너무 얕보는 게 아닌가요?"

"절대 그렇지 않소. 제왕성의 무공은 누구보다도 잘 아오. 하지만 영원한 강자는 없는 것이오."

불끈 오기가 치솟았다.

감히 노복 주제에 주인을 물리고 덤비다니!

"하앗—"

짧은 기합성과 함께 단리장영의 칼이 순식간에 열두 개로 늘어났다.

각각의 칼들이 마치 진짜인 것처럼 요혈을 노리고 나백상의 전신을 파고들었다.

"정말 좋은 검법이오!"

나백상의 신형이 단리장영의 칼 숫자만큼 늘어났다 순식간에 하나로 합쳐졌다.

'이럴 수가!'

단리장영이 내심 경악성을 질렀다.

좀 전의 수법은 운룡십이검(雲龍十二劍)이라는 비전절기로 제왕성 혈통에게만 전해지는 비전이었다. 그러기에 가신들로서는 익힐 수 없는 무공이었고 그렇게 쉽게 파해할 수 있는 검법이 아니었다.

그렇다고 나백상이 그 검초의 파해법을 펼친 것도 아니었다.

차라리 그랬다면 이렇게 놀라지도 않았을 것이다. 어찌해서 저 영감 손에 그 검결이 흘러 들어갔구나 생각하고 접어버리면 그만이었다.

그런데 방금 나백상이 펼친 수법은 파해법보다 훨씬 더 간결하고 놀랄 만한 것이었다. 듣지도 보지도 못한 악마의 사술 같았다.

"놀랍군요. 장강의 뒷물이 앞물을 밀어낸다는 말이 허언이었다는 생각이 들 정도로!"

"허허, 과찬의 말씀! 아가씨의 심성이 너무 고와 노부를 걱정해 주느라 전력을 다하지 않아서 그런 것이지요."

나백상이 빙그레 웃었고 그것이 단리장영의 투혼에 불을 질렀다.

아무리 새끼 용이었지만 용이 이무기에게 농락당할 수는 없었다.

"이번에는 이 초를 한꺼번에 펼치고 계속 공격을 이어 나가겠어요.

그러니 나 단주께서는 쓸데없는 예의 같은 건 차릴 필요 없어요."

"좋으실 대로."

나백상이 신중히 칼을 거머쥐었고 호승심 가득한 눈으로 장영을 쏘아보았다.

단리장영이 두 손으로 모아진 칼을 천천히 뒤로 이동하여 배검식의 자세를 취해갔다.

그 칼이 신형에 가려 완전히 사라질 즈음 날카로운 일갈과 함께 운룡파천(雲龍破天), 풍운격퇴(風雲擊退), 번천참마(飜天斬魔)… 제왕성의 절기들이 연이어 펼쳐졌다.

온 세상을 뒤덮을 듯한 검화 속에서 나백상이 감히 경시하지 못하고 빛살처럼 마주쳐 왔다.

나풀―

단리장영의 비단옷 한쪽 자락이 잘려 나갔다.

"이건 내가 좀 필요해서 자른 것이니 가져가겠소."

나백상이 성큼 허리를 굽혀 잘려진 단리장영의 옷자락을 집어 품속에 갈무리했다.

모욕감과 함께 상상도 하지 못했던 분노가 가슴 밑바닥에서부터 밀려왔다. 휘두르던 칼끝에 우연히 잘려 나간 옷자락이 아니었다. 필요에 의해서 정확히 원하는 부분을 원하는 만큼 잘라간 옷자락이었다.

마음만 먹었다면 살을 가르고 뼈를 취할 수도 있었다. 제왕성의 절기들이 하나도 제대로 먹혀들지 못하고 무위로 돌아갔다. 우선 내력에서 비교가 되지 않았다. 그것은 인정할 수 있는 문제다. 그렇지만 제왕성의 절기들을 비켜 나가는 상식을 초월한 수법들은 괴이하기 짝이 없었다.

문득 불에 탄 초막 앞에서 비영단 무사의 초식에 자신의 검결이 가닥가닥 끊기자 무섭게 가라앉았던 사내의 눈빛이 떠올랐다.
 애초부터 용의 자식으로 태어나 언제 이런 수치를 맛본 적이 있었던가! 죽음보다 더한 분노가 솟구쳤다. 그것이 오히려 자신의 내면을 더욱 무섭게 가라앉혔다.
 칼집을 버리고 자신의 영혼을 다 잘라내 버린 것 같던 그 사내도 그때 이렇게 분노했겠지!
 다시 볼 수 있을까?
 툭—
 칼집을 버리고 양손으로 칼자루를 잡았다.
 "정말 피는 속일 수 없군! 예전의 나였더라면 이 자리에서 뼈를 묻었겠어. 율자춘, 그놈에게 고맙다고 말해야 하나!"
 '그 괴물이었던가? 이 정체를 알 수 없는 안개를 피워 올린 자가!'
 "하앗—"
 생사를 망각한 단리장영의 공격이 태양 빛마저 가리며 나백상을 뒤덮어갔다.
 산천초목이 흩어질 듯한 검무 속에서 한줄기 신음성이 터져 나왔다.
 칼등으로 요혈을 공격당한 단리장영이 스르르 무너지고 있었다.
 '안녕… 보고픈 사람……'
 장영의 눈가에 한 방울 눈물이 흘렀다.
 "휴— 정말 대단하군!"
 너덜해진 가슴 부분의 옷을 여미며 나백상이 얼굴에 흐른 땀을 닦았다.
 "영원한 제왕성의 건립! 꿈꾸어볼 만한 혈통이야. 하지만 성주! 당신은 그것을 후대에 물려주는 게 훨씬 더 현명한 일이었소. 그랬다면 나 같은 인간이 생기지도 않았을 텐데."

나백상이 축 늘어진 단리장영을 허리에 끼고 신형을 날렸다.

*　　　*　　　*

제왕성의 장녀 단리장영이 납치되어 사라진 다음날 아침 여명이 밝아오기 전 남궁세가 근처에 있는 큰 정자나무 위에서 두 명의 괴인영이 은밀히 숨을 죽인 채 눈빛을 빛내며 주위를 살피고 있었다.

"저기 저놈들 아닐까?"

"그런 것 같은데. 잠시만 더 기다려 보자."

그들이 번뜩이는 눈으로 응시하고 있는 곳에는 그들 못지 않게 은밀히 움직이는 한 무리의 인영들이 보였다. 주위 지형지물을 잘 이용하여 신속히 움직이는 모습이 마치 한 사람이 움직이듯 바람처럼 표홀하게 움직이고 있었다.

"저쪽에서도 오는군."

"그놈들이다."

잠시 더 동정을 살피던 두 사람은 결론을 내린 듯 서로를 마주 보았다.

"어서 신호를 보내자."

말과 함께 한 사내가 급히 입에다 손을 모으고 양 볼 가득 바람을 집어넣고는 모은 손아귀로 바람을 불어넣었다.

뿌삐삐삐—

산새의 울음소리와 똑같은 소리가 사내의 손에서 뿜어져 나왔다.

두 번을 더 그렇게 뿜어져 나온 소리는 밤의 적막 속으로 길게 울렸다.

'왔구나!'

삼월이 처소에서 반사적으로 몸을 일으켰다.

옆에서 자고 있던 홍선과 다른 여자들이 갑작스런 삼월의 움직임에 부스스 일어났다.

"왜 그러느냐? 날이 새려면 아직 멀었는데!"

눈을 비비며 일어난 여자들의 짜증스런 목소리를 뒤로한 채 삼월은 왈칵 방문을 열고 밖으로 나갔다. 쾅 하는 문소리와 활짝 열려진 문으로 바깥바람이 훅 하고 밀려 들어오자 완전히 잠에서 깨어난 여자들이 두 눈을 동그랗게 뜨고 밖으로 몰려나왔다.

"지금부터 모두 한 발짝도 나오지 말고 방에 꼭 숨어 있어요!"

마루 밑에서 큰 칼을 꺼내 든 삼월이 단호하게 외쳤다.

넓은 도신에서 번쩍 하고 새벽 달빛이 반사되었고 삼월의 눈에서 폭사되는 안광이 마치 야수의 그것인 양 이글거렸다.

그리고는 삼월이 비조처럼 땅을 박차고 날아갔다.

"까악―"

비명과 함께 홍선이 까무러쳤고 다른 여자들도 자리에 털썩 주저앉았다.

같은 시각 제왕성의 총사 율자춘은 긴 편지를 봉서에 넣고 음침한 미소를 떠올렸다.

"이것으로 불씨는 붙여진 거군! 부디 꺼지지 말고 활활 타올라라. 크크크―"

밀실을 빠져나온 율자춘이 신보단 무사 한 명을 불렀다.

"자, 이것을 신속히 나 단주에게 전하거라. 한시라도 지체되었다간 네 목숨이 무사치 못할 것이야!"

봉서를 받아 든 사내가 흠칫 놀라며 반문했다.

"척마단주 말씀이십니까?"

"그렇다. 어서 가거라!"

신보단의 사내가 급히 사라지고 나자 율자춘이 준비한 보자기를 들고 그 안에 있는 여러 가지 물건들로 자신의 몸에 부지런히 무엇인가 작업을 하기 시작했다.

율자춘의 작업이 끝났을 즈음 쾅 하고 문이 열리며 단리웅호가 핏발 선 눈으로 신보단으로 뛰어 들어왔다.

"율 총사, 도대체 어찌 된 일이오?"

단리웅호가 서둘러 율자춘에게 달려갔을 때 피를 뒤집어쓰고 너덜너덜하게 살이 떨어져 나간 율자춘의 얼굴은 흡사 다 죽어가는 인육덩어리 같았다.

"으윽― 작은 공자, 큰일 났소."

율자춘이 숨넘어가는 목소리로 단리웅호의 손을 잡았다.

피로 얼룩진 율자춘의 손을 보고 단리웅호가 움찔 손을 빼내려 하다 그만둔 채 율자춘을 바라보았다.

"척마단주 나백상, 그자가 공자에게 주려고 만들어놓은 잠마혈경의 마지막 완성본을 나에게서 빼앗아갔소. 어서 그자를 막으시오. 그렇지 않으면 혈풍이 일어날 거요."

"그게 정말이오, 율 총사?"

단리웅호의 손끝이 부르르 떨렸다.

"내 이 영감쟁이를 죽이고 말리라!"

단리웅호가 안고 있던 율자춘을 짐짝 던지듯이 구석으로 던지고는 화살처럼 쏘아져 갔다.

잠시 동안 구석에 처박혀 죽은 듯이 꼼짝하지 않고 있던 율자춘이 너덜너덜한 살 조각이 붙은 피투성이 가면을 벗어 던졌다.

"뱀 같은 놈! 나백상과 피 터지게 싸워보거라. 하지만 네놈 실력으로는 힘들 것이다."

율자춘이 피 묻은 옷을 벗어 던지고 구석에 있는 작은 상자 안으로 들어가 뚜껑을 닫고 안에서 딸깍 하고 무엇을 잠그는 소리가 들렸다.

그렇게 율자춘이 나무 상자 속으로 들어간 지 얼마 후 두 명의 신보단 무사들이 들어와 방 안을 둘러보았다.

'옳지, 저기 있군!'

한 명이 손짓을 하자 다른 한 명도 고개를 끄덕이며 상자 쪽으로 향했다.

"이게 뭐 길래 일급으로 분류하여 꼭두새벽부터 전하라는 건가!"

"낸들 아나! 우린 시키는 대로 하면 되는 것이지."

"혹시 보석이나 귀중품 같은 건 아닐까?"

상자를 마주 들던 한 사내가 웃으며 농담을 걸자 다른 한 명도 같이 농담을 했다.

"왜? 중간에 가로채서 착복하고 비영단의 사냥감이 되어 쫓겨 다니고 싶나? 자네 같으면 한 시진 내로 잡혀올걸!"

사내가 웃음을 흘리며 비꼬자 다른 사내의 얼굴이 찌그러졌다.

"한 시진은 너무하는군! 최소한 세 시진은 버틸 수 있을 것 같은데."

"쿡쿡, 그럼 한번 시도해 보게. 난 한 시진 안에다 내기를 걸 테니."

두런거리는 소리와 함께 두 사내가 율자춘이 들어가 숨은 상자를 들고 신보단에서 사라졌다.

척마단주 나백상은 저녁 늦게부터 새벽까지 계속된 척마단의 야간 훈련장에서 율자춘이 급히 전해준 전갈을 받고 긴장한 얼굴로 내용을 읽어 나갔다.

(척마단주 귀하.
기다리던 도화선에 불씨가 당겨졌소.
이 편지를 읽고 난 얼마 후면 단리웅호가 당신을 처치하러 벌처럼 달려올 거요. 모두 이 율자춘의 안배라오.
그동안 나의 뜻에 따라 충실히 움직여 준 당신에게 고마움을 금할 수가 없소.
지금에야 밝히는 바이지만 나의 바램은 제왕성의 붕괴와 온 무림의 혈풍이오. 전에도 말했듯이 내가 왜 이러는지는 당신 같은 사람은 사흘을 꼬박 새워 설명해 줘도 이해 못할 것이니 그냥 두고, 이제부터 당신에게 마지막 선물을 안길까 하오.
척마대전이 끝난 후부터 난 중원의 어느 곳에 은밀한 세력을 하나 키웠고 그 이름은 혈영이라 하오. 이제 혈영은 온 무림과 한판 대결을 벌여도 결코 밀리지 않을 만큼 성장했소.
이곳 제왕성에서 한 발짝도 나가지 않은 내가 어떻게 그런 세력을 만들었는지 쉽게 믿어지지 않을 것이오. 하지만 난 악마일지언정 거짓말쟁이는 아니오. 혹시 몇 년 전까지 대사막에서 악명을 떨치던 백사풍이란 이름을 들어보았소? 모두 내 작품이지. 그들은 일 년에 한두 번씩 중원 최대의 거상들을 털었소. 그렇게 약탈한 재물들이 모두 혈영을 건설하는 데 쓰였소. 그만하면 혈영의 규모가 어떠

할지 짐작이 갈 거요.

　동봉한 자료에 혈영의 위치와 그간의 모든 상황들이 적혀 있소. 내가 지금 언급하는 영패만 가져가면 그들은 당신을 주인으로 충실히 따를 거요. 애초에 그렇게 만들어진 집단이니까.

　그 영패는 비영단 거처 한가운데 서탁을 뒤집으면 찾을 수 있을 것이오. 그것은 곧 당신과 척마단이 비영단을 멸망시켜야 한다는 얘기이기도 하오. 그렇게 어려운 일은 아닐 것이오. 그리고 그에 따른 대가는 충분하기도 하고. 그때쯤이면 수호단이 나설 것이고 척마단의 능력으로 봐서는 반 이상은 괴멸시킬 수 있을 것이오.

　그 후 당신과 살아남은 척마단은 지도에 그려진 대로 혈영을 찾아가 그곳에 합류하면 무림의 반은 당신의 것이 될 것이오. 무림의 주인이 될지 안 될지는 차후에 당신의 노력에 달린 일이고……

　어쨌든 당신과 척마단이 이제 제왕성에서 뼈를 묻든지 영패를 찾아서 탈출하여 새 터전을 찾든지 둘 중 한 가지 길밖에 없게 만들어두었소.

　어서 칼을 다잡으시오. 그리고 제왕성의 붕괴에 온 힘을 다하시오. 그러지 않으면 영패를 얻을 수도 혈영을 얻을 수도 없을 것이오.

　그럼 지옥에서 다시 만납시다.)

"이런, 죽일 놈!"

　서찰을 쥔 나백상의 손이 부르르 떨렸다. 잠시 그렇게 넋을 잃고 생각에 잠기던 나백상이 입을 굳게 다물었다.

　"좋아. 이렇게 된 이상 그놈 뜻대로 움직일 수밖에. 최악의 경우 나에게도 한 가지 계책은 있으니까!"

　나백상이 품속에 갈무리한 단리장영의 옷 조각을 확인하였다.

쾌앙!

척마단 건물의 대문이 박살나고 뱀같이 차가운 얼굴을 한 단리웅호가 비영단 무사들과 함께 천천히 걸어 들어왔다.

"어서 오시오, 작은 공자!"

나백상이 척마단 건물 안 넓은 마당에서 우뚝 선 채 작은 공자란 말에 최대한 힘을 주며 단리웅호를 맞았다.

나백상의 뒤에는 완전 무장한 척마단원들이 살기등등한 모습으로 두 사람을 지켜보고 서 있었다. 그 모습을 본 단리웅호의 검미가 하늘로 치솟았다.

"이런 반도의 무리들! 당장 무릎을 꿇고 오라를 받지 못하겠느냐!"

노기등등한 단리웅호의 목소리가 새벽 공기를 갈랐다.

"허허!"

나백상의 자조적인 웃음소리가 공허하게 울려 퍼졌다.

"척마대전의 최일선에서 누구보다 많은 피를 흘리며 제왕성을 위해 싸우고 오늘의 제왕성이 있게 한 우리들을 보고 이제 와서 반도의 무리라니! 이것이야말로 토끼 사냥 후에 사냥개를 삶아 먹는 토사구팽의 경우가 아니오?"

비장한 음성으로 토해내는 나백상의 목소리를 들은 척마단원들이 일순 술렁거리며 더욱 짙은 살기를 뿌렸다.

"어디 얘기해 보시오, 어째서 우리가 반도의 무리인지!"

나백상이 다시 억눌린 목소리로 외쳤다.

"척마단주, 당신이 조금 전에 율 총사를 해하고 율 총사에게서 제왕성의 비급을 빼앗아가지 않았소? 이것이야말로 명백한 반역의 행위가 아니고 무엇이오?"

단리웅호가 노기를 누그러뜨리지 않은 채 외쳤다.

"조금 전이라… 하하, 내가 어젯밤부터 지금 이 순간까지 이 척마단 건물을 단 한 발자국도 나가지 않았다는 것은 여기 모인 사람들이 더 잘 알 것이오. 우리는 어제저녁부터 지금까지 제왕성의 명령에 의해 다 같이 야간 훈련을 하며 꼬박 밤을 새웠소. 그런 우리들에게 포상은 관두고라도 따뜻한 말 한마디 하지 못할망정 반도의 무리라니!"

나백상의 말과 함께 척마단 무리들 곳곳에서 억눌린 분노가 퍼져 나갔다.

"맞소. 단주는 밤새껏 우리와 함께했소. 단 한 순간도 이곳을 벗어난 적이 없었소!"

"그렇소. 그건 내가 증명할 수 있소!"

밤을 꼬박 새워 신경이 날카로워진 척마단원들이 급격히 흥분하기 시작했다. 그것이 단리웅호의 심기를 더욱 건드렸다.

"그건 모두 한통속으로 꾸미면 되는 일이지!"

단리웅호가 비릿한 미소를 흘리며 차갑게 내뱉었다.

"빌어먹을!"

"완전히 작정을 했군!"

실제로 단주가 자신들과 같이 꼬박 밤을 새운 것을 아는 그들이었기에 단리웅호의 그 한마디는 가슴 밑바닥에서부터 분노의 불을 질렀다.

"작은 공자! 우리가 척마대전에서 동료를 잃고 또는 팔다리를 잃고 피를 흘릴 때 작은 공자는 제왕성 꽃밭에서 세상 모르고 뛰어놀지 않았소? 그것이 다 누구의 덕인 줄 아시오! 바로 여기에 있는 우리들이오! 그런데 마도의 무리를 내몰고 세상이 평온해지니 이젠 우리들의 존재가 부담스럽고 우리들이 축내는 밥값이 아까운 거요? 그것이 제왕성의 뜻이오?"

나백상의 교묘한 화술에 피곤에 지쳐 조금의 자극에도 발끈할 것 같은 척마단원들이 촉발 일보 직전까지 갔다.

단리웅호도 그것을 느꼈는지 잠시 주춤하였지만 평소에 지니고 있던 열등감과 어우러진 오기가 온몸을 감쌌다. 그리고 잠마혈경을 익힌 지금은 자신이 있었다.

"감히 어디다 대고 방자한 말대답이냐! 모든 것은 내 칼이 증명하리라!"

말과 함께 단리웅호가 칼을 꺼내 들었고 비영단과 척마단의 모든 무리들이 칼을 들었다. 실로 파죽지세의 상황 전개였다.

두 눈 가득 자신감을 띤 단리웅호가 잠마혈경의 도해서에서 익힌 초식을 펼치며 나백상에게로 짓쳐들었다. 순식간에 나백상을 제압하고 엄청난 기세로 선수를 치면 머리 잃은 뱀처럼 다른 사람들은 우왕좌왕 꺼꾸러지고 말 것이다.

"하앗!"

단리웅호의 괴이하기 짝이 없는 검초가 나백상의 몸을 갈기갈기 찢으려는 찰나 나백상의 신형이 똑같이 괴이한 움직임으로 그 검초들을 막고 피하며 빠져나왔다. 그것을 신호로 비영단과 척마단의 무리들도 마당 곳곳에서 격돌하기 시작했다.

"율자춘, 이놈!"

다시 한 번 초식을 나눈 나백상과 단리웅호가 동시에 내뱉은 말이었다.

두 사람 모두 혼자만 알고 있는 줄 알았던 검초들이 서로에게서 같이 펼쳐진 것이다.

단리웅호가 그제야 뭔가 잘못되어 가고 있다는 것을 알았지만 이미 엎질러진 물이었다. 마당 곳곳에서 자신이 대동하고 온 비영단 무사들이 피를 흘리며 쓰러지고 있었다. 비록 비영단의 무공도 만만치 않았지만 그들은 주로 추적과 은신에 더 비중을 두는 조직이었고 척마단은 말 그대로 칼부림의 최전방에서 피를 뒤집어쓰는 사람들이다. 자연 휘두르는 칼의 색깔이 달랐고 싸움에 임하는 자세가 달랐다.

또 밤새도록 훈련을 한 척마단원들은 비록 지치기는 하였지만 모든 근육이 최고조의 전투 준비 상태였고, 이른 잠에서 깨어 영문을 모르고 따라온 비영단원들의 몸은 아직 굳어 있어 제대로 기량을 발휘하지 못했다.

'무서운 놈!'

나백상이 주위 상황을 살피며 내심 중얼거렸다. 이런 결과를 정확히 예측하고 율자춘은 어젯밤 척마단에게 야간 훈련의 명령을 내린 것이다.

'만나면 제일 먼저 없애야 할 놈이다!'

다시 한 번 율자춘의 무서움을 느끼며 나백상이 단리웅호의 칼을 마주쳐 나갔다.

'이건 뭔가 단단히 잘못됐다!'

단리웅호는 내심 기겁을 하며 나백상의 칼을 막기에 여념이 없었다.

애초에 비영단 무사들을 대동하고 이곳에 올 때는 사태가 이렇게 되리라고는 꿈에도 생각지 못했다. 비록 척마단주 나백상의 무공이 뛰어나긴 하지만 자신은 용의 아들이다. 그리고 이젠 율자춘에게서 전해 받은 잠마혈경이 있는 것이다.

잠마혈경의 도해서를 건네받고 그것을 모두 연공했을 땐 하늘이라도 자를 수 있을 것 같은 자신감에 전율을 느끼며 포효했었다. 그러한 자신감으로 나백상과 척마단 따위는 해가 중천에 떠오르기 전에 모두 제압하고 형 단리웅천이 없는 제왕성에서 자신의 위치를 확고히 할 생각이었다.

아무리 장남 승계의 가법이 지엄하다 할지라도 일이 이 정도로 됐다면 아버지도 어쩔 수 없을 것이다. 척마단을 괴멸하고 비영단을 등에 업은 자신은 부친인 제왕성주보다 물리적으로 더 큰 힘을 가질 수 있으리라 생각했다. 그런데 예상은 완전히 빗나가고 있는 것이다.

쉽게 제압하리라 생각했던 나백상의 칼은 오히려 자신의 칼보다 더 교활하고 괴이했다. 자신이 쓸어간 칼을 모두 막아내고 한 초식 정도의 여유를 더 가지고 있는 것이다.

'이건 율자춘의 계략이다!'

뒷머리에 강한 충격이 왔다.

삼십여 합 만에 나백상의 검이 자신의 검과는 상극이라는 것을 알게 되었다. 그것은 시간이 지남에 따라 점점 확연히 나타났다.

처음에는 잔뜩 경계의 눈초리로 수비에 중점을 두던 나백상도 그것을 알았는지 희미한 미소와 함께 이젠 과감히 공세를 취해오고 있는 것이다. 그렇게 되자 서서히 단리웅호가 밀리기 시작했다.

'이대로 가다간 오히려 당하고 만다!'

나백상의 어지러운 칼 사이로 언뜻언뜻 보이는 주위 상황은 파국으로 치닫고 있었다. 애초에 반밖에 데려오지 않아 수적으로도 밀린 비영단이 만반의 준비가 된 채 촉발 일보 직전에 있던 척마단에게 괴멸되어 가고 있었다.

'일단 몸을 빼내어야 한다! 지금의 상태로는 남은 비영단과 수호단

까지 합쳐도 힘든 일이다!'

단리웅호가 나백상의 칼에 서서히 밀리기 시작하다 일순 맹렬히 칼을 회전시켰다.

"잠마파천(潛魔破天)!"

일갈과 함께 사력을 다한 단리웅호의 칼이 만 근의 바위라도 부술 듯 무겁게 나백상의 허리를 쓸어갔다.

"잠마붕산(潛魔崩山)!"

나백상도 거의 비슷한 자세로 단리웅호의 칼에 대항해 왔다.

쾅!

폭음과 함께 단리웅호의 신형이 화살처럼 뒤로 퉁겨져 나갔다.

"두고 보자, 이 반도 놈!"

칼이 마주치는 순간 더 이상 칼을 전진시키지 않고 우뚝 세워 나백상의 칼에 실린 힘을 고스란히 반탄력으로 받아들여 뒤쪽으로 퉁겨져 나간 단리웅호가 일갈과 함께 척마단의 외곽 담장을 훌쩍 뛰어넘어 사라졌다.

"저런 비겁하기 짝이 없는 놈!"

나백상이 어이가 없는지 잠깐 멍하니 단리웅호가 사라진 곳으로 시선을 고정시켰다. 그렇지 않아도 패색이 짙어가던 비영단 무리들이 단리웅호의 도주와 함께 급격히 무너져 내렸다.

"어서 끝내라!"

나백상의 외침이 터진 지 오래지 않아 얼마 남지 않은 비영단 무리들마저도 모두 쓰러졌다.

치열했던 도살극이 끝나자 잠시 정적이 찾아들었고 비로소 상황을 뒤돌아보게 된 척마단원들의 눈빛에 동요의 빛이 비쳤다.

'주마가편(走馬加鞭)으로 치달아야 한다!'

나백상이 동요하는 척마단원들을 향해 고함을 질렀다.

"이제 제왕성에서 우리가 설 땅은 없게 되었다! 제왕성은 우리를 경계하여 척살의 음모를 꾸몄다는 것은 너희들도 똑똑히 보았을 것이다! 내가 미리 알고 대비하지 않았더라면 우리는 오늘 해를 보지도 못하고 고혼이 되었을 것이다! 이제 우리의 선택은 하나밖에 없다! 제왕성을 무너뜨리고 우리가 천하의 주인이 되는 것이다! 그 길만이 우리의 살 길이다! 모두 나를 따르라! 내 마지막 피 한 방울까지 짜내어 너희들을 책임지겠다!"

피를 뒤집어쓴 채 흥분한 척마단원들이 금세 다시 광분하기 시작했다.

"가자!"

"천하의 주인이 되자!"

살기등등한 외침과 함께 척마단원들이 나백상을 따라 제왕성의 심처로 모여들기 시작했다.

『두령』 제3권으로 이어집니다

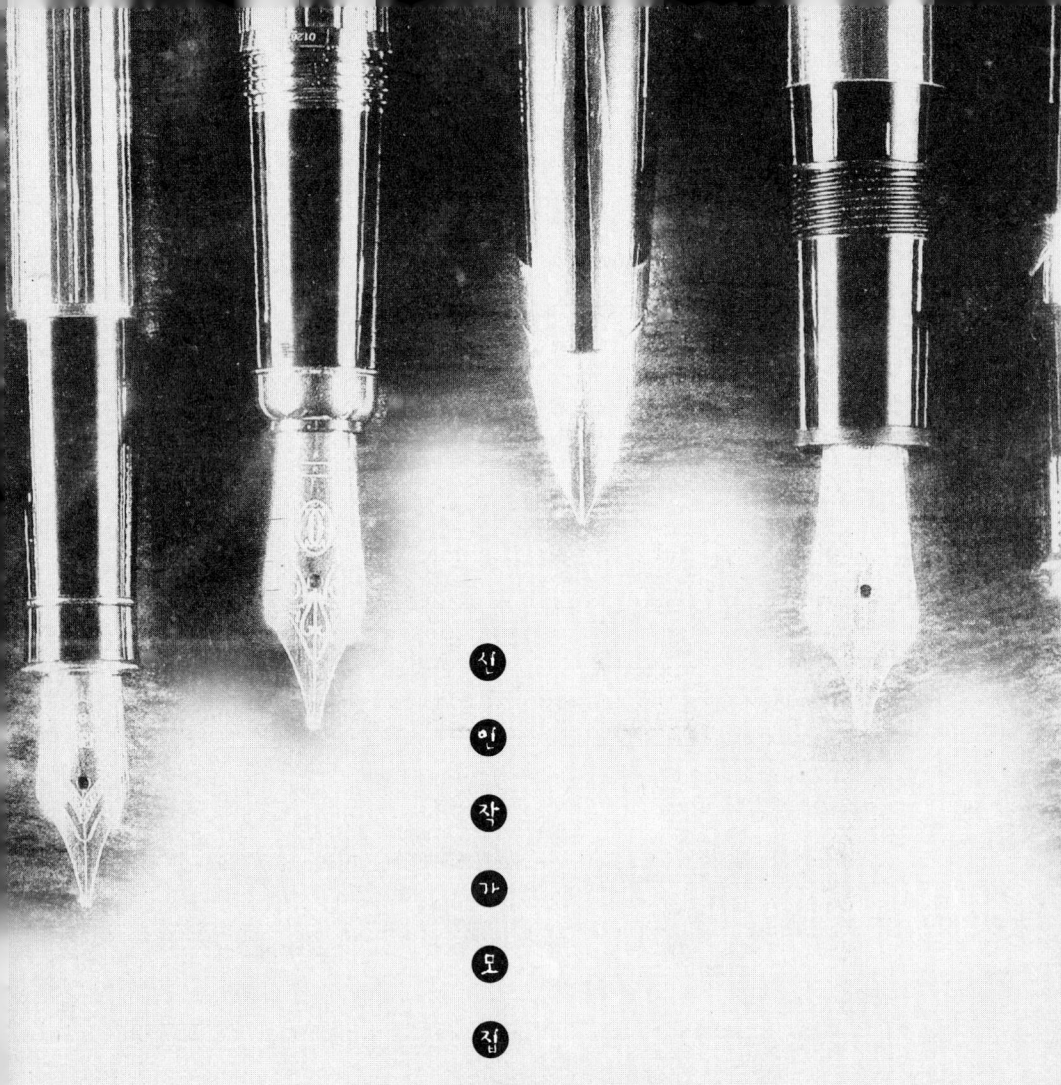